他日物归谁

荆歌 著

作家出版社

目 录
contents

他日物归谁

阿立买的第一件东西，就"吃药"了，也就是被骗了。骗子不是别人，正是他的师父。师父说："不要以为只有和田白玉才珍贵，羊脂白，那是不错的，白得油润细腻纯净无瑕。玉有五德，君子无故玉不去身。但是你阿晓得，真正珍稀的，却是黄玉。白玉虽好，终是多见。黄玉呢，你见过吗？少之又少。不仅如此，还因为黄是皇帝之色，只有宫廷才可用。老百姓用，就像偷偷穿龙袍，那是要杀头的！"师父做了个杀头的动作，手掌在他自己的脖子里抹了一下。在阿立看来十分夸张可笑。

就这样，阿立拥有了他人生的第一件藏品：清代黄玉手镯一枚。他逢人便拿出来，指点给人看。你看，这是黄玉！

不黄呀！倒是绿荧荧的，不会是绿玉吧？

阿立你弄了块绿玉，小心戴绿帽子哦！——有人如此调侃他。

阿立未加理会，只是说：这你就不懂了！真正的黄玉，并不见得就是黄的，那么黄，是金子了不是！开门的黄玉，就是绿中泛黄的。就像新剥出来的白果肉一样。白果，你见没见过？应该见过吧？对，就是银杏！

一千块，对90年代初的工薪阶层来说，当然不是小钱。阿立把所有的私房钱拿出来，尚欠师父两百多块钱。虽然玩古的人，人人都做梦也想捡漏，想吃仙丹，但是便宜没好货，好货不便宜，这个道理，阿立想得特别明白。师父毕竟是师父，他会漏给你？他让东西给你，最多是友情价，想捡他的漏，那也只能是做梦。

江浙一带很多男人都藏私房钱。出门身上没有一点钱，总是不方便。即使是并不怕老婆的，花自己的钱，可以无所顾忌地支配，也总是觉得不爽。更何况阿立这种怕老婆的男人！有一种女人，总是担心男人会把钱花到别的女人身上去，因此掐住了钱，也就是掐住了男人的小鸡鸡。

像阿立这样的男人，其实是大可以放心的。他既不英俊潇洒，也不风流倜傥，更没钱没地位，谁会看上他这样的人呢？了解阿立的人都知道，他纵有再多的钱，也是不会乱花一分的。他的消费理念，完全与收藏结合在一起。买任何东西，都要想到收藏。也就是说，任何商品的价格，他都要以古玩比对。例如家里电视机过于老旧了，要换一台大彩电。他在商店里看着彩电愣愣地想，要是不买这电视机，就可以把师父那儿的一面汉代铜镜匀过来了！

有次几个哥们儿酒后去歌厅消遣，每人安排了一个小姐，坐在一边陪唱陪喝。阿立不想花那小费，自小姐在他身旁坐下，就坚持不碰她一下。他死板地坐着，像个正人君子。小姐挽他的手臂，他亦将她推开。小姐点了对唱，他都坚称不会，自顾点了两首红歌，鬼吼一通。小姐被冷落得郁闷，差点哭了。要是多碰上几个这样的客人，她还怎么在江湖上混呀！"姑娘姑娘莫悲伤，来投入我温暖的怀抱吧！"一个哥们儿一把将阿立的小姐揽去，左拥右抱，放肆调笑。这边的阿立才放下心来。

他并非厌恶女色，更不是他们说的性取向有问题。他是舍不得那两百块台费。两百，运气好的话，可以淘到一只晚清民国的铜香熏盒了！这样一搂一抱，快活固然快活，但香熏盒没了！快活是个什么东西？它是个转瞬即逝的东西！像彩虹，如泡影，仿佛春梦。而香熏盒却不一样了，它镂空的盖，小巧精致的身影，它深沉的铜色，温润的包浆，实在是令人赏心悦目的。它是经历了人世沧桑的旧物，曾经有人，也许不止是一个人，与它朝夕相伴。那镶着紫铜的手工雕花盖子里，轻柔飘出的香烟，曾给人以多少心灵的享受和安抚？时光流逝，曾经拥有它的人，而今又在何方？人生苦短，只有物才是永恒的。几小时的依红偎翠软玉温香，很快就无影踪了。而一枚雅致的铜香熏盒，却依然可以安置于案头，与君相伴晨昏，向你无言地叙述它或平淡或不凡的过往。只要你的生命还在，只要你不将它易手于人，它便与你不离不弃，相守如一。

到了结账的时候，阿立死活不肯付小姐台费。理由很简单，因为他并没消费。接管了该小姐的哥们儿，当然也是坚决不付这额外的两百块。阿立涨红了脸："是你消费的，当然要你付！"

"我消费？"哥们儿说，"我是帮你忙，才叫她坐到我身边的。我有一个妹妹了，看你的妹妹被冷落，我怕她太没面子了才英雄救美的！"

"你自己打了双飞，却要我替你买单，世上没有这样的冤大头的！"

"阿立你嘴干净点！我怎么打双飞了？你选了人家，却对人家不理不睬，你是一点道德都没有！既然不需要，就不该把人留下！"

"是你们叫进来的，我又不要！你们说这个好这个好，要我留下，我也没说要！"

"阿立你耍赖是不是？人是你的，你不理不睬，把人家晾在那里难堪。我只是废物利用，台费肯定还是你付，各付各的。这种风流债，旁人不能替你付的！"

僵持不下之际，小姐真的哭了。妈咪来了，身后站两个男人，一个光头、一个板寸，臂上都刺青。在这样的氛围下，协商结果很快就出米了：阿立的台费，由他和那哥们儿各付一半。

在确定师父惠让的黄玉镯子并非和田黄玉，而是出于北方的岫岩玉后，阿立的心，几乎是破碎了。他听到了自己的心开裂的声音。他找到师父，希望退款。师父却对他说了两点。一、东西肯定对的。和田黄玉实在稀珍，能有幸亲见的人少之又少。所以说假的人，一定是外行！把假东西认作是真的，当然是外行。而将真东西看成是假的，那就是外行中的外行了。是大外行，是大蠢货、大傻逼！师父的眼里，露出了凶光。他说的第二点是：即使退一万步讲，这件东西果真像你说的那样不是黄玉，这也不能怪任何人，只能怪你自己！古玩行业从古到今都是这样的，凭眼力吃饭。什么样的眼睛，看到什么样的东西。东西自己会说话，就看你听不听得懂。买对了，捡了漏，你偷偷高兴，也不会想到来贴补我，再给我一点钱。而发现买错了呢，却不怪自己，却来找我退钱。天下有这样的好事吗？所有的便宜都让你一个人占了吗？

阿立咬着牙，把当时只值二十块的镯子藏了起来。他的心在滴血。什么是教训？这就是血的教训！什么叫交学费？这就是昂贵的学费！他决定，这只镯子，他会永远保存，即使它一文不值，也不会将它扔掉。它是一个见证，告诉他人情是什么，告诉他眼力有多重要。告诉他古玩这一行，除了知识和经验，断事识人也许更重要。告诉他，在任何时候任何地方，都不可相信任何人和任何美好的话语！只有让东西自己说话。而要听懂物的语言，就要靠自己多看多听多想多读书多学习，并且与狼共舞。

好在不管妻子如何大发雌威，阿立都没有交代出藏私房钱的犯罪事实。他只是说正好单位被评为精神文明标兵，发了一笔奖金，没有上缴，便买了这只镯子。几乎痛哭流涕，保证下不为例。

"你还敢下有为例？你又不来例假！"妻子与他约法三章，如果以后再跟师父交往，再把废铜烂铁拖进家门，唯有死路一条。

玩古这件事，就像抽鸦片。一旦沾上了，就会上瘾，很难收手。虽然阿立出师不利，第一次出手就差点儿呛死，却全无激流勇退之意。反而暗暗立志，发愤图强，吃一堑长一智，好男儿从哪里跌倒就从哪里爬起来。此后虽也免不了"吃药"，但确乎是越学越精了。说什么话，他一句就能听出是什么人。东西好不好，东西对不对，无须多看，一轧苗头心里就清清楚楚了。只是苦于囊中羞涩，见的好东西太多，却没有实力来拥有，不免常常唉声叹气。

俗话说，识古不穷。像阿立这样在米厂工作，拿着一份死工资的人，十多年来节衣缩食，连一二十元的浴资都悄悄省下来。大冬天谎称是去浴场泡个澡，其实是把妻子那里申请到的浴资纳入小金库了。妻子觉得奇怪，男人并不是一个爱清洁的人，频频要去泡澡，难道是和许多臭男人一样，醉翁之意不在浴，而是去享受泰式按摩，甚至是特殊服务了？

为了买东西，阿立真的卖过血。第一次卖血，他有点紧张。当他拿了钱，两腿软软的，轻飘飘地走回家的时候，他差一点就哭出来了！心里有一股热乎乎的东西，在往上涌、往上涌。好像是委屈，又仿佛是悲伤。阿立啊阿立，他叫着自己的名字，你这是何苦呢！你是怎么落到这一步的呢？

玩古收藏这件事，说风雅高尚一点，是走进历史玩味文化悦性怡情。但是换个角度看，其实最根本的，还是为了满足占有欲。是人类贪婪的天性在作祟。尤其是到了今天，此风极盛，比历史上宋代和民国两个收藏高潮有过之而无不及。据说当今有近八千万人在搞收藏。这八千万人中，有几个是真正热爱传统文化的？熙熙攘攘，皆为利往。满世界都是蝇营狗苟之徒，制假贩假，坑蒙拐骗，监守自盗，明修栈道暗度陈仓。放眼望去，乌烟瘴气，一片混乱！在这一行里，谁的话都不可信，只能信自己。兄弟一起去盗墓，最后那根将人拉出坟墓的绳子，常常会被上面的人一刀砍断。"兄弟对不起，拜拜了！你就在古墓里好好待着吧。遇上个漂亮点的古墓女僵尸，永远相守，就是你的福气了！"连父子一起盗墓，儿子都会割断绳索扬长而去呢。

阿立有时候也感到迷失。但是只要从此金盆洗手的念头一起，他便心生恐惧。好像只有醉心于此，让自己对古物永无休止永不餍足地追逐，才觉得内心踏实，才觉得不枉此生。

没钱怎么办？阿立这时候最能理解为什么世界上有那么多女子愿意卖身了。金钱物质的诱惑，简直就是我们生存的勇气和希望。为了钱，什么都可以做，什么都可以卖。身体发肤，受之于父母，母亲只生了我的身，但只有金钱的光辉才能照我心。所以我的身体我做主，可以用它来换钱，何乐而不为呢？阿立恨自己不是个女儿身！若是他年轻，并且是个姑娘，那他一定会义无反顾地挺胸走进夜总会。

十多年的血雨腥风吹打，阿立的经验、阅历终是今非昔比了。大开门的东西，拿得动的一件件拿下来。当然"吃药"还是常常有，道高一尺魔高一丈嘛。因此老鸦筑窠般一件件东西，仍然是有真有假，真假参半。古玩价格的暴涨，是近几年的事。涨势汹涌，一下子就冲进了亿元时代。以前几百元的东西，现在就是几千、几万。以前谁都不要的东西，现在也都成了宝贝。阿立入行早，那时候东西多便宜呀！便宜的时候却不是人人都买东西的。人们总是买涨不买跌，能看到未来的就是佛眼通了。要是能回到过去，银元大头五元一枚，官窑瓷器八元一对，黄花梨圈椅两百元四把，谁不买呀！但那时候买的就是少数人。八千万人中的绝大多数，甚至还同情嘲笑阿立这样当时买东西的人呢！

阿立似乎越来越知道，什么样的东西才真正是好的，是有收藏价值和升值空间的，而不仅仅是觉得好看和喜欢。有些人，对于买东西，总爱说，喜欢就好。其实这句话，只是安慰别人的。喜欢的、你以为漂亮的，不一定好。好的概念，在古玩上，就是要材质好，工艺好，年份好，题材好，以及稀缺性。你以为好，而别人，特别是大多数人并不认为好，那就不是真好。只有真好的东西，才值得收藏，买进来才有意义。这种古玩经，反正要细细道来，那绝对是三天三夜说不完的。总结起来，阿立有几句口诀，那是他自己的金科玉律：一要遇得到，二要看得懂，三要买得起，四要卖得掉。前三条都没有太大的问题，遇不到自然无从说起，说也是白说。看得懂才买，这一点对经历过市场地狱般历练的人来说，是必须牢记并经常提醒自己的。许多人都会在这上头吃亏。看到某件东西不错，其实对它并无太多的了解和研究，只是想当然以为吃到了仙丹，其实一定会"吃药"的。至于买得起，也是一句废话。买不起谁买？拿什么买？最后一句话，才是玩古的要义，是没走过千山万水所不能领悟的。也是一位成熟的、成功的收藏家所必须具备的素质。东西卖不掉，就说明它不好。不好的东西要买进来，当然就是犯错误。当然，卖不掉有两种情况，东西不好是其一。其二，是你买入的时候价太高了。你出到了十年，甚至二十年以后的价格。这样的东西，要想出手就难了。作为一名古玩收藏家，你收藏的目的再纯正，也就是说，你完全不为赢利，只是因为喜欢，只是为古物的精美工艺和沧桑气息而着迷，你也不可能始终"只进不出"。只买进而从不卖出，首先的问题是，你永远无法知道自己的东西是不是好，买得对不对，是不是真正有价值，你无法知道。听别人说好，或者对照书上，得出国宝的结论，一厢情愿地以为它价值连城，这是非常幼稚可笑的。好不好，值不值，必须通过市场来检验。你的东西有人要，那就是好。有很多人要，那就是很好。有许多人追着要，出再多钱也要，那就是非同一般的好！如果谁都不要，跳楼价甩卖也没人要，那肯定是不好。而你自己若是还觉得好，那就是自欺欺人了。如果还继续买进这样的东西，那就是与人民币有仇，不可救药了。除了市场检验，资金也是个问题。你买得起一件，可能买不起十件。买得起十万元、百万元级别的，千万元、上亿元的就未必买得起。在收藏界，钱从来就是个问题。是大问题！谁都不敢在拍卖会上号称自己有钱。再多的钱，都是沧海一粟。皇帝老儿的一方小小白玉印章，一个多亿落槌。而世上有多少好玩的稀世珍宝啊，你又有多少个一亿去争抢与占有？大千世界，又有几人能拿得出一个亿？即使你有一个亿，你买了白玉玺之后，也只能一辈子守着它玩吧。当别的宝贝出现在你面前的时候，你就只能干瞪眼了。因此所有的收藏家，都是既买进又卖出的。所谓"以藏养藏"是也。你只有善于卖掉东西，才可能有钱来继续买进东西。把低等级的东西卖掉，买入更好的，藏品才能升级，才会越来越有档次。而在这买入卖出之中，提高了自己的眼力和鉴赏水平，同时能更多地享受美物宝器带来的快乐。

　　和别的收藏者不同的是，阿立倒腾这些东西，始终处于地下的状态。他从来不敢将"废铜烂铁"堂而皇之带回家。更别说与家人分享淘到宝物的喜悦和捡漏的狂喜了。他的藏品，大多塞在不为人知的角落。只有妻子不在家的时候，才敢拿出来把玩欣赏，用放大镜左看右看。这时候的阿立，沉浸在偷来的快乐中。仿佛真是背着老婆在与别的女人偷情一样。

　　站到他妻子的立场上来看问题，我们也许会对她有更多的理解。跟了阿立这么多年，她其实是非常憋屈的。阿立迷恋古玩，整天脑子里想的都是那些"废铜烂铁"。要跟他说说话，也总是一副心不在焉的样子。他的魂早就丢了！难得一道出去旅游，一到目的地，他就会以各种各样的借口溜号。她当然知道，他又是奔古玩市场去了。只要一说到古玩，他就双目放光，人才算活过来了。而平时，就是一副没精打采的样子，病恹恹的。跟这样的人在一起过日子，你说能开心吗？

　　更让她感到委屈的是，结婚这么多年了，他们还住在这样的破房子里。别的人家，拥有好几套房子也不稀奇呀！车也没有。虽然她也考到了驾照，但始终是个本本族。哪有钱买车呀！三口之家，除了日常开销，所剩无几了。她一直是骑一辆电瓶车上班下班。女儿上初中后，见别的孩子都有汽车接送，就让妈妈别再骑电瓶车送她上学了。"我自己走回家好了！"她倔强地对妈妈说。当妈妈的，这时候心里真是五味杂陈啊！孩子这么要面子，宁可走路一小时，也不要电瓶车接送。她伤心啊！为女儿，也为自己！她哭得稀里哗啦，心都碎了！

她其实不是一个凶狠的女人。她反对男人搞收藏，是不愿意他走火入魔。本来就没几个钱，还要往水里扔，你说哪个当妻子的会坐视不管？人们总说，好的女人不拿自己的男人与人比。人比人，气煞人。好丈夫是天生的，不是比出来的。嫁到好男人，凭的是运气，是你前世修来的福。男人没出息，比也没有用。"你看看人家！"女人最不该说的，就是这样的话。男人最听不得的，也是这样的话。他没出息，你这样说了，他就有出息了吗？这跟在床上是一样的。他不行，你还就不能说他不行。你一说，他就更不行了。好女人应该懂得，男人是需要鼓励的。只有多看到他的优点，婚姻才能维持下去。阿立的妻子，这上头做得不错，她总是想，阿立这个人，穷一点，无能一点，但人品好。现在的男人，有几个是愿意在家里好好待着的？阿立不抽烟，不吃酒，更不玩女人，没钱有时候倒也是优点呢！男人有了钱，会安稳吗？在外面养了小三、小四，婚姻还有什么意义呢？

所以她在男人面前，从来都不流露出她对有钱人家的羡慕。女儿爱面子，宁可走一个小时的路去上学也不要她骑电瓶车送，这事儿她都不对阿立说，生怕刺痛了男人的心。她没有过分的要求，并不指望男人事业有成、发大财，只要安分守己过日子就是了。经济窘困的苦楚，她常常只是压在心底。她反对的是他买古玩，她不相信这些东西能赚钱。他有时候对她说，哪件值多少，哪件可以换一套房子，不仅没能让她高兴，反倒叫她十分担忧。她当然有理由担心，他的神经是不是出问题了？他如此着迷，辛辛苦苦挣来的工资，不断地往那个无底洞里扔啊！

女儿初中毕业时，阿立买了一部苹果手机给她。妻子惊诧得跳起来："不想过日子啦？哪来那么多钱？买这么贵的东西，也不跟我商量一下！学生哪里需要这么贵重的东西呀！"

以前买进卖出，断断续续赚到的钱，阿立都藏匿着不让妻子知道。两年前，阿立答应女儿，要为她买一部手机。这次刚好出掉一件东西，赚了一万块钱，心里实在高兴，就大大地出手阔绰了一下。

一只竹刻笔筒，多年前阿立在苏州文庙花五百块钱买的。刻的是竹林七贤。虽然雕工不是太好，但竹色红润，包浆老到，至少是清中期以上旧物。竹刻这一路东西，在古玩中颇有些特殊。它的材质不贵，竹子野贱，山野屋角，到处都是。但是，一件好的竹刻文房，其价格毫不逊色于贵重木质和珍稀宝石。因为明清时期的竹刻文房用品，如笔筒、臂搁、墨床、扇骨等物，因是文人所刻所用，充满了文化内涵和雅致的文人气息，所以在古玩收藏界受到特别的重视。阿立的妻子先是不相信一只竹子笔筒能够卖到一万元。"就是那个竹筒筒吗？我一直以为是插筷子的。"在她看来，当年阿立花五百元买下，已经是傻瓜之举。而居然有人出一万元买去，这个人的神经，一定是出问题了！

阿立告诉她，有一只笔筒，也是竹子的，是那时候一个叫顾珏的人刻的。顾珏也是苏州人。他刻的一只笔筒，在香港的某个拍卖会上，是一千多万元成交的。不是一千元，也不是一万元，而是一千多万元！

妻子听他这么说，呆呆地说不出话来。后来她突然哭了。阿立以为她是还在为苹果手机心痛吧！她是节俭惯了的人，从来舍不得大手大脚花钱的。家里的抽水马桶，轻易是不抽的。用了之后，把盖头盖上，等洗菜、揩面、拖地用下来的水，冲进马桶里。家里虽然有一只蹩脚空调，却很少开的。只有特别热的那几天，才三个人挤在一个房间里，开那么几小时。每到半夜，她是一定要悄悄爬起来，把空调关掉。凡是开空调的日子，阿立都是后半夜热醒来的。这样的家庭经济，居然买了一部苹果手机，简直是拆人家了，不想好好过日子了！

其实，在女儿身上，阿立一直都没有少花钱。虽然家里条件差，但因为倒腾些古玩，真真假假，手上总是有点钱的。他经常偷偷塞些小铜钿给女儿。女儿不要电瓶车接送，阿立其实是知道的。他也觉得愧疚，对不起女儿。他对她说："等爸爸赚到了大钱，就买车。要买奔驰和宝马，或者兰博基尼和法拉利。蹩脚车咱们是不要的！"他给了女儿一些钱，让她觉得累了就坐出租车上下学。当然，这些妻子是不知道的。在养育子女上，阿立是坚决信奉"穷养儿子富养女"的原则的。小子苦一点，长大了才知道奋斗。而女儿，如果从小到大什么都没有，她就会特别贱，特别向往物质，特别容易受诱惑。一点点的东西，都可能把她骗了。

阿立没想到的是，妻子哭得一塌糊涂，原来是舍不得他把笔筒卖掉。人家卖了一千多万，而你一万就卖掉了，你也太不把人民币当钱了吧！要是我们有了一千万，就什么都有了。两百万买套别墅，三十万买辆车，装修房子五十万，还有七百多万，给你爷娘三十万，给我爷娘三十万，给我弟弟家三十万。还余下六百多万呢，我也不用上班了，我就在家里烧饭，炒炒股票，再开一家淘宝店。现在倒好，一万就被你卖掉了！买了一部手机，一万也没了！呜呜——

阿立笑了起来。并不是所有的竹笔筒都值一千多万的！那跟画儿是一样的道理。张大千、齐白石画的，至少也要几百万，精品则卖到一个亿。但要是女儿学校里的美术老师画的，十块钱也没人要的。竹刻笔筒，要刻得好，名家刻的，才值钱。我的这只，卖到一万块，已经很不错啦！

这几年的收藏市场，一天比一天火爆。央视等媒体，什么"寻宝""鉴宝""一锤定音"等节目推波助澜。拍卖会上不断刷新的价格纪录，让人们疯了。阿立一万元掉的那只清代竹林七贤竹雕笔筒，半年之后，人家三万八千元卖掉了。

阿立妻子哭哭讲讲，唉声叹气了一夜。她要阿立保证，以后一件东西都不能卖掉了。半年就损失了两万八！要是它以后涨到十万、一百万、一千万，你怎么办？

她开始动手了，把找得到的东西，一律放到大衣柜里锁了起来。连阿立要看这些东西，都得向她申请。在她同意之后，方才打开柜门，拿出一件，看好放回去，再取出一件。

朋友之间互相欣赏彼此藏品，交流看法，乃至买卖，这太正常了，是常态。每当有朋友到家里来，阿立都会有些尴尬。妻子心里不高兴，难免会形之于色。朋友进门就叫嫂子，嫂子的目光，却满是不信任。朋友说："我是来向阿立大哥学习的。"嫂子就冷冷地说："我看你比他要懂得多！"言语之间，颇有防着阿立被骗走东西的意思。

某日来的一个朋友，不仅嘴甜，而且还带来很多东西给嫂子。他居然还掏出一个玉挂件送给嫂子。玉虽不太，但很白很润，很是可爱。嫂子心情大好，不仅沏了好茶，还端出水果招待客人。警惕性当然也放松了。当客人提出要看点东西的时候，她犹豫了一下，最后还是同意了。

客人看中了一只手炉。炉为铜制，小小的，实际是一只袖炉。与普通手炉不同的是，它体量小，制作精，而且没有提把。袖炉的品级，当然要比一般的手炉高。阿立妻子小时候，脚炉见得很多。虽然现在有些古玩店，也有脚炉卖，但价钱很低，两三百块就能买到一只品相不错的了。但手炉不一样，哪怕是民国货，白铜也好黄铜也好，最差的也要上千元。上品的，就没法说了，几千、几万都有。那袖炉呢，就更少更珍贵了。尤其是有"张鸣岐制"字样底款的，虽说并不见得真是名噪一时的明代制炉名匠亲制，许多时候也只是一个寄托款，但在铜炉收藏中，有款还是无款，并非无足轻重。只要不是今天补的后刻款。

客人对这只袖炉爱不释手。他吞吞吐吐半天，终于提出求让。嫂子当然一口回绝了。客人又求大哥。阿立说，这还是要看你嫂子，她说让就让。

阿立虽然见多识广，对手炉这类东西，还是有些轻视。他比较看重的是宣炉，也就是通常有底款"大明宣德年制"的铜香炉。客人既然喜欢，只要出价可以，就让。但是，当着妻子的面，也不好多说什么。

不管嫂子态度有多坚决，客人始终拿着袖炉不松手。软磨硬泡，最后喊出五万这个价，把嫂子着实吓了一跳。

经过了太多的历练，阿立当然老成，只在内心暗暗叫好，默默希望妻子点头同意，做成这桩买卖。

妻子几乎被五万这个价吓呆了。在她看来，这件东西最多只值几百块钱，能卖到一千，已经是了不得了。五万？真要怀疑自己是不是听错了，或者就是在做梦。

她不知道该怎么办了。看看男人，他面无表情，一副与己无关的样子。她有点恨他。在她茫然失措的时候，她希望他能有主张。"你说吧！"她明显开始动摇了。五万元的诱惑太大了。她让他说，如果他说一个"行"字，哪怕只是点点头，这笔交易也就成功了。但他不说。他把皮球踢还给她："还是你看着办吧！"

她的内心十分纠结。同意吧，怕吃亏。不同意吧，坐失良机怎么办？不能眼看着到手的五万元又飞走呀！她一年的收入，都没这么多的。五万，能买多少东西呀！如果一念之差，五万转瞬飞走，那她一定会悔青肠子的。可是，如果它不止五万呢？就像那只竹笔筒，一万卖掉，半年不到，人家就卖了三万多。这不同样要令人抱憾终生吗？

卖的声音，终于在她内心占了上风。她一向有点看不起丈夫，现在却觉得有他在身边，自己是可以依靠的。他再笨，也是见得多接触得多的。如果他认为五万是便宜了，他是一定不会同意成交的。他不反对，就表明这买卖可以做。至少是不会太吃亏的。

她是个有点心计的女人。在决定卖掉之后，为了达到利益最大化，她又抬了一把价："六万吧！"她说。她是这样打算的：她说了六万，对方必定坚持五万。她就坚持六万。这样僵持一阵，也许各让一步，最终以五万五成交。或者最后他答应五万二，她也感到满足了。

客人没还价，爽快地同意了。他好像是有备而来，立马从包里掏出六刀人民币。

客人看来算是没有把阿立家当外人。在古玩行里，交易总是要讨价还价的。即使你觉得再便宜，也还是要最后还一下价，才能把东西拿走。如果你一副志在必得的样子，或者是让对方觉得你是捡到漏了，那么他必定反悔，这买卖就做不成了。接下来你说什么都没用了。你再加多少钱，人家也不会卖给你了。

嫂子的脸色变了。面对放在眼前的一堆钱，她非但没有高兴，反而有了一种被骗的感觉。她恨自己贱，好像从来没见过钱似的。六万元就能发家致富，荣登福布斯富豪榜了吗？除了恨自己，她还恨男人：你还算个狗屁搞古董的！人家在你眼皮底下捡漏，你屁都不放一个！不会你们这是联手来骗我的吧？把好东西从我这儿骗走，你再到他那里拿回扣。你串通着外人设局做戏，连档模子来骗自己的老婆，你还是不是个人啊！

嫂子翻脸不认账。她不管什么江湖规矩不规矩，反正她也不是江湖中人。"六万块钱你拿回去吧，炉子不卖了！"

她一副断然决绝的样子，其实是强装出来的。毕竟这样做，总是不地道。不论江湖规矩，单从起码的为人之道来讲，也属于出尔反尔、背信弃义。她的心里，其实是一点底气都没有的。

出乎她意料的是，对方完全不以为怪。他只是轻松一笑，就把钱收回去了。"没关系，没关系，既然嫂子舍不得，那就先自己留着吧！见面就是缘，好东西上手即拥有。谢谢嫂子拿出来分享！"

阿立妻子再一次愣了。谁想到会是这样的结局呢？这只袖炉，当初阿立从别人手上拿来，出了一千块都不到。现在可以六万元出掉，这是多好的买卖呀！但是，煮熟的鸭子竟然在自己手里飞掉了！

茶几上空空如也。而刚才，一分钟前，上面还是堆放着六刀百元人民币的。它们整齐、庄重、富丽、沉着。它们是属于她的。它们油墨的香气，犹在屋子里弥漫。这种钞票特有的气味，是胜过任何花香的。如果它们此刻重新出现，再一次从客人的包里翩然而出，她是一定会为那独特的香气而深深陶醉的。

求助的目光投向男人，阿立却仍然一副局外人的模样。自始至终，他都只是一个看客。不，连旁观者都算不上的。因为他看上去一点兴趣都没有，蔫蔫地坐在一旁，死猪一样。

她真的想哭出来。想放声大哭！六万元，转瞬就不见了。她活到今天，见过六万元吗？六刀堆放在一起，有说不出的雄壮与巍峨！关键的是，它们是她的，属于她的，全都属于她！可是，只是在转眼间，它们就没了。被命运的魔术师吹了一口气，就吹没了。

她强忍住，才没让自己的眼泪流下来。客人走了很久很久了，她还呆呆地坐在沙发上。

经过了辗转反侧、生不如死的几个日日夜夜，她终于决定，要让男人去反过来求人，将那桩买卖重新做起来。

在古玩交易中，欲擒故纵也是最常见的一种手段。老江湖总是特别能沉得住气。如明明是捡漏了，却还要做出一副吃了大亏的样子。数钱的时候表情痛不欲生。还忘不了最后再砍一下价。这样做，自己高兴，卖家也高兴。而有些东西，你要是急于到手，反而有可能买不成。至少也会多花不少钱。要相信物与人，也讲究一个缘字。是你的，终究还是你的。错过了这一次，下次竟还能神奇地再出现。不是你的，强求不得。即使到了手，也还可能飞走。有了这样的心态，便能克敌制胜，以最合适的价格，买到好东西。

阿立妻子因为舍不得那六万元，决定要主动出击，再续前缘。她就完全处于劣势，受制于人了。

结果可想而知，输得很惨。对方说，他对袖炉并无研究，也没太大兴趣。只是那天在阿立家，看它小巧，而且盖子镂空图案挺好看，所以想买回家当个熏炉，点点沉香，净化室内空气，如此而已。既然嫂子惜售，他也就君子不夺人所爱了。而现在，嫂子又想将它见让，我自然还是要的。但因为前天遇见一样心仪的东西，起了贪念，掏钱买下，因此手头又不太宽裕了。嫂子要让，那就三万块给我吧。否则的话，嫂子还是自己留着玩吧！像这样精美的小东西，市场上也不多见，以后肯定有升值空间的。

褒贬是买家。人家只有不想要你的东西了，才会夸你的东西好。对方放过这样的话来，嫂子的防线被彻底击垮了。可是三万？比当初少了一半呀！她又怎么能接受？但是，此人冷冷地将钱收回，放进自己包里的动作，再次浮现在她的脑海。这次，还能让巨款像鸽子一样飞走吗？

她决定不要六万了，"还是五万吧？行吗？"但人家摇摇头，就是不要。

"那么，四万吧，四万总行了吧？"

那人还是摇头，并做出要走的样子。

最后，竟然是三万五成交。这么来回一折腾，两万五千元就打了水漂！

阿立妻子究竟有怎样的内心风暴，大抵可以想象。这样的打击，对于她这样一个贫困的女人来说，无异于催命。

然而让她痛不欲生的事，还在后头呢。一年之后，她在一本拍卖图录上看到一只袖炉，与她出掉的那只几乎一样。一样的款式，盖子的纹样也别无二致。底款同样是四字篆书"张鸣岐制"，甚至包浆都很接近。看上去亲切得就如家人。这样的一只袖炉，起拍价是八万。而一旁用水笔标注的成交价，竟然是二十一万元！

她一个礼拜卧床不起。阿立说，所以呀，女人是不能搞这个的。她们的目光短浅，心理承受力极差。古玩这个行当，有时候就像赌博，只能赢不能输怎么行？捡漏吃仙丹的事千年也轮不到一趟，而"吃药"被骗，倒是常常有。你这种心态，实在是不应该！一件东西，买来一千元都不到，三万五出掉，利润可以了。别人就是卖一百万，也与你无关。你命里该赚的，就是这一段。看见人家赚就气成这样，你又没蚀！要是蚀了，还不跳楼！一千元卖给我的人，他要是知道咱们卖了三万五，他又会怎样？他要知道拍了二十一万，那还活不活？我是见得多了，不管赚还是蚀，那不会太往心里去。吃了仙丹，高兴一下，也就过去了。东西终究还会是别人的。人活得再长，长不过东西的。赚到了钱，最终也不能抱着钱去火葬场。左手来右手去，吃了药，买到了假东西，生一阵气，也就过去了。谁让自己眼睛不如别人呢？东西往床底下一塞，打落牙齿往肚子里吞，是不好意思说出来的。说出来只会让人笑话，让别人幸灾乐祸。还瞧不起你！

阿立用深刻的道理，治好了妻子的病。不过，她发誓，以后再也不卖掉任何东西了。看都不会再让别人看一眼！她做了十来只木箱子，把所有的宝贝都细心包好，分类装入箱内。箱盖则用钉子钉了起来。"谁也别想看！"她恨恨地说。

榔头敲得重了，把一只紫砂茶壶给震碎了。阿立见妻子又要犯病，忙宽慰她说："这虽是一把晚清老壶，但既非名家所制，工亦粗劣。唯一可取之处，在于泥料纯正，无毒无害。像这样的壶，不过区区几百元，打了也就打了吧。况且，碎得不算厉害，我认识济南一个七十多岁的老手艺人，可以用铜钉将它锔起来，照样可以用的。"

茶壶一共锔了三十几颗钉子，工钱花掉两千八。这又让妻子心痛了好一阵。说是一只破壶，买来不过几百元，修一下却花掉两千八，这不是本末倒置了吗？早知道这样，还不如干脆扔了呢！

锔过的茶壶，竟然严丝合缝，滴水不漏。这让阿立感到神奇。那两排蜈蚣一样的铜钉，看着也越来越顺眼，甚至可爱起来了。"残缺美啊！它是东方的维纳斯！"阿立赞叹道。

某日有客登门，见了这把茶壶，一见钟情，执意求让。阿立说："这本来就不是什么好东西，又是残了的，你若喜欢，拿去便是！"

客人说："我不喜欢欠人情的，亲兄弟明算账，你出个价，钱是一定要付的。"

阿立说："这样也好，那你就给我成本费吧，我也不赚你钱了。壶当初买来是七百块，锔工两千八，一共给三千五吧。"

客人二话没说，取过茶壶，去卫生间倒掉茶水，扯过几张餐巾纸，将壶裹了，塞进包里，然后取出一刀百元钞："给你一万！你一定要收下，总要赚一点才说得过去的。谢谢惠让！谢谢惠让！"一迭声地谢谢，抱着茶壶走了。

这件事告诉阿立夫妇，祸兮福所伏，一把茶壶，打掉了反倒赚钱了。这谁又能想到呢？

以后要是再碰到天大的好事，不要太高兴。简单点高兴一下就行了。而若是遇上麻烦事倒霉事呢，也不要太难过伤心。因为坏事说不定什么时候变成好事了。

不过阿立不幸遇到车祸身亡，做妻子的老庄哲学学得再好，也是不可能把它看成是一桩好事的。她的伤心，是普天下所有未亡人的伤心，常人完全可以想见，此处不赘。

　　堪令未亡人感到安慰的是，阿立毕竟为她留下了几大箱子的东西。孤儿寡母，虽说家中失了顶梁柱，有了这些东西，心里是可以踏实的。遇到需要花钱的时候，总可以取出一两样变卖。现在的世道，人情淡如水，有困难找警察，警察也不会给你钱。要吃饭，要看病，要上学，还是得靠自己啊！

　　转眼女儿就考上了大学。不过考得不太理想，要上的那所大学，缺了几分分数，花的钱就很可观了。有人说，现在有三条蛇最厉害。一条是白蛇，那就是医院。人要是一生病，一进医院，钱就不是钱了。治个感冒也要几百上千。如果是大病，不治吧，一个人死；若是要治，那就是全家死了。因此而背上的债务，可能几辈子都还不清。还有一条是黑蛇，那就是法院。在中国，你不能有事，要一有事，涉及诉讼，麻烦就大了。过去说，衙门八字开，有理无钱莫进来。今天你进了法院门，不管你有理没理，花钱才是刚刚开始。许多时候，花了钱，还输了官司。第三条蛇，是眼镜蛇，那就是教育。现在的孩子，从幼儿园起，就要花钱了。从入托开始，到大学毕业，一个小孩，总共要花掉多少钱，统计一下，是要吓煞人的。有钱人家无所谓，但是对于贫困家庭来说，钱这个字，不提起倒也罢了，一提起必定是两眼泪汪汪的。

　　阿立妻子不着急，她有好几箱宝贝呢。只要打开一只，取出几件，便可换来足够的钱，去铺平女儿通往大学之路。

　　一位阿立的生前好友，他是阿立活着的时候最要好，也是最信得过的人。阿立曾经还对妻子说起过，说古玩这一行，坏人实在太多了。但是这个哥们儿，人品好，眼力也不错。他还跟妻子开玩笑说，万一哪天自己不在人世了，妻子若是要改嫁，就嫁给这个哥们儿吧。只有嫁给他，阿立才会放心。所以未亡人要卖古董筹钱，首先想到的就是这个人。

哥们儿帮着嫂子打开木箱，一件件东西取出来，他一迭声地问嫂子："这些东西真的是阿立哥的吗？你确定都是阿立哥的东西吗？"他的表情和眼神，在她看来是那么的奇怪。

"怎么啦？怎么啦？"她问他。

哥们儿也不回答，只是长叹一声，让她把其他木箱也打开看看。

一连开了三只木箱，哥们儿非常诧异地说："没想到啊，没想到，阿立这样精明的人，竟然藏了这么一大堆垃圾！凭他的眼力，不应该这样的东西也看走眼的呀！"

她当然完全不能相信，阿立留给她的，大部分是赝品。这些男人活着的时候就被她强行收缴装箱密封的，竟然并非价值连城的宝贝，而只是一些赝品，或者就是一些并无太多价值的旧货吗？不可能的！谁又会接受这样的残酷结论呢？

然而这样的事，在我们的生活中，却是普遍得很呢。许多人，搞了十年二十年收藏，老鸦筑窠一样，一件件东西拖回家来，自以为都是稀世珍宝：这件是元青花，那件是宋龙泉，这件是康熙五彩，那件是雍正珐琅彩。其实呢，只是新仿高仿罢了。这样的事，真是多了了去！有人手上套的满绿翡翠扳指，就认为是慈禧赏给小李子的那个。还有人，一柜子一柜子的老三代青铜器，件件都自认是国宝。而这样的人，往往又是执迷不悟的。你要说他东西不对，他就觉得你是个外行，眼力不行，甚至还会跟你翻脸。你觉得你是说了真话，他却认定你是居心不良。

别以为藏一屋子赝品的，都是一些菜鸟草脚，入行不深，水平不够。其实，有一些在古玩界有相当地位和名头的人，正是假货赝品最大的收藏者。

阿立也是这样的人吗？在古玩的江湖上跌打滚爬十多年，难道他一点都没有长进吗？竟然会收藏几大箱子的破烂东西吗？

我们有理由相信，如果阿立一直很有钱，他就能在高端的圈子里混。那样的话，他的眼睛，就真的能够看到好东西。好东西是必须要真正拿到手上来看，才能看到心里去的。光在图录上看看，会把自己越看越傻。好东西不光要看，还要买，还要卖。只有买卖，动了真金白银，才会调动自己所有的感官，才会真正钻进去，才会刻骨铭心。但是阿立没钱。他倒腾来倒腾去的，也就不可能是什么国宝和宫廷器。你上不了这个层面，进不了这个圈子，却想要收到价值连城的宝贝，那只能"吃药"。吃了毒药还自欺欺人地以为吞了仙丹呢。

当然，另外一种情况也是有可能的，那就是，阿立那时候是瞎了眼了！把这样的哥们儿视为最可靠的朋友，还居然认为可以把孤儿寡母托付给他呢！他一辈子弄古玩，识真辨伪，没有首先学会识人啊！先是什么师父，转给他的第一件东西就是药。现在又是这个哥们儿，哪有什么兄弟情义啊，还不是一个乘人之危的贪婪奸习的小人？面对阿立留下的这许多宝物，他当然是起了贪念了。"他欺负我女流之辈，对这些东西不懂，所以故意说它们全是假货破烂货。我可不会中他的奸计，不会相信他的鬼话，更不可能把东西交给他去卖掉的！"

但问题是，谁又能来帮她确定，这些东西究竟是真是假，价值几何？

对拍卖公司，阿立生前不止一次对她说过，那是专门拍假卖假，猫腻花样百出的地方。因此在她心目中，无疑是黑店，是骗子集团。

那么，又有谁能够来认真地看一看她的东西究竟是真是假，是值钱还是破烂呢？谁能帮她一把？这个人不仅要人品好，而且要眼力好，真会看东西，真看得懂，又真心为她好，愿意帮她。这样的人，到底在哪里？在这个纷扰的世界上，又到底有没有这样一个人呢？

这个可怜的女人，无比茫然地站在卫生间的镜子前，发现自己青春的容颜早已不再，愁苦的表情连自己看了都感到晦气。

一刻

方东和方南，因为长得实在太像了，所以人们都把他们看作一对双胞胎兄弟。其实方东要大三岁，不过他的个头看上去，比弟弟方南还要略矮小一些。两兄弟就像真的双胞胎一样，形影不离。上学总是一块儿去，一块儿回。而且读的还是同一个班。方南在班上，比所有的同学都要小一岁，所以大家都觉得方南聪明，其实方南只是因为比同龄人早一年上学而已。因为两兄弟从小就黏在一起，所以他们的父母就说，让他们同时去上学吧。同出同进，也好有个照顾。当然，父母是指望方东多照顾弟弟一些，因为他要大出方南三岁嘛！

然而实际情形是，许多时候，是弟弟更多地照顾哥哥。因为无论如何，看起来方南都要比哥哥大一些，成熟一些。

有次在公交车上，哥哥踩了别人一脚，那是个光头，凶狠异常，甩手就给了方东一个巴掌。方东胆小，吃了一记耳光，十八九岁的小伙子，竟然当着众人的面哭了。方南不怕狠，上前就揪住光头的衣领，两相拉扯推搡起来。光头看上去凶狠，被方南不依不饶地揪着，倒先示弱起来。最后他问方南："那你想怎么样？"方南说："一个耳光，不打还的话，谁也别想走！"

三个人，已经从公交车上纠缠到了大街上。方东还在抹眼泪，方南说："哥哥，你别哭了，快来抽他一个耳光！我们还要快点儿回家吃晚饭呢，谁有时间在这儿跟他啰唆呀！"

方东抬头看了一眼光头，就是不敢下手。方南说："快打呀！你不打我打啦！"

光头嚎叫起来："你敢！你敢！"

"就打你！有什么不敢的？"话音未落，一个耳光就甩上去了。那么干脆，那么响。

光头怪叫了一声，反过来要打方南。不想又被方南连抽了两个耳光。这时候方东好像才醒过来，冲上去助阵，乱踢几脚。光头大概被踢痛了，不敢恋战，竟骂骂咧咧地逃走了。

通常家里有两个孩子的，老二总是会受宠一些，老大总是会吃亏一些。但方家不是这样的。哥哥方东，反倒是像弟弟一样格外受到优待照顾。

兄弟俩成年以后，方南先找到一个女朋友。这个名叫丁小妹的姑娘，和方南谈了不久，又和哥哥方东好上了。她不光还是经常来方家，和方家的人——当然包括她的前男友方南——在一张桌子上吃饭，她甚至一如从前，会在方家过夜。只不过不再睡在方南的房间里，而是与方东同床共眠。

谁也无法从方南那里，看出一点点的不满与愤怒。而哥哥方东，也没有任何的不自然，似乎丁小妹从一开始就是他的女朋友。丁小妹这个姑娘，也是奇葩一朵，她在方家就像在自己家里一样自由，她还经常支配前男友方南为她取这取那，没有丝毫的别扭。三个人的关系，不光叫外人看不懂，就是两兄弟的父母，也实在弄不明白他们之间到底发生了什么。

两兄弟有个叔叔，是个哑巴。改革开放前，是在工艺厂工作的。后来工艺厂解散了，叔叔就一直歇在家里，靠他的瘸子媳妇养他。

最近几年，以前工艺厂的下岗工人，一个个都发起财来。雕玉的、制作红木小件的，一个个都忙碌起来。哑巴叔叔自然也不例外。当年他在工艺厂，是雕刻桃核、杏核和橄榄核的。他的强项是橄榄核雕。他雕的十八罗汉，刀法简练，形象逼真而生动。以前的核雕艺人，是很少在核雕上落款的。哑巴叔叔则在他的核雕上刻下他自己的名字"方文生"。此举一出，人们纷纷效仿，不管刻得好坏，都要落下名款。但是，"方文生"这三个字，还是最为玩家所重。核雕上有无"方文生"款，不是无足轻重的事。因此坊间很快有了很多方文生的托款。所谓托款，即冒牌货。东西并非哑巴所刻，款却落着"方文生"。尽管如此，假方文生的十八罗汉，比其他的核雕还是要略贵一些。当然，真正的行家，不看落款也能判别真伪。方文生的作品，刀法简练、果断、老辣。越是简的东西，越难模仿。大师的作品，是其独特的气息和神韵的。同样是十八罗汉，普通的作品总显匠气呆板。在江苏省苏州市光福镇舟山村，如今几乎家家户户都做核雕。因为文玩兴盛，手腕上戴一串橄榄核的人，在中国大地随处可见。你去北京上海，坐上出租车，也能见到司机一边开车，一边手里拿着一串核雕捏啊转的。中国人多，一万个人里有人搞一串，也是数字惊人。所以福建、山东、河北，均有人从事核雕。当然还是以苏州为盛。苏作工艺自古饮誉天下。光福的核雕，在文玩界，自然是最受重视和欢迎的。像方文生这样的名家，其核雕十八罗汉，从最早的几百元，涨到千元、几千元，最近已是几万元了。哑巴叔叔不再像从前一样，经常是人们嘲笑欺侮的对象，他成了京沪等大城市许多人追捧的大师。许多媒体，报纸、电视台，都来采访他。遗憾的是，他是个哑巴，不能对着镜头说话。大侄子方东，就成了他的代言人。

方东口才不错，他从来不怕记者。只要摄像机镜头一对准他，他就立刻来了精神。有一句话，他总是不忘对记者说的。他说："耳朵听不见，心里特别静，刻东西就特别专注。"他的这句话，因此也最多被媒体引用。其实，认识方文生的人都知道，哑巴的心并不安静。他坐在窗口刻东西，外面有任何动静，他都要抬起头来看上几眼。如果看不明白究竟发生了什么，他就要放下手上的活计，亲自出门看个明白。外面若是走过年轻的姑娘或媳妇，他一定要死盯着她们看。直到她们从他的视野里消失。

虽然方东始终充当叔叔的发言人，方文生每接受采访，也都离不开方东，但哑巴的心里清清楚楚，老大方东为人浮躁，怕苦怕累，心地也没有老二方南好。所以他的手艺，早有了传给方南的打算。方文生自己没有儿女，他一向是把方东、方南看作自己的儿子。当然，在他心中，对老二方南要看重许多。

方南学手艺十分刻苦，他虽然不是哑巴，但他的话并不比哑巴多多少。他的心，也更为专注。他在刻台前，常常一坐就是一天。除了吃饭睡觉上厕所，就是在那里刻啊刻。学了两三年，他的十八罗汉就已刻到叔叔的水平了。叔叔看了，也没有夸他，只是将核雕拿过去，在那颗莲花鼓珠上刻下"方文生"三个字。

现如今不仅是核雕，许多行当，如玉雕、制壶，大师时间精力都有限，一年做不出几件东西的。但市场追捧，需求量大，怎么办？就在徒弟做得好的作品上，落上自己的名款。徒弟的作品只能卖三千，刻上大师的名字，就能卖三万，甚至十万。有的大师，干脆自己不做了，专门负责落款。徒弟也来不及做了，就把外面做得不错的东西收进来，刻上自己的名款。

方东的脑子，比叔叔还要活络。凡有记者来采访，他都要送作品给他们。无论男女，见者有份。或是手串，或是一粒单珠。当然不可能是方文生的作品，也不可能是方南刻的。他都是到邻居家去买非常便宜的，拿来让叔叔落款，然后去糊弄记者。方南对哥哥说："这样不好吧？"方东说："他们都不懂的！谁看得出来呀？"

方南还是觉得心里不踏实。这种东西，拿到的人不懂，但它不是食品，吃掉就不见了。东西还在，终有一天，它会遇见懂它的人。懂的人一眼就会看得出，这东西刻得很差呀！这样，日久天长，叔叔的牌子不是要坍了吗？

他于是对叔叔说，不要再在不三不四的东西上落款了。那不是在败坏自己的名声吗？方文生并未接受方南的忠告，倒是把方南的话告诉了方东。方东就对弟弟说："不送东西给记者，他们会帮你宣传报道吗？"方南说："只要东西做得好，就行了。"方东说："东西做得好，非遗传承人为什么不是我们呢？"

方东说的，是"非物质文化遗产传承人"。这一称号，按理说是应该评给方文生的。传统核雕，虽然中学语文课本里写到的那只核舟，是福建人陈祖璋刻的。但最为重要的橄榄核雕基地，还是在苏州。明清两朝，直到民国和解放前，光福舟山出了多少核雕大家啊！到了今天，这里更是中国核雕的一方重镇。光福核雕，蜚声海内外。而活着的核雕艺人中，不管有多少大师，刻得最好的，还是方文生。这个哑巴的刀法，既有传统工匠的扎实，又有文人画的灵动意趣。说他是核雕界的齐白石，一点都不为过。"非遗"传承人评给他，才是实至名归。但是，全国核雕界仅有的一个"非遗"传承人名额，却给了另外一个人。而那个人，根本就不会刻，所有落他名款的核雕，都是他工作室里的人做的。样式呢，都是偷来的，剥了别人的样稿。他们的宣传册上所用的图片，有一件竟是方文生的作品。但因为此人有大能耐，关系通天。据说是在文化部都有熟人。这件事，曾气得哑巴生了一礼拜病。有苦说不出！他只是躺在床上，大声咳嗽，间或长叹。食物则以粥和酱瓜为主，搞得面黄如蜡，一个多月手拿不动刻刀。

做工艺品这一行，常常是需要天赋的。从古至今，做紫砂壶的工匠无数，能达到做出来的壶光素大气、文雅古朴堪称尤物的，近代除了顾景舟，又有几人？古代制作铜手炉，名匠是张鸣岐、王凤江；寿山石雕，则是杨玉璇。核雕也是如此，舟山村几乎家家有人做，但将十八罗汉雕刻得出神入化生动无比的，首推哑巴方文生。他在工艺厂的时候，也拜过师，但他的师父，实在手艺平平，刻出来的东西，呆板凝滞，仿佛模制机刻。更何况，当年与哑巴一起跟着那位师父学刻橄榄核的，有十来个人，虽然如今也有多人在以核雕谋生，但皆为庸刀俗手，做出来的东西甚至都还不如他们当年的师父。在市场上出售，也只是走低档路线，不过区区几百元一条手串，赚个辛苦钱而已。

方南有其叔叔的天赋，每一刀，都在橄榄核上画笔一般游走。该硬朗的地方硬朗，该柔和的时候柔和。运刀如走笔，徐疾自如，疏密有致。他的作品，拿到手上仔细欣赏反复把玩，会叫人越看越爱，心生喜悦。核雕这东西，虽说有些不登大雅之堂，却是文玩中重要的一路，深受人们喜爱，发烧友无数。清康熙年间，有个叫封锡禄的人，因为他雕制的一枚核舟，被皇上看中，结果封氏被召入宫，进了清宫造办处，专门为皇家雕制竹刻、核雕、象牙雕等工艺品。台北故宫博物院就藏有一枚核舟，是举世闻名的国宝啊！

今天没有皇帝，国家领导人玩不玩核雕，不得而知。喜欢核雕的百姓成千上万，则是完全可以肯定的。新浪微博上"天下文玩官方微博"的粉丝数，有十多万之巨。核雕与玉雕、象牙雕、犀角雕的不同之处在于，它的材质并不名贵。虽然所用之核，也并非普通的橄榄，而是产于福建广东的优良品种，是专供雕刻之用的，须形好质坚，特别大的和特别小的殊为难得，因此价亦较高。那些大而有形的素核，也要卖到两千元一颗。但尽管如此，核子比起紫檀黄花梨等名贵木材来，价还是低廉的。在普通的材料上，施以工艺，特别是妙手神工，它就脱胎换骨、点铁成金了。玩核雕的特别乐趣还在于，它是小巧精致的随身之物，可以绕于腕，亦可系于腰。随时都可以取出观赏把玩，或与同好交流观摩。更为独特的是，随着一天天盘弄把玩，核子会暗暗发生变化，由先前的生涩，变为自然圆熟，色泽也由黄转红，日益莹润红亮。玩上几年，有了一层光润可人的包浆，不仅不会再开裂，而且色若琥珀，珠光宝气。那形制，那图样，仿佛不再是人工刻就，而是鬼斧神工，天然长成。玩得好的核雕，与刚刚刻出的成品，价值是不可同日而语的。而所谓玩得好，是既要出包浆，而又不油腻混沌，须清洁无垢，色深而不沉，灿烂而又光泽柔和。如果是方南这样的工手，再玩至色若琥珀的境界，那么就是极品了。就是出再多的钱，也不一定就能求得到的。

一些资深的玩家已经发现，同样"方文生"款的东西，水平却有着奇妙的差异。有些，虽然也有着相当高的水准，但是，刀法却显出了疲惫，缺乏一股生机勃勃的力量。而另一些，却准确、欢腾，每个细部，都洋溢着一种创造的欢快。一些精明的玩家兼商人，开始收罗有着别样神采的"方文生"款核雕，见一件收一件。而真正是哑巴方文生亲刻的，则渐渐受到了冷落。

那些落了"方文生"款的粗俗之物，终究也给哑巴带来了报应。江湖上越来越多的人知道了，只有少量"方文生"款的核雕，是哑巴的侄子方南刻的，这才是胜过方文生的神品，才是有收藏价值和极大升值空间的。除此之外，大量的是托款，贴牌货，是庸手俗品，不值一玩。

而真的方文生所刻，竟也破天荒地出现了滞销。行家只玩方南刻的。而普通玩家，则因为托款充斥坊间，便宜，随便花个一两千元，就能买到"方文生"款的，又何苦大费银子，掏钱去买真的呢？

哑巴当然一下子心理上很不适应。买家来他家中挑作品，挑走的都是方南做的。而他亲自做的十八罗汉，半年都没卖掉一串。卖贵没人要，贱卖他又不愿意。这是多么巨大的变化啊！从前，方文生的作品，一直都是供不应求的。谁能来舟山，在他家中拿到现货，那就是此人的造化，天大的运气了！通常的情况都是，留下地址和电话号码，然后是一大叠人民币，还要像对领导一样点头哈腰好话说得自己都感到肉麻。总之就是务请方大师多多关照，尽量拔一拔，不要忘了云云。

说方南一点不想自立门户，恐怕也不是实情。但只要叔叔不提出来，他永远都不会开口。他的兴趣，似乎并不在赚钱。事实上，他刻出了那么多好东西，自己并没有拿到多少钱。钱都是交给哑巴叔叔的。更确切些说，大部分都被哥哥方东拿去进行"公关"和"开发"了。方南的心思，都在雕刻上头，他买了大量的书，宗教的、民间传说的，还有中国古典名著。都是一些图文并茂的书。他不仅要从中学习构图和造型，也要为自己多补补文化。他意识到，光靠师父教、徒弟学这样的传统方式，已经跟不上当前的形势了，是满足不了新时代的新需求的。现在的玩家，对完全传统的东西，真的是已经感到不能满足了。陈旧单调的题材，千篇一律的造型，在一些大玩家看来，只是玩的初级阶段。玩到高境界，就要收藏那些既有传统意味，又有创新精神，并且是独家品牌别无分店的。譬如竹刻界，上海的张伟忠、浙江的俞田，还有玉雕界，苏州的杨曦，他们的作品，之所以在业内和玩家心目中备受推崇和尊重，就因为他们有迥异于传统的面目。既是汉民族的，又符合当代人的审美趣味。至关重要的是有自己在里面。有自己的思考，自己的情感，有既不同于传统，又不同于别人的自己的雕刻语言和风格。

传统的核雕，题材是相当狭窄的。最多最常见的，就是十八罗汉，单面的，那就是十八粒，穿成一串。如果是双面罗汉，那一个手串就是九粒。除此之外，就是观音、八仙，文气一点的题材，就是竹林七贤和羲之爱鹅。还有一个最重要的品种，就是核舟。其余，就是花篮和一些瓜果了。

要在题材上进行一些新的尝试和开拓，这种想法方南是老早就有了。他买了大量的资料，甚至有清代改琦和当代戴敦邦的红楼人物画册，以及关良、马得的戏曲人物画。还有绣像金瓶梅图册和其他的一些古典名著连环画。他一直在悄悄地做准备。

既然叔叔不再让他在作品上落"方文生"的名款，他就设计了自己的落款。他用"南方"这样一方篆字小印，作为自己的标记。也从此开创了自己的品牌。文玩江湖上一种落款为"南方"的核雕横空出世了。

他将自己的姓名倒过来，这也是前所未有的。他觉得这样做，先自脱了俗气，给人一种清新之感。其次，他希望自己的作品，更多地体现苏作传统和江南精神。南方，既是方家的，更是江南的、南的！以此区别于潍坊工和廊坊工。

他在传统的基础上进行了很多改良。无论是罗汉，还是八仙、达摩和观音，他都赋予他们全新的面貌和精神。罗汉还是罗汉，但他们已不是庙堂里那威武严肃得不可亲近的样子了，他们变得那么可爱，具有卡通人物的特质，非常有喜感。

他还向西方美术学习。他的雕刻，得益于学院派美术，人体解剖、透视、明暗等素描关系，让他在人物塑造上更准确、有力和传神。

很多媒体来采访他。当今中国，正遇上宋代、民国以后的第三个收藏高潮。许多报纸和电视台，都开设了收藏和鉴宝方面的专栏。甚至中央电视台，都来为他拍了半小时的专题片。

但是方南不喜欢接受采访。他也舍不得把自己的作品送给记者。尽管这样，还是有记者不断找上门来，因为他的名气太大了。许多人是觉得不可思议的，不就是一粒橄榄核吗，怎么让他如此风光？又是名人，又是大师的。最让一些根本不知文玩为何物的人惊诧不已的是，小小的一颗橄榄核，居然卖价几万元！一只方南创作的核舟"闹新春"，船分两层，上面一共坐了38个人。这样一枚核舟，竟然卖了15万！

与哑巴叔叔渐渐几乎是断了关系。每次去叔叔家，叔叔都不理他，似乎叔叔不仅耳朵嘴巴有毛病，眼睛也出问题了。每次方南去，他都只当没看见。连头都不抬一下的，更别说笑一笑打个招呼了。婶子见了他，虽然没有装着不认识，态度也是怪怪的。

叔叔有次嫖娟被抓，派出所打电话给方东，方东接过一次电话，下来就关机，再也无法打通。后来电话打给方南，方南去交了五千元罚款，才把哑巴叔叔领回来。按理说婶子应该感谢方南才是。但她不。从那以后，方南去叔叔家，婶子便不开门。

方南感到委屈，也有些气愤。从此也就不再登叔叔家的门了。

叔叔和方东一起开了一家小店，店里所出售的核雕，都是从各家收来的。有好一点的，但大部分是并不上档次的"行货"。甚至连机雕的东西都有。店里当然是不会放方南的东西的。

方南的手上，已经很少有成品了。一刻好，就被人拿走了。订货的、交了预付款的，都排了长队呢。遇到有民间工艺展览和民艺博览会之类的，方南只能向熟悉的玩家借一两件自己的作品去参展。许多时候，他就不送作品去了。所以江湖上盛传方南是一个异常傲慢的家伙。尽管如此，他的"南方"款核雕，还是一粒难求。

通常在核雕店的柜台前坐着的，都是哑巴方文生。东西不受欢迎了，眼睛呢，还越来越不好了。所以他已经不再做东西了。一位曾经的核雕名匠，居然就成了一个普通的售货员。有天方南经过小店，看到坐在柜台后面的叔叔，居然吃了一惊！这真是他吗？他是什么时候变得满头白发的呢？方南的心里酸酸的，很想上前叫一声"叔叔"。正在他伤感时，瘸子婶子的一盆水，哗地从店里泼了出来。

方南迈着被水溅湿的双脚，内心并无屈辱之感。他只是觉得悲哀。他的脑海里，飘来荡去的尽是叔叔的白发。他的心异常的柔软，无法确定自己内心那股酸酸的滋味是愧疚呢，还是同情。要是叔叔现在追上来，过来拉住他，像很久很久以前一样，亲热地将手搭在他的肩头，他一定会哭出来的。如果叔叔请他回去，他一定会跟着他走。如果叔叔提出来，要在他做的核雕上刻上"南方"的落款，方南也会答应。不过，显然无此可能！叔叔虽哑，却一向心高气傲，你就是打死他，他也绝不会做出在自己的作品上落别人的款这样丢人的事的。在这个世界上，只有别人伪托他方文生的款，而绝无他去冒别人之名的可能。那对他来说，无疑是奇耻大辱。

那么，他也许会以手势告诉方南，允许方南再次借用他"方文生"的款。对于叔叔的哑语，方南从小就是心领神会的。如果真的发生了这样的事，那么方南也会答应的。

方南甚至有了一种不祥的预感，觉得叔叔也许将不久于人世。他的眼前，似乎已经浮现出这样的图景：满头白发的叔叔直挺挺地躺在一块门板上，他的身上，覆盖着一条大红的被子。

要是没有叔叔，我能有今天吗？方南想，我是个忘恩负义之人吗？

在叔叔的丧礼上，方南哭得非常伤心。他听到了自己的哭声。他希望叔叔也能听到，并因此原谅他。但是叔叔闭着眼，躺在那里，一副固执的样子。方南跪在他的遗体边，跪了很久，也没人扶他起来。他跪在那里，除了听到自己的哭，还听见婶子歌唱般的哭诉。她一直在指桑骂槐，好像是在抱怨，叔叔其实是被方南害死的。至少也是被他气死的吧!

叔叔过世之后,坐在核雕店柜台后的,换成了方东妻子丁小妹。她烫了很夸张的发型,嘴唇涂得艳红。耳朵里还总是塞了耳机在那里听音乐。每次走过小店,方南都会瞥她一眼。而当她发现他,也向他看过来的时候,方南收回眼光,匆匆走了。

有一天她叫住了他:"方南! 方南!"

"嫂子!"他也叫了她一声。

她向他招手,大声地喊他。

"什么事啊,嫂子?"

"你别叫我嫂子,叫我名字!"

方南叫她"嫂子",确实不光丁小妹听了别扭,就是方南自己,也觉得不自然。她是他以前的女友啊! 以前,他俩谈朋友的时候,他都是叫她"小妹"的。一口一个小妹,叫得不知有多亲热。可是后来,她跟哥哥方东好上了。跟方南谈朋友的时候,她就在方家过夜了。后来跟方东好了,她还是在方家过夜。再后来,她就和方东结婚了。他就叫她"嫂子"。

"你来看!"她把他叫进店里,拿出一串手串给他看。手串九粒的,雕的是双面罗汉。"是你做的吗?"她问。

他还没拿到手上,就知道不是他做的。一看气息就不对的。并且材料还是铁蛋核。方南是从来不雕铁蛋核的。虽然它细腻、密度高,也容易盘深颜色和玩出包浆,并且也不太会开裂。但在方南看来,它不够雅气。

"不是落了你的款吗?"丁小妹说,"喏,你看,这里,南方,不是吗?"

这个篆字小章,倒是仿得有七分相像。但罗汉雕得实在一般。正因为仿制比较用心,所以许多细节的处理,显得十分拘谨。不像方南所刻，刀随心动，线条自如。"谁做的？"方南问。

丁小妹说："我怎么知道！有人拿来叫我看，我又看不出到底是不是你做的。"

但是方南并没有确定这不是他的作品。他一直都是这样的，凡是看到别人托款"南方"的东西，他的反应都不那么强烈。对那些仿得比较好的，他甚至还表示出赞美和欣赏。他是这么想的：大家都是想吃口饭，也都不容易，托他的款，其实也是看得起他方南。再说了，真正刻得好的，应该也没必要来仿他，总有一天会出来，会超过他方南的。而仿制和托款，多少是没出息的表现，也就不用担心他们会抢了自己的饭碗。再说了，"南方"款的核雕，都是行家玩的，高端的玩家，不用看款，就知道是不是方南做的。洒脱的运刀，准确的造型、开相，以及独到的气韵，是无论如何也仿不出来的。

"雕得像不像？"丁小妹的目光瞟过来，方南看到了一种熟悉的妖媚。昔日的恋人，今天的嫂子。他们已经多久没有这样单独在一起了？他闻到了她洗发水的香味。这香味，是多么熟悉呀！他不禁一阵心荡神驰。

"我要到北京去了！"方南对嫂子说，"有人给我开了一家工作室，条件非常好的。北京毕竟是首都，我去那里做，一边还可以到中央美院雕塑系进修。反正做东西，在哪里都是一样的。"

方南四十出头了，还是单身一人。他至今只谈过一次恋爱，就是和丁小妹。后来丁小妹和方东好了，成了他的嫂子，外界都认为方南的女人是被他哥哥抢掉。真实的情况并不是这么简单的。虽然说，从小到大，在家里，方南什么都是让着哥哥的。他的衣裳，没有一件不是方东穿过的。但是让女人，好像真的是没有这么简单的。在丁小妹投入方东怀抱之前，她与方南之间，已经出现问题了。丁小妹是一个性欲特别旺盛的女人，她只要和方南在一起，就要做那个事情。方南有点吃不消她了。虽然方南性格坚强，较能吃苦，从小也都是他更多地照顾哥哥，保护哥哥，但他体质向来不好，文弱多病，与他的性格和外形有较大的反差。

有人帮他把工作室开到北京，帮他联系了中央美院雕塑系进修。他一个人无牵无挂，也就很爽快地答应了。北京大码头，玩核雕的特别多，行家高人也都在那里。这对方南的事业，当然是再好不过了。方南已经去北京看过了，工作室就在东交民巷的一个老宅子里，环境十分幽雅。他一看，就喜欢上了那个地方。他孤身一人，吃饱了全家不饿，走到哪里都是家。

现在，他却突然有了一些不舍。丁小妹听说他要去北京发展，眼睛里竟然泛出了泪光。"不回来了吗？做北京人了呀？你要讨个北京女人成家吗？"

如果丁小妹劝他不要走，别去北京，北京有什么好呀？人生地不熟的，吃的住的都不一定习惯，而且北京空气干燥，核子也容易裂呀！如果她这么说，他会不会听她的，就此改变主意，不去北京了呢？

丁小妹从脖子里取下一颗金花生，递给方南说："这个给你留个纪念吧！别忘了家乡！"

方南推辞不要，丁小妹的眼泪唰唰地流下来了："你也送我一件东西好了！"

方南掏出手机，将挂在上头的一颗核雕取下来，给了嫂子。这枚达摩渡江，是他去年刻的。达摩的神情悲悯而固执，其中有许多神来之笔。多少人出重金要买了去，他都没舍得。一年多戴下来，已经有了好看的包浆。核雕要养出漂亮的包浆，其实也是有一些讲究和窍门的。许多人都喜欢将核雕在鼻子两边蹭油。其实这样不好，会把核子搞腻，甚至是搞脏。核雕一定要干净才漂亮。如果手不干净，是不适宜把玩它的。干净的手，轻轻地摩挲它，日子久了，它就会红润莹亮，像琥珀一样。还要经常用干牙刷刷它，把它凹陷处刷得干干净净。同时也是给手摸不到的地方上包浆。一定要是干净的干牙刷，不能带丁点儿水。核雕最怕的就是水，沾上了水，就容易开裂。当然，汗水它是不怕的，反倒喜欢。多接触汗水，它会红得更快、更美。一件核雕，玩好了，玩出了好的包浆，就不会再开裂了。价值也比刚刻出来的时候要高很多的。

丁小妹接过这枚核雕，把它放在手心里仔仔细细地看。她说："'南方'款原来是这样子的啊！方南，我还是第一次看到你做的东西呢！你雕得真好啊！"

方南说："这粒达摩渡江，许多人都要向我买，我一直舍不得卖掉。看来我不卖掉是对的，否则今天就不能把它送给你了。"

丁小妹一把拉住方南的手："方南，你不要到北京去！"

方南说："合同都签好了，一切都安排好了，不可以不去的！"

丁小妹一下子扑进方南的怀里，说："我不让你走！"她一边哭，一边告诉方南，方东如何对她不好，他的心思根本不在家里，一直在外面赌，欠了别人很多债。而且，他在外面，还有别的女人。

叔嫂两个人，这副样子，方东在店门外早就看到了。他被内心一股恶气推着，终于走进了店里。他脸色铁青地走进店里，方南和丁小妹，却还是浑然不觉。

海兽葡萄镜

爸爸喜欢收藏古玉，他一向认为，古玉是中国文化的源头，它产生在文字之前。也就是说，在汉字还没有出现的时候，就已经有玉了。大家普遍认为，那时的玉，是用来祭天礼神的，为巫师所专用。我们去博物馆，经常会看到"红山文化"和"良渚文化"的玉器，那就是史前的东西，它们的精美，常常令人惊愕。在远古时代，用原始工具，要把比钢铁还硬的玉石，加工得如此精细完美，真是不可思议啊！

女儿晚晚对这些东西却一点兴趣都没有。她一生下来，家里就到处都是各种各样的古玉。爸爸高兴的时候，就会对她说，这个叫玉猪龙，是红山文化的，距今已有至少四千年了；这个呢，是良渚文化的玉琮，是五千年前到八千年前的东西，纹饰精美得像是用现代工具制作出来的；而这个呢，是汉代的玉辟邪，它是龙的一个儿子，龙一共有九个儿子，它是其中之一；这件呢，是辽代的玉，它叫"春水"，这是一个天鹅，这只鸟叫海东青，它非常凶猛，利喙可以把天鹅的脑瓜啄开……

晚晚却记不住这些东西，爸爸的话，大多数都是左耳朵进去，右耳朵就出来了，脑子里只留一丝痕迹。

她倒是对爸爸的一面铜镜很感兴趣。

爸爸除了古玉，其他东西也会收一点。比方那只青铜熏炉，他说是汉代的，名为"博山炉"。炉盖做成蓬莱仙山的模样，炉中点燃香料，袅袅青烟就从镂空的炉盖中飘出来，古人看着它，就觉得自己仿佛得道成仙了似的。

他还淘到一些红玛瑙珠子，说是西周时期的东西。他编了一个手串，作为生日礼物送给晚晚。他说："这样的珠子，在古代，是只有王侯级别的人才能拥有，它是十分珍贵的古代珠宝！"他还说，只有西周的大墓里才出这样的东西。

晚晚听说是墓里出来的，吓得不敢要。她说："是死人身上扒下来的呀？我不要我不要！"

妈妈觉得珠子漂亮，说它像鱼肝油胶囊一样晶莹剔透，珠光宝气，她就抢了去。她说："都几千年了，人早已化为尘土，没什么可怕的。几千年，一代代人，生生死死，什么地方不埋死人啊！"

爸爸好像不太情愿把珠子送给妈妈，他对她说："你不怕，为什么我妈去世之后你就不肯住原来的房子了？为什么一定要搬进新房子里来住？"

妈妈说："你无所谓，那你妈死在那张床上的，你敢睡吗？"

爸爸说："我无所谓啊，我不怕的，自己的妈妈嘛，她变了鬼也不会来害我，我是她儿子呀！"

妈妈说："你得了吧！"

晚晚发现，妈妈说这个话的时候，嘴角浮起了不屑的讥笑。

爸爸写字台左边的抽屉里，乱七八糟的东西底下，晚晚有一天翻到了一面铜镜。

看着铜镜上那些既不像龙又不像鱼的动物，晚晚想起了爸爸以前说的话，他说这是一面唐代的铜镜，上面的图案是海兽和葡萄。"海兽是什么东西？"晚晚当时还问。爸爸说："也许是海狮，也许是海豹。"

爸爸还说："古代青铜器上的绿锈和红斑，这些现代人都可以造假，用化学药水浸泡腐蚀。但是晚晚你注意看，红斑绿锈之间，还夹杂着星星点点或隐隐约约的蓝锈，孔雀蓝，这是造假不容易做到的，也是造假者通常忽略的。"

没错，晚晚拿起这面铜镜，看到了上面斑驳的绿、斑驳的红，还有几星蓝色。这表明，它是一件真正的古代的东西，而不是现在的人造假做出来的。

她喜欢这面镜子。海兽葡萄的图案，看上去繁复，但是一点也不乱，疏密有致。那些海兽的爪子、身体、胡须，刻画得生动有趣，简直像家里的猫一样可爱。

然而想到她家的猫，那只目光深沉的大猫咪斯瓜，晚晚的心感到一阵抽搐。心痛的感觉，两年过去了，一点都没有好转。

咪斯瓜去了哪里？它从来都是会自己回家的。只要轻轻地叫一声"咪斯瓜"，它无论在多远的地方，都能听到，就会紧步跑回家。但是它不会直接跑到晚晚面前，它总是停步在院墙上，看着晚晚，看着屋子里的人。它在想什么？晚晚不知道它在想什么，但是她可以肯定，它一定是在想什么。好像，它是一只内心装了很多秘密的猫。

铜镜的正面，是一点锈斑都没有的。记得爸爸说，只要用兽皮一擦，就能照出自己来。晚晚没有兽皮，但是她把铜镜对着自己，已经看到自己的脸了！她的脸在这面古代的镜中，是模糊的，就像隔了一层雾。但是，她是能够认出自己的，雾的后面，是她红得就像涂了唇膏的嘴，还有那精巧的鼻子，一双眼睛则充满了疑惑，这又让她想起他们家的咪斯瓜。

她的心自然又是一痛。

猫最早是奶奶养的，她觉得它长得像一只瓜，具体是什么瓜，西瓜还是南瓜，她也说不上来，所以她叫它瓜小姐，咪斯瓜。奶奶不止一次在晚晚面前说："咪斯瓜是你爷爷的灵魂附了体的。"

晚晚说："奶奶你是要吓我吗？"

奶奶说："你爷爷活着的时候，就是这样看人的，他对谁都不放心，看人的时候就是这样的眼光。"

晚晚说："可是，猫咪的眼睛不都是这样的吗？"

奶奶说："不是的不是的，你爷爷的眼睛才是这样的。"

后来咪斯瓜不见了，全家出动去找，还在很多地方贴了寻猫启事，复印了咪斯瓜的照片，写上了爸爸的手机号码，还有重谢两千元之类的话。

爸爸把别人家的一只猫抱了回来，因为它和咪斯瓜长得确实非常像。只不过，奶奶一见，就说它不是咪斯瓜，因为她一看它的眼睛就知道了。

奶奶没有说出口，但是晚晚知道，咪斯瓜的眼睛，和爷爷是一样的。

爸爸说："如果找不到咪斯瓜，就把这只猫留下了好了，猫还不都一样，何况，它们长得完全一样！"

但是人家很快找上门来了，那女人发疯似的从爸爸的怀里把猫夺过去。她把爸爸的手都抓破了。但是爸爸说，那是猫爪子抓破的。

咪斯瓜去哪里了呢？咪斯瓜……咪斯瓜……晚风中晚晚的叫声很凄惨，她想象它找不到家，在暮色里迷茫的样子，心里很痛。她还想象，它钻进垃圾桶扒东西吃，然后钻出来的时候，皮毛又乱又脏，甚至还被人打瘸了一条腿，它的眼睛在黑暗中闪着蓝光，它就像一个无家可归的幽灵。

晚晚把铜镜拿走了，放在自己的枕头下面。

她发现，生锈的青铜，它的气味是那么浓，就像血的气味。爸爸说过，出土的东西，你把它放到鼻子下面闻一下，或者你再对着它哈一口热气，就会闻到它的土腥味。

它没有土腥味，所以，晚晚认为它不是出土的东西，它应该不是墓葬品，不是从墓里面挖出来的。

否则，她一定不会碰它，更不会把它塞到枕头底下。

她经常一个人的时候，把铜镜拿出来，看里面的自己。

每次把它拿出来，她都会用自己的衣袖在镜面上擦几下。而她在镜中的影像，也越来越清晰了。从一开始的只能看到朦胧的五官，就像隔着水蒸气看到的那样，到慢慢连睫毛都能看出来。最后，铜镜竟然明亮清晰得就像今天的水银镜子了。

其实，晚晚很喜欢从前那样。也就是，她看到自己的脸在镜子里模模糊糊的，觉得挺好。她看上去就像一团雾，就像是一团漂浮着的东西。她觉得自己很美，而且很年轻，一颗雀斑都没有。

她伸出自己的右手食指，点了点那团雾，雾晕化开来，好像她的脸在镜中真的是漂浮着的。她的食指划拉了一下，她的脸在镜子里好像起了一阵涟漪。

她又点点镜子里的鼻子，鼻子动了动，荡开一圈圈水波似的波纹。戳戳镜中的眼睛，眼睛居然闭起来了。

看着看着，就用衣袖擦一下，这已经成了她的习惯，已然是她的下意识动作。可见在她的潜意识里，还是希望铜镜变得更清晰一些。

爸爸并没有发现他的海兽葡萄镜被女儿拿走，他还是沉浸在他的古玉中。他把盗墓的人带到家里，在他的小房间里，他们低声说话，有时候也会大声争吵。他们的身上，有一股土腥味，他们走过的时候，晚晚闻到了，她知道这些人是从坟墓里爬出来的，她感到害怕。

他们把盗来的古玉卖给爸爸，也会有一些青铜器物和陶罐。爸爸的兴趣当然是在古玉，但是青铜器和陶器价格很便宜的话，他也会留下。这是爸爸亲口对她说的。他还告诉她，这些盗墓的人，有的是真的，有的是假的。有的上次是真的去盗墓了，这次带来的东西，却是从古玩市场买来的赝品。"他们骗不了我！"他不无得意地说。

妈妈很少在家，她在外面总是有应酬。她是一家公司的财务总管，老板认为她不仅是一个称职的会计，还是非常优秀的公关人员。据说她酒量很好，那是奶奶说的。晚晚知道奶奶没有瞎说，妈妈确实常常在外面喝酒。她哪天喝酒了，晚晚都闻得出来。她很少不是带了酒气回家的。

奶奶对晚晚说："你妈妈怀你的时候，还天天出去喝酒！"

妈妈晚上回家，经常是直接就跑进房间里，倒在床上就睡了。爸爸就在他的小房间里过夜。半夜晚晚醒来，还看到小房间的灯亮着。只不过，那灯光，就像手电筒的光一样，只照着爸爸的脑袋。他在灯下看他的玉。他还常常用一个会发光的放大镜，贴着自己的眼睛，一道光照在一块古玉上。

"晚晚！"妈妈有时候会半夜突然推开晚晚的房间，她闻到她的酒气，就在黑暗中装睡，不理她。她就骂骂咧咧地说："我知道你没睡着，我知道你在干什么！"

晚晚坚持不出声。她庆幸妈妈推门进来的时候，自己正好已经把铜镜放回枕头底下，熄了灯。

十岁的女孩爱上了镜中的自己，她揽镜自照，看到蒙了一层薄纱的铜镜里，自己唇红齿白，貌美如花。

镜中隐约处，总有一个年长的女人，为她挽起高髻，插上金簪。一个形容憔悴，一个面如满月。晚晚回头看身后，却是门掩黄昏，四处寂然。

她是谁呢？是奶奶，还是妈妈？金簪有时候被她从发际拔出，好像是要刺进晚晚的太阳穴里。晚晚抬起右臂，拂了一下镜面，隐约的妇人便烟一般散了。

奶奶说，等晚晚长到十六岁，她要告诉她一个秘密。晚晚问："什么秘密？"奶奶说："你还没到十六岁！"晚晚说："就怕我等不到那一天！"奶奶说："你这个小姑娘说话不吉利，等不到是什么意思？是说我活不到那一天吗？"

大人是不是都有秘密？很多秘密？爸爸也说过，不，他好像经常说："这是个秘密！"什么秘密？每一块古玉里，都有一段秘密吗？爸爸，玉蝉大部分是含在死者嘴里下葬的，不是说要一鸣惊人，而是因为蝉会蜕壳，可以获得重生。"这是秘密吗？"晚晚问。爸爸说："这不是秘密，但是，放进嘴里的玉蝉，后来变成了蜈蚣，这才是秘密。"

"你知道你奶奶是怎么死的吗？"妈妈有天问晚晚说。

晚晚很好奇，不知道妈妈为什么如此问。她感到害怕，奶奶难道不是病死的吗？晚晚最后看到奶奶的时候，她坐在床上，背后靠着三个枕头。她容光焕发地对晚晚说："我找到了咪斯瓜，它就在我的床底下！"

晚晚知道她在说胡话，但还是弯下身子看了一眼床下，只有两只拖鞋，像两只鸭子一样浮在那里。

"奶奶是怎么死的呢？"晚晚问。妈妈说："这是秘密。"

腊月天降大雪，爸爸不见已经三天。"这是秘密吗？"晚晚问妈妈。妈妈说："当然是秘密！"

"不过，"她又说，"我可以告诉你这个秘密，晚晚，爸爸被抓进去了！"

"为什么？"晚晚惊呆了。

"因为盗墓的人把他咬出来了！"

第四天，爸爸回家了。他说："我没什么，不关我什么事！"他告诉晚晚，两个盗墓的人，都被判了无期徒刑，也就是说，他们会在牢里关一辈子。

爸爸说，盗墓的人，有的进了古墓里，就再也出不来了。那是因为，很多古墓都有机关，或是暗箭，或是毒气。还有的人，是因为同伴丢下他不管，自己拿了宝贝逃走了，他在很深的墓坑里爬不上来，就饿死在古墓里了。

"他不会喊吗？"晚晚问。

爸爸说："他不敢喊。"

爸爸还说了不久前发生在宁夏的事，两个盗墓者，还在墓道里，公安来抓人，他们不敢出声。上面的人以为底下没人，就把挖出来的土回填下去。就是这样，下面的人还是不敢出声，就这样被活埋了！

"他们没挖到玉。"他说。

他又说："他们挖到了铜镜，很多铜镜。"

"我的铜镜呢？"晚晚最怕他想起她的铜镜。它在她的枕头底下，还好，她把它藏得更好，是枕头下的褥子底下。

"谁也不会要你那些废铜烂铁！"妈妈背起包，又要出门应酬。她对爸爸说："你就给我在家好好待着，放你出来算你命大！"

爸爸问晚晚："你知道咱们家的猫，咪斯瓜，它到哪里去了吗？"

凡是想到咪斯瓜，晚晚的心就会一抽搐。她太爱这只猫了，它不见了之后，她曾经在大街小巷找了它一个通宵。她倔强得谁的话也不听，夜深了，她还坚持要找它。妈妈愤怒得要打她，她破天荒地迎着妈妈站着，准备挨打。她的姿势似乎是在表明：打吧，打吧，即使打死，她也不会回家，除非把咪斯瓜找到！

奶奶陪着她，一直找到天亮，还是不见咪斯瓜的踪影。

奶奶当时说，她认为，咪斯瓜已经不在人世。

"怎么会这样？怎么会这样！"晚晚不相信，她要见到咪斯瓜，即使它真的是死了，她也要见到它，哪怕只是一张猫皮。

奶奶说："你妈妈不会告诉你的，她不会说出来的。"

晚晚不知道奶奶这话是什么意思，难道说，妈妈知道咪斯瓜的去向？奶奶说它已经死了，难道和妈妈有关？

晚晚对妈妈的敌意，自从咪斯瓜失踪后，就更深了。有时候，她喝得酒气熏天地回家，晚晚看见她回来，就当没看见一样。而妈妈，已经躺到床上了，没洗澡，也不刷牙，她会突然跳起来，跑到晚晚的房间里，质问她："你说，我还是你妈妈吗？"

晚晚不理她。

她说："你眼睛里没有我这个妈妈，我也不想看到你这个女儿！"

她刚走出去，晚晚就把门很响地关上了。

她听到屋子外面，传来妈妈哇啦哇啦的声音，那是她吐了。晚晚推开一道细细的门缝，看到她趴在卫生间的马桶上，对着里面呕吐。她的背影瘦弱，她只有一只脚穿了拖鞋，另一只脚光着，脚底有红色的痕迹，"那是破了么，还是踩到了葡萄酒？"晚晚想。

爸爸从来不跟妈妈争吵。从来都是她很不耐烦地责怪他，或者就是骂他，讥笑他。但是晚晚一点都不觉得爸爸窝囊，她完全感觉得到，他的无声，非常强大，他以漫不经心来对付妈妈，让她感觉有火发不出，有劲使不上，让她感到窝囊，让她失败。

晚晚并不向着谁。她讨厌妈妈，尤其是她喝了酒回来的时候。她也不喜欢爸爸，特别是他和妈妈对峙，他的那种阴森森的态度，他就像一个从古墓里爬出来的人，身上散发出冷冰冰的气息，这时候，晚晚倒是非常同情妈妈，觉得她很可怜。虽然看上去她是占上风，因为都是她一个人在说话，她在抱怨、发泄、咒骂，但是晚晚还是觉得她可怜。妈妈没有赢，她被一堵沉默的墙顶回来，那是一堵厚重、黑暗的墙，没有办法跨过去，只能被逼在墙角，在那里闷死！

奶奶去世，晚晚是完全没有想到的。这是她第一次面对"死"这件事情，她之前一直不知道死是一个什么东西。反而，觉得死好像是挺好玩的，所以经常挂在嘴上，开心死了，烦死了，好听死了，笑死了，死这个字是那么的慷慨，想用就用，随便用。可是看到奶奶躺下了，直挺挺的，硬邦邦的，脸变得陌生，谁叫她都不理睬，没反应。这就是死啊？这是真的死，不是说着玩的！死是一种多么可怕的状态，它会让人变成这样，她再也不会坐起来了，不会再说一句话，不会再理任何人，不会再理会任何事了。

晚晚还有一句话要对奶奶说，很重要，必须说。但是，她知道，没机会了。

妈妈曾经说过的一句，她讨厌咪斯瓜，是不是？晚晚努力要回想起她当时是怎么说的，却再也想不起来了。甚至，她是不是真的说过，晚晚都无法确定了。

咪斯瓜呢，它有秘密吗？

过了年就是十一岁的小姑娘晚晚，她真的是迷上了照镜子。这面唐代的海兽葡萄镜，成了她的秘密。她不是喜欢这面镜子，而是喜欢镜子里的自己。她在镜子里忽远忽近，有时候模糊，有时候清晰。她看见自己有时忧郁，有时笑靥如花，有时，则对着镜子落下泪来。晚晚你为什么落泪？你是在体验人生除了欢笑，也有很多很多的悲哀吗？那么你的悲哀是什么？你为什么而感到悲哀？

这悲哀，就是你的秘密吧？

不告诉妈妈，不告诉爸爸，也不告诉老师同学，奶奶和咪斯瓜已经不见了，想告诉他们也做不到了，那就告诉自己吧！告诉这面唐朝的镜子，告诉镜子里的自己。

她揽镜而笑，对着它学会了妩媚，学会了青睐，学会了顾盼流转，好像镜子里面既是自己，又是另外一个人。她们之间不需要说话，只要相互看着，笑一笑，皱皱眉，噘噘嘴，挤一挤眼睛，心领神会。

而看她在镜子里哭，则自己也被感动了。"晚晚，"她对自己说，"你为什么哭？你不要哭好不好？"这么说，哭得就更欢了，好像流泪是一件很享受的事。

她的泪滴落在铜镜上，她用衣袖擦它，它突然就变得明亮起来了，它把屋外的阳光抓进来，投射到天花板上，晚晚抬头，看见了一只蜘蛛，它被镜子里的光照着，一道银丝闪亮闪亮的。

"晚晚，你长得和你爸爸很像呢！"以前奶奶这么说。现在看着镜子里的自己，晚晚对自己说："一个人为什么会和另外一个人长得像呢？晚晚，你真的和爸爸像的呀！额头、鼻子，还有笑起来的样子，真的很像的。"

她不喜欢像爸爸，也不喜欢像妈妈。反正她就是不愿意像别人。她把鼻子捏住，往前面轻轻地拉，要是它能够这样隆起来，是不是很好？

而她的鼻子，有点塌，和咪斯瓜是不是一样？该死，又想到了它，那可爱的咪斯瓜！

晚晚居然在铜镜里看到咪斯瓜了！"咪斯瓜！咪斯瓜！"她对着镜子叫它。她张张嘴，它也张张嘴；她对它挤挤眼，它也对她挤挤眼。是咪斯瓜呀，真是它！"咪斯瓜你上哪儿去了？咪斯瓜你知不知道我想你呀！我每天上学、放学的路上都在找你，我不相信你会不见了，我想我一定能找到你！咪斯瓜你想不想我呢？"

喵，咪斯瓜叫唤了一声，它红色的舌头半吐了出来。

晚晚突然发现，镜子里不见了自己，只有咪斯瓜的胖脑袋，满满占据了整个铜镜。

"咪斯瓜，你是要说话吗？"晚晚浑身汗毛直竖，但是她硬着头皮要跟咪斯瓜说话，她看出来了，它有话要说。

喵，咪斯瓜又叫了一声。

咚咚咚！妈妈在外面敲门，她说："晚晚，晚晚，开门！"

晚晚只得把铜镜塞到枕头底下。

"什么事呀，妈咪？"晚晚很不高兴。

"你的巧克力给我吃一点，"她在门外说，"家里什么吃的都没有，我好饿，饿得要吐了！"

都什么时候了？晚晚看了一下床头柜上的小钟，已经快夜里十二点了，她还来敲门，有这样当妈的吗？

"我知道你还没睡，我看到门缝里的灯光了！"她说。

妈妈拿了巧克力，迫不及待地往嘴里塞。她狼吞虎咽的样子，看上去很可怕。

可是铜镜里再也看不到咪斯瓜了，它从此之后再也没有出现过。晚晚想，是不是因为它变得越来越清楚了？她已经能够在铜镜中数清楚自己有几根睫毛了。古代人的镜子，原来这么好啊！当年，在唐代的时候，它是谁的？拥有它的，是一个老太婆呢，还是小姑娘，或者是妈妈那样凶巴巴的中年女人？晚晚愿意它是一面小姑娘使用的镜子，她和她一样年纪，或者比她大一点也可以，她是一个漂亮的大姐姐吧？爸爸好像说过，唐朝的女人都比较胖，因为那时候大家都觉得胖才好看，不像现在，都要瘦。晚晚班里有个同学，因为是个胖子，她整天觉得别人都在嘲笑她，所以后来她就不来上学了。

爸爸的书橱里，放了一个陶俑，是一个盘了发髻的女人，他说她是唐朝的，她看上去真的很胖，但是晚晚觉得她不难看。

她也是像晚晚一样，有事没事就对着镜子看吗？也会像她一样对着镜子笑笑、皱皱眉、噘噘嘴吗？也会和镜子说话吗？也有时候突然就对着镜子流泪吗？古代的女子，可能更喜欢哭吧？她们也没什么玩的，照镜子应该就是觉得很有乐趣的。

晚晚把铜镜反过来，好像那样就能判断出它原先的主人到底是个什么样的人。她能看到什么呢？上面有眼泪的话，能看出来吗？滴在铜镜上的泪，一千年之后，早就干了，什么都看不出来了吗？泪滴的地方，肯定锈得更厉害，锈成了红斑，还是绿色的？可能那一星孔雀蓝，就是曾经泪滴掉在上面的痕迹吧？

但是这个唐代的女孩为什么要哭？晚晚又想，唉，哭还要理由吗？女孩子哭根本不需要理由，想哭就哭了，悲伤哭，高兴了也要哭，不想哭的时候，可能突然也就哭了起来。不是这样吗，晚晚就是这样的。

那么后来，这个女子，她是怎么把这面铜镜丢掉的呢？嗯，没错，晚晚就是这么想的，她丢掉了它，否则，它又是怎么来到晚晚的家里，到了晚晚手上呢？

人总是要死的，人死了，就把所有的东西都丢弃了。就像奶奶，她一直说她手上的那个嵌翡翠的戒指不会给任何人。她有好几个漂亮的戒指，有一个是镶嵌了红宝石的，她说这个戒指会送给晚晚，说红宝石喜气，会给晚晚带来好运。她的翡翠戒指，那翡翠又绿又水，实在是太漂亮了。妈妈几次说："你奶奶的翠戒可能会值一百万！"晚晚知道，那是爸爸对她说的，只有爸爸才会知道这些东西的价值。

"死了能带走啊！"晚晚听到妈妈这么嘀咕。以前没在意，现在晚晚想起来了，奶奶说她的翠戒谁也不给，妈妈当然不高兴。那么现在，奶奶已经不在人世，那个翠戒呢，去了哪里了？

"她后来就出嫁了吧？"晚晚继续想象这面铜镜的主人，她出嫁的时候，会丢弃它吗？她一定会带着它去夫家。小小一面铜镜，带过去不难。她肯定不会丢下它。

她一天天老了，最后她死了。那么铜镜，是和她一起下葬了吗？和她一起装进棺材里，埋在土里。然后，一埋就是一千年。再然后，她腐烂了，变成了灰，变成了泥土，但是铜镜不会烂掉，它就被盗墓的人挖出来，然后又来到她家里，到了她的手上。

晚晚突然觉得毛骨悚然。她害怕墓里出来的东西，难道，自己竟然这么长时间以来，都枕着一件墓里的东西睡觉吗？她头皮发麻，差一点把它扔了！

但是她的手，却反而更紧地抓住铜镜，唯恐它掉到地上似的。

晚晚更愿意相信，她死的时候，并没有将铜镜陪葬，而是传给了她的女儿。那是一个跟她妈妈一样美的女人，她珍爱它，经常拿着它，照见自己，也在镜子里看到她的妈妈呢！

那么，已经死去的人，也会在镜子里看到吗？镜子在黑暗中，是看不到它的，看不到镜子，镜子里所有的东西也就无法看到。所以每次揽镜自照的时候，晚晚都要把灯打开。灯光填满了她的房间，也像水一样从门底下的缝里淌出去。所以有时候妈妈半夜回家，她听到门上钥匙的响动，就会马上把灯关掉。镜子和她，就一起陷入了黑暗，什么都不见了。

镜子在黑暗中还存在吗？有时候晚晚不开灯，只是摸黑把它从枕头下面摸出来，它并不是冰凉的，它在枕头底下吸收到了她的体温。她在黑暗中抚摸着它，它凸起的海兽葡萄图案，以及位于中心的那个镜钮，就像妈妈的一个乳头。当然她更爱抚摸铜镜那平整光滑的一面，那种光滑细腻，甚至是要超过皮肤的。是的，比她十来岁小姑娘的皮肤还要细腻，它传递给手心的，就是皮肤一样的感觉。

小姑娘晚晚，果然就在铜镜里看到了奶奶，她死去了的奶奶！晚晚惊愕得差一点叫出声来。但是奶奶安详和蔼的笑容，让她很快就平静下来，不再害怕。奶奶给了她很亲切的感觉，她笑得比晚晚记忆中的奶奶更温和。她看上去不是太清楚，但晚晚不会认错的，她的的确确是奶奶，她蓬松花白的头发下面，那双眼睛，弯弯的，笑眯眯地看着晚晚。

晚晚不知道自己是否叫了她一声奶奶。她傻傻地看着奶奶，看着她笑。然后她也不记得奶奶是不是对她说了什么话，她有没有说话，晚晚也不能肯定了。

客厅大门的钥匙响了，是妈妈回来了，晚晚赶紧把灯关掉，一切都瞬间陷入了黑暗，当然包括铜镜、铜镜里的奶奶，还有她自己。

她听到妈妈把包扔到沙发上的声音，听到她脱下来两只鞋子，又听到她走到她的房间门口。妈妈是在听晚晚房间里有什么动静。晚晚在黑暗里抱着铜镜，她一动不动，不会发出任何声音。她闻到了妈妈呼出的酒气，是从门缝里钻进来的吧！

把铜镜抱在胸口的晚晚，模模糊糊睡着了。入睡之前，她在努力回忆，奶奶在铜镜里出现，她到底有没有说话，她又说了些什么呢？

第二天醒来，她才想起来了，奶奶是跟她说话了，她在镜子里抿抿她花白的头发，对晚晚说："我告诉你一个秘密！"晚晚问："是真的秘密吗？"奶奶说："是真的！"

晚晚的记忆越来越清晰了，是的，奶奶告诉她，他们家的猫，咪斯瓜，不是不见了吗？它可不是走丢了，而是已经死啦！

"什么？"晚晚跳起来，使劲地揉眼睛，以确定自己不是在做梦。她醒了，她当然不是在做梦，她是非常清醒地在回忆昨晚和奶奶的镜中相见。是的是的，奶奶就是这么对她说的，他们的咪斯瓜，不是走失了，而是死了！

而且，它是被妈妈踩死的！

"她把它踩在脚底下不松开，它就死了。"奶奶是这么说的。

奶奶说："因为你妈妈恨我，她一直巴不得我死，但是她没有把我踩死，她不敢踩死一个人，她就把咪斯瓜踩死了，因为咪斯瓜是我养大的，它是我的宝贝。"

晚晚不记得自己昨晚是不是哭了，一定是哭了，而且哭了很久。她拿起铜镜，看到了自己有点浮肿的眼睛，更证明了自己昨晚是哭得有点厉害的，她现在还抽搐了一下呢！她想起来了，自己就是哭着哭着最后睡着的。睡着之后她做了很多很多的梦，乱七八糟的梦，有很多可怕的细节，有些好像还能回想起来，但是大多数都忘了。

真是这样吗？她心爱的咪斯瓜，她最亲爱的朋友，被她的妈妈踩死了！世界上真的有这样的妈妈吗？世界上真有这么狠心的人吗？她的妈妈难道是这样一个狠心的女人吗？

她希望在爸爸那里求证，咪斯瓜到底是怎么死的。她想起来了，爸爸好像对她说过，咪斯瓜去了哪里，这是一个秘密。那么他知道这个秘密吗？他知道是妈妈踩死了它吗？他会把这个秘密告诉晚晚吗？

她去看了妈妈所有的鞋子，她想在某双鞋子底下发现一些什么，比方血迹，或者一些毛。

"晚晚你动过我的鞋子了吗？"妈妈大发脾气，"你不要赖，我的鞋柜谁动过了我一看就知道了！"

晚晚看到了妈妈眼里的凶光，她有点害怕。她又将目光下移，盯着她的脚看，她出现了幻觉，她看到她的咪斯瓜此刻就被妈妈踩在拖鞋底下，它挣扎了几下，她踩得更重了，直到它再也动不了，眼珠子凸出来，嘴里流出鲜红的血来。

晚晚歇斯底里地大叫起来！

爸爸闻声从他的书房里冲出来，他以为晚晚是因为委屈而大叫。他把她抱进怀里，对妈妈说："没人动你的鞋柜吧，你是自己醉醺醺回家乱塞一气忘记了吧！"

妈妈对爸爸说："你得了吧！"

爸爸妈妈正式决定离婚的那一天，晚晚发现铜镜上出现了一条裂缝。那是原先就有的吗？细小得难以察觉，完全摸不出来，只有在灯下凑近它看，才能看到。

妈妈搬走了十几个大行李箱，都是她的衣服，还有鞋子，她是个时尚的女人。爸爸对晚晚说："以后你就没有妈妈了，她去当别人的妈妈了！"

可是在这个家里，到处都是妈妈留下的印记，她的东西爸爸不知道扔了多少，但是，依然是处处都可触及。

香水味混杂着酒气，那就是妈妈！

晚晚早就想好了，要是爸爸给她带回来一个新妈妈，她就把她推到河里去。离家不远的地方，有一座大桥，桥下是湍急的河水。以前他们一家饭后散步经常路过这座大桥，每次都会在桥栏边俯看滔滔江水。"掉下去肯定没命。"爸爸说。

"谁会掉下去，真的！"妈妈说。

"跳下去呀，"爸爸说，"每年都跳下去好几个的。"

晚晚搞不明白，为什么有人要跳下去？那不就死了吗？不怕死吗？

爸爸好像知道晚晚在想什么，笑着对她说："因为有些事比死更可怕，所以……"

晚晚终于决定，要把这面唐代的海兽葡萄铜镜扔到河里去。它带给她太多的秘密了，她感觉自己已经承受不起这么多的秘密。奶奶现在变得越来越频繁地出现在镜子里，她那一头花白头发，就像蜘蛛网一样，蒙在镜面上。她居然告诉晚晚："我是被你妈妈害死的！"

奶奶说："晚晚，你妈妈是个狐狸精变的，她不光害死了我，还会害死你爸爸，还有你!"

她在铜镜里的笑容，让晚晚感到毛骨悚然。

"晚晚!"有一天她回到家，踏进家门，就听到妈妈在客厅里叫她。她完全没有准备，吓得想要返身而逃。但是妈妈把她一把拖了进来："我又不是鬼，看把你吓的! 晚晚你说，我是你妈妈吗?"

晚晚点点头。

"你是不是我女儿? 你为什么那么恨我? 为什么怕我?"

晚晚说："你为什么踩死咪斯瓜?"

妈妈说："你听谁嚼舌头? 怎么是我踩死的? 谁说的? 是你爸说的吗?"

"不是爸爸说的!"晚晚说。

"那是谁?"妈妈的身上一股香水味，破天荒地没有酒气。她看上去愤怒得要发疯了，她说："一定是你爸爸说的，他可真会造谣! 晚晚我告诉你，我没有踩死猫，咪斯瓜是被人家套了去的，我找到那个地方了，我还看到它的猫皮贴在墙上。"

晚晚的心像被锥子戳了那么痛。

"那你为什么不告诉我们? 为什么还要让我们到处找啊找啊!"晚晚好伤心!

妈妈说："告诉你们有用吗? 你们去看到猫皮它就能活过来吗? 你看到了不是更伤心吗?"

"晚晚,"妈妈说,"你就因为这个恨妈妈吗? 现在我告诉你，不是我，你相信了吗? 你还恨我吗?"

晚晚还恨她! 因为她当了别人的妈妈。尽管她一直都不是个好妈妈，她很少管她，每天都是喝得醉醺醺地回家，晚晚讨厌她，但是她还是不愿意她成为别人的妈妈！

"晚晚你跟我走好吗？跟妈妈走，那里有个很好的姐姐，她会照顾你的，你会喜欢她的！"

"我不要什么姐姐！"晚晚歇斯底里地说。

"那你就待在这里吧，你很快就会有个新妈妈的！"

晚晚说："我谁也不要！"

妈妈说："晚晚，你不是知道很多秘密吗？你想知道很多秘密是不是？那你想过没有，那些秘密是真的吗？哪些是真的哪些是假的你知道吗？假的秘密还是秘密吗？"

看晚晚不说话，妈妈又说："即使是真的秘密，你知道了又有什么意思？你一定要知道吗？"

晚晚看着妈妈，发现她的脸上蒙了一层雾，就像是在铜镜里看到她。她是镜子里的妈妈吗？还是站在她面前的真的妈妈？

"你想知道是不是？"妈妈说，"那我再告诉你一个秘密，你奶奶怎么死的你知道吗？"

"不要不要！"奶奶好像说了，她是被妈妈害死的，难道现在妈妈要亲口告诉她，承认自己害死了奶奶吗？她会不会说出了这个秘密后，就把晚晚也杀了呢？

晚晚说："不要不要，我不想听！"她一边说，一边想逃回自己的房间去。但是妈妈拉住了门，不让她关门。

晚晚感觉到了自己的危险，奶奶说得没错，她害死了奶奶，有一天也会害死晚晚的。恐惧笼罩了她，她开始发抖。她用可怜的、哀求的眼光看着妈妈，她想对她说："不要杀我，求求你不要杀我！我是你女儿呀！"但是她一句话也说不出来，她只是在发抖，像一片树叶。

她没地方逃，门被妈妈把守着，她只能可怜地看着她，希望她不至于真的下手。

她会怎么对付她？晚晚想象，妈妈也会像踩死咪斯瓜那样把她踩在脚下吧？她也会像咪斯瓜一样被踩得眼珠凸出来、嘴巴里淌血吗？

她是不是应该大叫？大喊救命，或许邻居就会听到，就会报警，就会打电话叫爸爸来。

妈妈堵住门，对她说："你知道你奶奶怎么死的吗？她是被你爸爸害死的！"

晚晚惊呆了，不会吧？按奶奶自己的说法，她是被妈妈害死的呀！

"你不相信是吧？"妈妈说，"你可以去问你爸呀，让他告诉你，让他自己说，他妈是不是被他害死的！"

"你问他，奶奶的钱都到哪里去了？你奶奶的翡翠戒指到哪里去了？"妈妈说，"你爸就是个吸血鬼，他心里除了古玉，除了那些棺材里挖出来的东西，就没有别的！没有妈，没有老婆，也没有女儿！家里所有的钱都被他去买古玉了，你奶奶的存款、退休工资，所有的钱，都被他拿走了！你奶奶不给他，他还打奶奶，晚晚你知道吗？你不知道吧？他把我的钱也都偷走了，还四处去借，去骗，借了钱从来不还，他还挪用了公司的钱，他总有一天要被抓进去，判刑、枪毙！"

妈妈哭了起来，她说："你说我能跟他过下去吗？总有一天我会被他害死的！"

"晚晚，跟我走吧！你要再待在这个家里，你也迟早要被他害死。我是你妈妈，你是我亲生的女儿，你不相信我吗？我会害你吗？"

她要去拉女儿的手，晚晚却躲开了。

直到楼道里响起了爸爸的脚步声，妈妈才松开晚晚房间的门把手。爸爸的脚步声很特别，总是一脚深一脚浅的，一轻一响，好像他是个瘸子似的。

晚晚就把自己的房门锁住，她衣裳也没有脱，就躺倒在床上睡觉了。

然后她听到了客厅里两个人争吵的声音，接着，是打斗的声音。再接着，就什么声音都没有了。

将近凌晨的时候，她被一声猫叫惊醒，叫声仿佛是从她枕头底下传出来的。她伸手摸出了铜镜，发现它今天特别模糊。她用衣袖擦拭镜面，它依旧像是蒙了一层雾。

不过尽管如此，她还是看清楚了铜镜里的妈妈，她面容憔悴，双眼凹陷，头发蓬乱得像是故意烫成这样乱鸡窝一样的发型的。她在镜子里还用手捂住了自己的嘴巴，好像不让更多的秘密从她的嘴里漏出来。

晚晚看到妈妈的手上，戴着一枚戒指，那不是奶奶的翠戒吗！半个鸡蛋形状的戒面，又绿又透，好像是有一道绿光，鲜明地照射在铜镜上。

晚晚已经想不起来谁说的了，好像只有死去的人，才会在别人的镜子里出现。

菱花镜

五百年前的小姑娘青婉，她看到白云倒映在不远处的池塘里，它们就像水上的白天鹅，悠闲地浮游。她好像还听到了天鹅的红掌拨动绿水的声音，白云就像真的天鹅，转动着脖子，还发出动听的歌唱。

但是妈妈拉住了她，不让她走近水边。

"为什么？"青婉说，"我不会掉到水里去的！"

妈妈说："不能让水照见你的影子！"

这样的话青婉听到不止一次了，她几乎是从会说话的那一天起，就经常听到家人这么说。"你不要看镜子！"爸爸说。妈妈也说："小青婉，你不要看到你自己！"

而青婉也从来不问为什么，好像人生下来就应该是这样的，好像所有的人都应该是这样的，不要看到自己的脸，不要在池塘边低头，不要看地上的积水，不要把头探向井里，当然更不要照镜子。

那女孩子家，应该做什么呢？

青婉也不用像别人家的小姑娘一样学做女红，也不用担水煮饭洗碗洗衣裳。她每天要做的，就是读书、写字、作诗、画画和弹琴，有时候，则是跟爸爸或妈妈下棋。

好像人生下来就是要做这些的，好像世界上除了笔墨纸砚，就是琴棋书画，还有就是绣楼窗外的春花秋月、晨光暮色、流水行云，以及风雨，以及霜雪。

她写得一手好字，娟秀中见柔骨；她画工笔花鸟，色彩雅丽，栩栩如生；她的琴声清远空灵，最擅长弹一曲《潇湘水云》；她和爸爸妈妈下棋，渐渐地赢多输少。

她写的诗词，更是隽永：

　　　纱窗徒倚倍无聊，
　　　香烬熏炉懒更烧。
　　　一缕箫声何处弄，
　　　隔帘微雨湿芭蕉。

爸爸读了青婉的诗说："写得越来越好了！"

妈妈读了青婉写的诗说："比妈妈写得还要好！"

青婉听了很开心，她就更爱写诗了，她觉得写诗是一件最快乐的事，比画一朵花心里更美，比弹琴还要内心平静，比下棋赢了爸爸还要高兴！

日落月升、阴晴冷暖、春去秋来、花开花落，都能触发她的诗情。她在精致的花笺上，写下一首又一首诗，填了一阕又一阕词。

香到酴醾送晚凉，
荇风轻约薄罗裳，
曲阑凭遍思偏长。

自是幽情慵卷幌，
不关春色恼人肠，
误他双燕未归梁。

妈妈把青婉写的诗抄下来，爸爸也把青婉写的诗抄下来，爸爸的朋友也把青婉的诗抄下来，爸爸的朋友的朋友又把青婉的诗抄下来，很多很多的人都读青婉的诗、抄写青婉的诗。

十四岁的女孩儿青婉写的诗，被很多很多人读到，被很多很多的人喜欢。

青婉的诗，被雕在木板上，被刻在石板上，印在纸上，装订进书里。于是有更多更多的人读到了她的诗，喜欢上了她的诗。

青婉的诗被许多人背诵吟唱，许多人知道了她的名字。但是除了爸爸妈妈，没有一个人见到过她。她躲在她的闺阁里，躲在楼上的花窗后，躲在自家种着海棠花和紫薇花的花园里。

就是她自己，也从来没有见到过自己啊！

她只是在太阳下看见过自己的影子，那是纤纤细细的身子，柔柔弱弱的，走动的时候，就像垂柳在微风里轻轻摆动。

她只是在梦里看见过自己的脸，那是眼睛大大的，下巴尖尖的，皮肤是苍白的，嘴唇像涂了口红一样是鲜红的。

青婉终于要问为什么了，为什么？为什么我不能照见自己的脸？

妈妈说："脸不是给自己看的，别人都看得到你，这就行了！"

爸爸说："女孩儿看到了自己的脸，就会丢了自己的魂！"

"我是不是长得很难看？"青婉想，"我是不是长得太丑了，爸爸妈妈怕我看见自己吓一跳？他们是担心我看到自己那么丑那么丑的脸会伤心吗？"

她读书更认真了，她弹琴更心静了，她画画更投入了，她诗也写得更多了。

她编了一首曲子，在这首琴曲中，她踩着琴弦儿袅袅地行走，曲子里不仅有风儿吹过竹园的沙沙声，也有含笑花的香气，还有蜜蜂扇动翅膀的声音。

她画了一个女孩儿在花园里追赶一只蝴蝶，女孩儿只是一个背影，她没有画她的脸。她画的就是她自己，她不知道自己的脸是什么样子的。

青婉是太想知道自己长得什么样子了！如果天是一面镜子，她就会抬起头来，看见自己；如果书里有一面镜子，她就会打开书页，认真地看一眼自己。

但她又是那么地害怕看见自己。她会被自己的丑吓着吗？她会丑得让自己伤心吗？她会因此尖叫，会因此晚上做噩梦吗？

她问园子里的一朵花："花儿啊，你看看我，你怕了吗？"

她问一只从她身后飞过来的蝴蝶："蝴蝶啊，你告诉我，你见过比我更丑的女孩儿吗？"

她倚靠在窗口，问天上的一朵白云："云儿呀，你离我那么近，你能看清我是谁吗？"

她在漆黑的夜里摸着自己的脸问："我的手啊，你能告诉我吗，我到底长什么样？为什么爸爸妈妈都不让我看见自己呢？"

她摸摸鼻子，鼻子在，鼻梁直直的；她摸摸眼睛，睫毛让她的手指痒痒的；她摸摸嘴唇，它像橘瓣一样柔软；额头好好的，耳朵也是好好的，下巴也是好好的。

她的脸，到底丑成怎样呢？

她曾想偷偷去爸妈的房间里，揽过妈妈的菱花镜，认真地照一照自己。她的脸，将会清清楚楚地出现在铜镜里。到底有多丑，到底有多么的吓人，总得要看一看啊！

"爸爸，我是不是长得太丑了？"

爸爸说："我们家青婉不是丑八怪！"

青婉问妈妈："妈妈，我长得像爸爸还是像妈妈？"

妈妈说："青婉有点像爸爸，也有点像妈妈。"

青婉说："我一定要把妈妈的菱花镜拿过来，我要看一看自己！"

妈妈果断地说："不可以！不可以就是不可以！"

妈妈变得那么凶，看上去很狰狞，青婉既害怕又委屈，她伤心地哭了起来。青婉虽然是个柔弱的小姑娘，而且画画写诗，多愁善感，但她其实很少哭，她的内心有着男孩子那种刚强的一面。

这次她却哭了，哭得很伤心！

但是她的哭，并没有让妈妈变得心软。她不但没有把菱花镜拿给青婉，反而把它放进抽屉，锁了起来。

青婉看不到自己，她在她自己的心目中，是另外一个自己。有时候根本就不是自己，而是一个别人。那么她又是谁呢？她长什么样？她为什么会在这个家里？她为什么在这个世界上？

如果她不是自己，那她又为什么会感到饿，感到困，感到高兴，感到害怕，感到疼，感到热，感到冷，感到暖和，感到凉快，感到迷惑，感到伤心，感到安静，感到烦躁，感到忧伤，感到孤独，感到满足，感到诗带来的欢乐，感到在父母身边的安全，她如果不是自己，只是别人，她又怎么能感到这一切呢？

她肯定她是她自己，只是有时候，有偶然的时候，她又并不是她自己。

她在弹琴的时候，看到自己像云一样飘在空中，她的身体是轻盈的，白色的衣裳被蓝天衬托，显得尤其的洁白。

她在画画的时候，仿佛自己只是花园里的一朵花，半开的，带着露的，在枝头轻轻摇曳，吐露暗香。

她在写诗的时候，似乎是进入了一个幻境，那里既不是山上，也不是水边；既不是春晨，也不是夏夜。那是一个没有时间的地方，自己不见了，却又明明白白看到了自己的影子，在月光下，在斜阳中。

她就这样慢慢长大了，变成十五岁，变成十七岁。

有人来向她家里提亲，都被她爸爸妈妈回绝了。妈妈私下里说得最多的一句话就是："谁配得上我们家青婉啊！"

而青婉自己，则知道她不可能有出嫁的那一天。因为她太丑了，她丑得爸爸妈妈都不让她看到自己，生怕她被自己的面容吓到了。她没有自己，她真正的自己在琴里，在书里，在画里，在诗里。

园子里的树越长越高，花开了，又谢了；紫藤越来越粗了，石阶上的青苔越来越绿了。青婉的日子一天天过去如流水，她读的书越来越多，多到好像再也没有书可读了；她写的诗也越来越多了，爸爸给她印成了好几本书；她更多的时间就是画画，就是弹琴。她把世界上所有的花都画了一遍，她画了世界上所有的鸟儿和蝴蝶；她弹熟了所有的琴曲之后，自己又凭空编了很多的曲子。

妈妈不再那么坚决地回绝上门提亲的人，爸爸也用苍老的声音说："我们家青婉真是该出嫁了！"

但是青婉不愿意，她想问自己："你听到爸爸的话了吗？"但是她找不到自己。她想问："我到哪里去了？"却觉得真要是这样说出来，也实在是太傻了。

"要我出嫁，我就死！"她咬着牙说。

她的头发渐渐白了，她的眼角也有了越来越多的皱纹，但是她自己看不到。

她的手指不再像从前那么娇嫩，这个她看到了；她的嗓音变得沙哑了，这个她听到了；她的腰不像过去那么纤细了，这个她也看到摸到感觉到了。

她看到她的爸爸妈妈的头上，降落了霜雪，她看到他们的脸上，布满了蛛网，她看到他们的腰背弯曲了，他们的眼睛里出现的白雾，她也发现了。

后来她的爸爸死了！她看他躺在门板上，直挺挺的，嘴巴和眼睛都闭得紧紧的。死原来就是这样啊，和睡着有什么两样呢？不同的是，睡着了还会醒来，死了就是永远睡了。

她和妈妈大声地哭，她们的眼泪流成河，爸爸就像一片枯萎的叶子，在河里漂走了，漂远了，漂得不见了！

青婉没有爸爸了，青婉的妈妈也变成一个满头白发的老太太了。

终于妈妈从抽屉里取出菱花镜，打开一层又一层的绸缎，六角的铜镜终于出现在了青婉的面前。镜子镜子，这黑里泛银的铜镜，躲避了青婉多少年！是它躲避了青婉呢，还是青婉躲避着它？没有镜子的世界，是谁的世界？看不见自己的人生，是真实的人生吗？

"看看吧，青婉！"妈妈说，"你应该看看自己了！"

青婉呆呆地看着铜镜，这只是铜镜的背面，它好看的菱花形，中间的镜钮就像一只眼睛。是你要看它呢，还是它想看你？青婉看到铜镜上绿色的锈斑，就像园子里台阶上的苔痕。这面镜子，反过来又会怎样呢？

"不，我不要看它！"青婉说。

她还是不要看见自己。她的难看的面容，被她自己在脑子里无数次描绘，就像是一个丑陋的怪物，在她脑中千变万化，变来变去都是丑，丑到她自己都厌恶。

"看看吧！"妈妈说，"青婉，你是个貌美的女子，你比世界上任何女子都要好看！"

青婉看着妈妈，好像是要判断出这个白发老妪，她是骗人呢，还是在说胡话？这是一句真话吗？为什么直到今天才说出来？又为什么要说出来？为什么不在青婉还是个小姑娘的时候说呢？

"看看吧，青婉！"

青婉接过菱花镜，这是她生平第一次看到自己的面容啊！原来，她果然不是个丑八怪！恰恰相反，虽然已经两鬓飞雪，虽然脸上有了不少的皱纹，但她依然目如秋水，唇红齿白，眼光流盼，一瞬间把她自己也打动了。

如此美丽的面孔，若还是青年，若还是十七岁、十四岁，那就是沉鱼落雁闭月羞花的绝色佳人啊！"这是我吗？是我自己吗？难道是一位沉睡在古镜中的前朝美女？她为什么如此惊讶？又为什么如此茫然？她为什么用漫长的一生躲开自己？为什么直到人生的黄昏，才让自己的面容回到眼前？"

她呆呆地、久久地看着菱花镜中的这张脸，就像打量着奇怪的陌生人，又像追忆着一个恍惚的梦境。

她根本就听不到妈妈的说话，妈妈苍老的声音在一边说："青婉，我的孩子，你不知道，你有过一个姐姐，她和你一样，也有倾城倾国之貌。但是她在镜中看到了自己后，就爱上了自己，她沉迷在这个爱里不可自拔！她每天所做的事情，就是捧着镜子看自己，她对着镜子笑，对着镜子哭，和镜子里的自己说话。"

而此刻，青婉似乎也在对镜中的自己说话呢，她喃喃自语，还对着镜中人吟出了一首诗：

> 揽镜晓风清，
> 双蛾岂画成？
> 簪花初欲罢，
> 柳外正莺声。

妈妈还在一旁对青婉说话："青婉啊，你姐姐，我们夺走她的镜子，不让她再看自己，她就病了，躺倒在床上，不吃不喝，一天天瘦下去。"

"我也要去了，青婉！"妈妈说，"可是我放不下你啊！"

恍惚的青婉好像听到妈妈说起了姐姐，"我有姐姐吗？"

"有，"妈妈说，"以前有，后来就没有了！后来，后来她爬去池塘边，看水里的自己，她跟水里的自己说话，对她笑，对她哭。"

"后来呢？"青婉问。

"后来，她就掉进池塘里去了，变成了一条鱼，游走了，不见了。"

与狗为邻

邻居的狗一叫，我们就发笑。

这只叫作火豹的狼狗，有一个明显的与众不同之处，那就是它爱叫。听人说会叫的狗并不是好狗，但火豹绝对是一个例外，它是一条会叫的好狗。它的叫声粗犷而散发出金属质的声响，声带深厚而又明亮。如果狗也能像歌唱家那么分类，那么火豹应该归入次中音的范畴。火豹叫声的节奏，有点与发动柴油机相仿佛。我常常在建筑工地上听到那种声响。见一个民工手抓一个三曲的锃亮摇柄，搅动什么似的一阵猛摇，这种声音就发出来了。由于对这种声音谙熟于心，所以第一次听到火豹的叫声，我就想到了柴油机的发动。

第一次听到火豹叫，还是前年的冬天。当时它的叫声还十分稚嫩，可是风格却似乎已经形成。它就那么柴油机发动一般吠叫着，一开始很让我们感到心烦。因为一条狗的叫声总比不得歌声或者少女的娇音什么的，我们便在脸上明显地堆起痛苦的表情。当然这种表情并不是给火豹看的，我们都知道一条狗不太能明白人的表情，而且还是一条未成年的小狗。可是邻家的狗主人也并不领会我们的表情，这就有点让我们感到愤怒了，深以为我们做出了那么色彩浓郁主题鲜明的表情实在是一种大大的浪费。所以我才将对火豹的厌恶通过行动来表达了。表情是懦弱的，是迂腐的，常常是君子在势不如人时所采取的精神胜利法。

我采取的行动是向火豹扔了一块石头。

我扔的那块石头可以说是经过精心挑选的。我不能挑选一块过大的石头，那是从维持良好的邻里关系计。当然我也不能挑一块过分小的石头，因为那样的话击在狗的身上就有点不太受用。一块不大不小的石头正好。可是石料的选择也是大有讲究，我自然不能随随便便地从地上捡起一块就扔，因为那样就很容易被发现是我作的案，因为我们家院子里的所有石头，几乎都是邻居所熟悉的，那很容易让人顺藤摸瓜。其实最为恰当的是，我应该稍稍辛苦一下自己，走上大约一百米光景，到一个建筑工地上去捡一块打狗的石头。可是因为我打狗的念头来得太突然了，可谓心血来潮，因此要来回走两百米去借武器，就觉得有点不大可能。我终于扔出了一块我收藏多年的雨花石，那让我日后心痛不已。

我把雨花石抡圆了掷出，正巧击中了火豹的左眼。

虽然雨花石有着浑圆的外形，不像一般石头那么尖利而多棱，但由于它凝聚了我右臂全部的力量，因而它飞出以后便轻而易举地让一只狗眼废了。狗的叫声顿时凄厉起来，在夜空里久久回荡。

邻居一家为此侦查了许多日子，并扬言要在雨花石上找出指纹来。

邻居一家，也仅仅是两口人而已。

男人由于眼睛不是太好，因而听到火豹日本人牵着追捕地下党似的狂叫，有点莫名其妙，他一遍遍地在黑暗中问火豹干什么，火豹都不回答他。他因此有点恼火，便提起他穿了意大利牛皮鞋的脚踢向火豹。他这样做真是太过草率了，他没想到的是火豹竟然将他的意大利咬了一口，并且把他的脚也咬破了。他因此也大叫起来，把女人着实吓了一跳。正在他想要把自己脚的遭遇告诉女人时，女人几乎是惊叫起来："冬一，狗眼瞎了！"

冬一正在疼痛，听得女人这么叫，以为是在说他，便骂道："你的才是狗眼，你没看到狗把我咬了？"

女人怒吼道："火豹的眼睛在淌血呢！"

冬一道："那是我的血！"

女人将狗和冬一拖到亮处一看，才弄清了这有点复杂的事故。狗血和冬一的血流到了一起，鲜红鲜红的，却并不凝固。女人心里闪过了一个有点滑稽的念头：狗与冬一恐怕有着同样的血型呢。

狗在灯光和女人的抚摸下停止了吠叫，而冬一却在不停地怪叫。女人又想：冬一大抵是染上了狂犬病了。

直到冬一停止了狂叫，他才在院子里找到了那枚有着"晓风残月"意境的雨花石。他对女人说："花妹，你看！"

花妹见那雨花石上都晕染了狗血，有点老谋深算地对冬一说道："你破坏了指纹了！"

冬一仿佛拿起的是一枚沾血的狗眼，顿时怕烫似的将它扔在了地下。雨花石在釉砖上发出了好听的声响，那是一种弹性极好的跳动之声，让人听来会觉得那石头似乎是有灵性的。

我已经说过，火豹是一条好狗。它长大以后身壮如驴，凶猛异常。它的优秀是显而易见的，那就是从不摇尾乞怜，并且恪守职责。然而世上的一份优点，也常常就伴随着另一份缺点，就像一个物体的一面向光，另一面便必定背暗一样，缺点在火豹的身上也同样表现得十分突出，那就是它不管是碰到谁，都要凶恶地扑将上去，边吠边咬。它仇视人类，因为人使它变成了独眼。

火豹曾经被冬一夫妇遗弃。他们冒着被咬断胳膊的危险，坐车将它送到狮王山沟里去。他们将它装入一只麻袋，把那麻袋从山顶一直抛向山谷去。因为它几次险些将冬一的鼻子和花妹的耳朵咬掉。吠声从山谷顽强地传向山顶，冬一夫妇感到有点不寒而栗。他们杀人凶手般心惊胆战地逃逸出狮王山，急急地赶车回家。

推开他们的大铁院门，只见火豹竟虎视眈眈地在院子里蹲着。那只独眼闪放出怪异的明亮光芒，把冬一夫妇惊得身子撞响了大铁门。大铁门的轰响让我们知道邻家一定是又出了点事情。

火豹于是被锁在了一根粗大的铁索上，像米开朗基罗《被缚的奴隶》。

后来火豹又被送走过一次。但在被缚到送走期间，又发生了一件比较重大的事件。

那是一个凉风习习的夏日午后，我在家门口无所用心地纳凉，同时捧着一本《古董秘鉴》在看着玩。我看这类书，也是因冬一而起。他做古董生意似乎发了很大的财，他有着这方面的天赋。豢养火豹，也大抵是为了保卫他从各处收罗而来的各种古董。冬一并不是一位古董收藏家，但他精通古董。其实天下的所谓生意，也大抵都是内行骗骗外行而已。可见做一名内行十分重要。冬一是内行，因此他能将古董倒手而化作钱。那对我无疑是形成些诱惑的，我因此也想努力成为一名内行。

正投入在古董里，有一个圆圆的物体闯入了我的视线。那是一个像水蜜桃一样的东西，硕大的、饱满得有些夸张的水蜜桃。那水蜜桃在我眼睛的余光里比古董有着更大的诱惑，它鼓胀着一种热情，叫人不得不放下所有的一切而将关注投向它。我终于将目光从书本上收回，而放射到那个浑圆的物体上去。

那是花妹的臀部。

人们从来都关心着邻居的隐私和他们丑恶的部分，因而常常忽略其美妙的地方。对于这个女邻居，我也犯着同样的错误。我一直觉得她缺少温柔，眼睛也过于细小，却从来没注意到她有着如此出色的丰臀。在这个凉风习习的夏日午后，我蓦然发现了这个美丽的部位，真叫我情绪亢奋。这是个惊人的发现，美大抵也和古董一样，太需要发现的眼睛了。说不定，你家厨房里一个盛盐的钵头，就是件宋瓷。你不会发现，它就只是一只盐钵而已。花妹的臀部，就一直是我从前的盐钵。

我简直看傻了。那个水蜜桃只套着紧绷绷一条真丝平脚裤，其天生的线条就无比流畅地毕露。它在夏日的凉风里传递给人以一种异常光滑细腻的感觉，那感觉因此非常自然地让人产生想要伸手去摸的愿望。我首先用我的目光将它摸了个够。我的目光，像那风一样无形而有着灵敏的触觉。它呈直线状向那浑圆的水蜜桃流去，又紧贴着那光滑的球面打转，就像流水会在某个引力特大的地方产生出美妙的旋涡一样。

花妹发现了我。

她的目光比较复杂，但毫无疑问地让人觉得有机可乘。这让我兴奋而又紧张。我的目光停止了旋涡般的旋转，而变得像一枚钉子一样在她的臀上牢牢钉死。就这样，我们僵持了大约有两分钟光景。是花妹的一个浅笑才终止了这种有意思的对视。她笑得有点古怪，但同时又是十分妩媚的。那笑极像是她抛出的一根缎带，就那么在夏日的一个凉爽午后飘飘袅袅地向我飞来。我竟然就被那缎带系着，拖进了冬一家的房门。

花妹真像是一只水蜜桃啊，有着甜蜜的汁水。水蜜桃，水蜜桃，这真是一个疯狂的形象，饱满而鼓胀，柔韧而富有弹性。我充满激情的慌乱，震倒了冬一的一只汉代陶罐而不自知。

就在这样感人至深的时刻，火豹出现了。

我忽然感觉到后背被一个冰凉的东西碰了一下，当然日后我知道那是挣脱了铁索而走进门来的火豹的鼻子。我当时正在火热的斗争中经受磨练，突然被这么个冰凉的东西贴了一下，一时很感到有些匪夷所思。我于是中断了我的工作。工作一中断，产品马上就出问题，水蜜桃开始挑衅性地跳动。我不得不再一次忘我地投入工作，可是那冰凉的感觉又一次让我停了下来。这一次我没有理会我身下那狂怒的震颤，而扭头向我的身后看了看。我看到火豹冷冷地站在那里，它的那只独眼喷闪着蓝色的火焰。而那个被我的雨花石击瞎的眼窝，则像是一个幽幽的枪口，瞄准着我。

火豹的出现，令我的榨汁工作半途而废，并且就此失去了工作的能力。而且在以后非常漫长的一段时间里，我都像是某个电路出了问题，榨汁机怎么也不能启动。而花妹，她当时正在迎接一个毁灭性的高潮，我却戛然而止了。我知道她一直在盼着这一刻，可是光明像萤火虫似的闪了一闪，就不见了。花妹的心一定与受苦人一样沮丧以至绝望。

她因此不得不对火豹恨之弥深。

她终于决定要清除掉这个人民幸福生活的障碍。她的谎言随手拈来，她对冬一说，火豹应该再一次被赶走，因为它打碎了汉代的陶罐。

冬一听着花妹对火豹的控诉，觉得养这条狗也确实有点事与愿违。这种异化的理论虽也早就不是什么新鲜玩意儿了，但它很能引起我们的兴趣。它被西方哲人发现以后，就仿佛点破了全人类某些行为和心理上的一层窗户纸。且不谈政治，光是一些饮食男女事，也跳不出异化的怪圈。比方说结婚，最初谁不是想为了好好接吻拥抱性交生孩子的？可是到头来，总要大受其累，总要将此当作人生第一大不幸，这不是大悖初衷么？冬一觉得养这条狗也是这样，本打算让它好好护着他东寻西觅而来的古董免遭强人偷盗的，谁想倒是它把汉罐给打了？

在这一点上，火豹是蒙受了不白之冤的。如果它因此而被处死的话，那就绝对是沉冤九泉了。所幸的是它这一次的遭遇比前次的遗弃要略好一些，它被送到了一个军犬场去了。军犬场的军官说，我们不能要一只独眼的狗。冬一就说，不要的话你们会后悔的，因为它实在是一条出色的狼狗，狗崽买来都值好几千的。军官这才有点心动，冬一便趁热打铁地继续将许多溢美之辞奉献给火豹。冬一说，大凡某些器官出了点毛病，就会有另一方面的补偿。比方说瘸子，他的手臂力量通常胜人一筹的。人如此，动物也不例外。因此火豹正因为只有一只眼睛，才有异常灵敏的嗅觉。而作为一条与不法分子作斗争的狼狗，最要紧的似乎并不是眼睛，而是嗅觉与凶猛。而凶猛对于火豹，就像计谋对于国外的那些政客，体力对于运动员，愚蠢对于美女，是不觉其少而略嫌其多的。冬一的演讲，终于打动了军犬场的军官，他正了正他的军帽，向冬一表示留下火豹。不过，军官说，得试用。

火豹的试用期还没满，却是冬一又去军犬场死活要回了它。因为在火豹被送去军犬场之后，又发生了一件事。

一切都是在悄无声息中进行的。自从火豹去了军犬场，我们这个居民部落就笼罩在一片让人不安的寂静中。过分的寂静，有时也可算作是一种噪声的，于人的健康实在无益。泡在那种空洞的寂静里，人会像进了太空一般地失了重心，轻飘飘得就不再有什么美好理想，甚至男欢女爱也不再像往日那般津津有味了。就那样在这种失重的寂静里提心吊胆地过了一周，大家都变得脆弱起来。在那种脆弱里，若再发生一些什么事，哪怕是很小很小的小事情，也会让人深受刺激。因此那些日子里，人们的所作所为都有点小心翼翼。

那样浑沌无边的寂静里，是花妹的一声大叫将这密不透风的寂静划开了一道裂缝。她叫得有点凄厉，却又隐藏着一份幸福似的，是那么汪洋恣肆地喊叫出来，让人们的心终于又踏踏实实地回到了地面上，不再悬浮于一种可怕的空洞之中。

花妹之所以喊叫，说是因为她看到了一个黑影，在她家院门上一闪而逝。

冬一家的院墙上，是满插着犬牙似的碎玻璃的。那些碎玻璃尖锐地带着一种扎入人的肉体的渴望，一天天在院墙上狰狞着。也不知那黑影有没有满足了碎玻璃们的欲望，反正他携着冬一的几件古董倏然消失了。

我当时应叫声而冲出，见花妹脸色潮红，见了我，竟是鄙夷地一瞥，便进门去了。我不再把她看作宋瓷，仍旧将她看作盐钵。我的鉴赏力自那日后背被火豹冰凉了两下之后，明显地出了问题。

　　冬一因此又去军犬场要回火豹。军官正了正军帽说，开什么玩笑？不过火豹倒真是条好狗。可也正因为是条好狗，才觉得冬一是在开军犬场的玩笑。冬一自然反复陈述他家里领回火豹的重要性和必要性，那番陈述，费时三十五分钟，共计向军官和军官的勤务兵分发中华烟九支，其中不含冬一自己抽掉的三支。军官终于放狗，火豹便人质一样有点百感交集地走到冬一面前。冬一发现它明显瘦了，不由得内心涌上一股酸酸的柔情。冬一交付了一定的费用，告别军官，军官又正了正军帽，有点要行军礼的样子，这惹得冬一谦卑地笑了一阵，而火豹则很没教养地牵着冬一昂然而去。

　　火豹回来之后，让人既感烦躁又觉得踏实的吠声又在我们的居民部落里成为生活沸腾之声中一个嘹亮的声部。

　　我在小说的开头说，邻居的狗一叫，我们就发笑。发笑的原因还没有交代。这是因为令人发笑的因素在行文至此还未产生，也就是说，令我们发笑的情节还如子宫中的胚芽，虽然已经在暗暗地形成，但要真正被孕育出来，则还需要时间和耐心。在这一点上，我是最没有发笑的理由的，该笑的似乎是我自己。因为我的榨汁工作中断以后，我就成了一个丧失工作能力的人。那与失业不同，失业是因为找不到工作可干，而我则在榨汁这项工作上，是一个废人了。在打算写这篇小说的时候，我一直莫名其妙地想起昆德拉的一句话，那就是著名的"人类一思索，上帝就发笑"。那真是一句太有趣味的话，不知怎么的，我小说的第一段就这么脱胎而出了。

　　到了春天，叫冬一十分烦恼的事情与春花一起绽开了，那就是火豹的吠叫越来越频繁而激烈。它不再仅仅是见人就叫，而发展到无端地就要来一阵猛吠。那吠声令冬一的高级组合音响和电视机什么的，以及他与花妹的谈话声都变成窃窃私语。狗叫的声浪冲天而起，压倒了一切的声音。人们生活在狗吠声中，不说水深火热，也真有点活得不太滋润了。人们就像参与合唱一样，纷纷带着骂声汇入高亢的狗吠声中，让生活之船在震耳欲聋的声浪中航行。

花妹终于在一个春日慵懒的下午查到了火豹无端狂吠的原因。

她发现了狗尾下一道火焰样的东西，在鲜红地闪耀。花妹的心情一定与我当初发现她的水蜜桃时的心情有点相仿佛，她傻傻地看着那火焰有力而痛苦的喷吐，心思恍惚得让一个下午沉沉地跌落。后来她试图接近那缕火苗，火豹的又一阵狂叫却令她却步。她就那么隔岸观火。

我曾重复地做过这么一个梦。虽然梦一般来说很少重复，但它确实重复了一次。说梦最是自由，但也就最不自由，因为无论你说得多么真实，它也总是虚假。无论你说梦的态度多么端正，多么讲究实事求是，闻者还总是姑妄听之，并不以为你诚恳到感人至深。这是说梦的悲哀，也是说梦的轻松。说梦的队伍鱼龙混杂。我所重复两次做的，是一个与性和杂交有关的梦。我在梦里看着花妹怀胎数日，就生下一个狗头人身的怪物。怪物力大无比，阳具更是奇长，常常被它当作腰带，在身上围绕数匝。那个梦做到将近结尾，出现了晴空天气。花妹便为无处晾晒衣物而烦恼，她东寻西觅，都找不到一根竹竿或绳子。这时那狗头人身的怪物挺身而出，将它奇长无朋的阳具在冬一家院子中央一横，就成了一根晾衣服的竿子。冬一的衣裤和花妹的裙衫便在那怪物的阳具上迎风招展。衣物招展，梦便醒了。

若是弗洛伊德和周公再世，不知要为此梦解出怎样的长篇大论来。

就在我的梦还没有被淡忘的一个清晨，我看到了比我的怪梦更令人惊讶的一幕。

那是一个春夏之交的湿漉漉的清晨，一切都在一种朦胧的雾气中神秘着。春草的香气，在那样的空气里显得格外撩人愁思。我与往常一样懒懒地醒来，然后胡乱挤了牙膏到户外的窨井盖边刷牙。刷牙于我，从来都是一种类似于广播体操中的整理运动，我凭借这种机械的捣鼓，将自己慢慢地从睡眠向清醒过渡。若没有此项运动，而直接由梦跃入现实的话，就好像会突然陷入一阵迷惘。那感觉很不是个滋味，有点与小儿在一处睡着以后却被大人挪到另一张床上一样，他醒来后的疑惑一定让他十分难受。那是一种心无所依的空洞，大有山中七日人间千年的恍惚。大人真不应该那样做，不应该那样对待孩子。我成了大人以后，便总是以牙刷来填塞自己梦之方醒时内心的空洞。牙刷在口腔里动作，在这一点上于我有着神奇的作用。顺便要说一下的是，在我亦真亦幻的刷牙感觉中，我还常常默念一首关于刷牙的谜歌：带毛一杆枪，戳到肉里响；叽哩呱啦捣一阵，弄出一泡浆。这真是一则好谜，荤面素底，会让猜射它的人产生许多有趣的联想，而它的谜底却只是刷牙而已。

我家与冬一家，虽然分别属于两个大院，但是由于相隔的只是一道花墙，所以两边发生的事，只要稍加留意，总会尽收眼底。春夏之交雾气蒙蒙的早晨，我如梦似真地进行着我的人生广播操，忽然就让口腔里的牙刷停止了动作。我看到了惊心触目的情景：火豹像是一张打翻了的方凳一样扔在冬一家的院子里，而花妹则裸露着她粗圆的手臂，用她那白皙的手指，在急急摆弄那狗的火焰。火焰在花妹手指的搓捏下，越发火红，像是一杆焊枪里喷出的长长火舌，蛇信一般吐着。那花妹又极类一名诡谲的魔术师，她表情古怪地在玩火，一簇火苗在她的手里燃烧跳跃，欢乐地跳着魔鬼般的舞蹈。那种无声而奔放的跳动，比裸腹的阿拉伯舞蹈更具神秘的蛊惑。我事后都不知道自己究竟呆呆地看了多久，反正嘴里的牙膏沫和着黏黏的口水像长长的蛛丝一样一直垂挂至我的脚背上。

　　在彤红的朝阳下，濛濛雾气散开了。梦的成分被稀释，现实凸显出来。火豹无比平静地躺在红日下，像是晾晒着的一堆狗的皮毛。空气中蒸腾着一种邪恶的欢乐，灵魂似与魔鬼相爱，正在进行着六亲不认的蜜月。春草的香气随风荡漾，我忽然有了一种想要呕吐的感觉，想把对水蜜桃的印象吐个干净彻底。于是我在阴沟铁盖边哇哇地呕吐，像一个妊娠反应的孕妇一样。我的动作十分夸张，由于是空腹，一次次地呕吐都只是徒具形式而已，并没有多少实在的内容。因而在听者，更觉得这种声音的古怪和痛苦。花妹略显浮肿的脸孔在花墙头出现，她认真地看了看我，又看了看空无一物的窨井盖，淡淡地问了一句："把牙刷吞下去了？"

　　冬一的生意做得有点要落入低谷的样子，这期间他常常带一个胖胖的朋友来家里喝酒。常常是冬一喝醉，大声地哭闹，把那朋友反衬得温文尔雅而又体贴入微。我在自家的阁楼上常常看到那文雅的朋友被花妹送走，送到冬一家的大铁门门口，便捏捏花妹的胳膊悄悄地走了，正如他悄悄地来。他们在楼下造风景，看风景的人在楼上看他们，明月装饰了他们的屋子，他们装饰了别人的梦。我因此常常躲在我的阁楼上看这样的风景。

　　没有月亮的夜晚，会有一盏昏黄的路灯在冬一家的大铁门门口莹莹地亮着。大铁门一开，从我阁楼的角度望去，有一种上演皮影戏的艺术效果。火豹的首饰大铁链不时地叮当作响，会让我想起李玉和的"我愿把牢底来坐穿"。戏剧的氛围就更加浓郁了，市声退至天边，舞台在这里升起。

在我的案头，静养着一盆雨花石。你知道那清水中的石头，由于打狗的原因而只剩下可怜的三颗了。后经有关专家鉴定，我的这三枚雨花石可算是雨花石中之上品。一枚为"稻菽千重"，另两枚分别是"人面桃花"和"寒江独钓"。专家说，要是再有一枚"晓风残月"的话，便可合成一组绝妙的风花雪月。这使我大为懊丧，并因此萌生了要取回那枚令火豹变成独眼的石头的愿望。

我的这份愿望却很快就落了空。因为冬一的文雅朋友把它从花妹那儿取走了。他们又在大铁门门口执手告别。他们让昏黄的路灯有点丧失了它制造影子的功能，以致我所看到的两个人，事实上只有一个影子。这个粗重的影子在我的阁楼下蚕一样蠕动着，像是在啃食着夜这张大桑叶，或者像是在结着昏黄的灯光之茧。蓦然有一个声音在绵绵的蠕动中清亮出来，显然是有一件物品跌落到了水泥地上。我的脑中有闪电一样的灵感掠过，我觉得应该是我的那枚"晓风残月"出现了，它在水泥地上弹跳一下所发出的极富灵性的声响，就证明了它绝非一件俗物。我几乎要从阁楼扁扁的窗口一跃而下了，为了我的风花雪月！

影子在那石头落地的声响中一分为二，接着又剩下了一个细细的黑影。花妹在那当口又像从前一样大叫了一声，尽管她的叫声并没有将沉醉中的冬一唤醒，但那叫声的回响，却让冬一知道：他的古董又一次失窃了。

怎么会不叫呢？怎么会不叫呢？冬一这样一遍又一遍地问

道。花妹对他的痴妄显然有些不屑，她很响地对冬一说，我叫了，谁说没叫？我叫得那么响，是你醉得死了一样！冬一白了白他彼此相距遥远的一双眼睛说，我说你了么？我是说火豹为什么不叫，它为什么不叫！

火豹安安静静地戴着它的铁索项链，欣赏冬一夫妇的争吵。它确实有好一阵不像以前那么狂吠乱叫了，它像一个不理朝政的君王，一脸的无所用心。由此我深深感慨性真是生命的第一要素，它不仅左右着人类的意识形态和整个历史，不仅关系到社会的安定团结，不仅统率着我们一切的艺术，同时也主宰着整个生物界。花妹把握住了火豹生命的火苗，真是抓住了问题的关键和实质，这令世界秩序井然。

其实不仅仅是我的"晓风残月"，文雅的朋友还在皮影戏的高潮和尾声部分带走了冬一更多的东西。那包括花妹的呻吟和一些古董。花妹的呻吟可以认作是一种可再生的资源，可以取之不尽，但冬一的古董却每失一件就是一个实实在在的损失。这令冬一因此而产生了要另养一条狗的想法，当然它引发了花妹的强烈反对。冬一这样想无疑是合乎情理的，当初他把火豹带来，以及后来再一次将它从军犬场要回，都证实着冬一始终如一的养狗原则。

同时冬一开始着手制造赝品。

他开始烧造瓦当和浇铸古钱，并将它们深埋在一些个很荒凉的地方。他打算过上个三年五载，再雇人去"发掘"。这真是非常高明的造假，这会令许多文物叫人心生疑惑的。冬一的这种做法，令我想起花妹的乳房来。那个我为水蜜桃榨汁的夏日午后，我竟发现花妹平日高耸如丘的乳房竟是由一个厚厚的海绵胸罩在作表面文章。这令我以后在大街小巷常常以鉴定家的眼光来审视那些胸部丰满的女子。真难以想象有着如此丰臀的花妹，居然生就一副扁平且下垂的乳房。它们像是两堆坍塌的麦芽饼，或者两摊快要融化的冰淇淋，给人以残羹冷炙的感觉。当时我完全应该为此而热情大减，但我的心力太过集中在那浑圆的水蜜桃上了，我几乎忽略了除此之外的一切。是冬一的造假引发了我沉睡了两个季节的肤浅记忆。

某日冬一对花妹说，他已经物色好一条新的狼狗了，他似乎已经付了一定数量的定金给种犬公司。他带回来厚厚的一大本关于该公司各类种犬的文字和照片资料，他在回家的出租车上已经粗略地翻阅了一遍，他通过图片似乎已经对那条黑色狼狗有了七成的好感，他打算以旧换新，他跟种犬公司说好了，将把火豹抵价给他们。关于火豹，冬一着重向种犬公司介绍了它纯正的来历和它旺盛的性欲。当然冬一并没有隐瞒火豹的缺陷，他明明白白地告诉他们，它是一只独眼狼狗。但是这丝毫不影响它犬种的纯正，冬一说，他可以保证它能够担负起大量接种的重任，那将会给种犬公司带来高效益。冬一说得很在行，交易就大致拍板了。

花妹反应的强烈可想而知。

她母狼一样对着冬一吼，将种犬公司的宣传品撕得粉碎。那些印刷品色彩绚烂的碎片在空中纷纷扬扬地落下，撒落在无所用心地晒着太阳的火豹身上，将这畜生装扮得像是个新郎。冬一被这突如其来的怒斥搞得有点自尊受挫，他对着疯神样的花妹看了看，估计无论是以言语还是动作回敬她，无疑都是不太明智的。他因此想把他的自尊在火豹的身上找回，也就是说他想通过火豹来找个台阶下。他提起脚来，显然是要猛踢一脚那在阳光下安详得要令人油生妒火的畜生，却又蓦地收脚了。他想起了他被咬破的意大利牛皮鞋。然而他的重心已经像是嫁出去的女儿和泼出去的水一样，移向了火豹的身子，他终于着着实实地一脚踩到了狗的身上。狗自然是腾越起来，把它颈间的铁链甩得铿然作响。这一回冬一的皮鞋虽然幸免于难，可他的皮尔卡丹裤子，却遭人强奸似的被撕裂了。他因而像是狗的弓弦上所发出的一支利箭，向他的工作室狼狈射去。当他回眸时，火豹的铁索项链紧绷得像是提琴上的C弦。而他跌落在地的眼镜，则像是一个仓促的音符。

花妹将军似的告诉冬一，一条纯正的公狼狗，是永远不会丧失战斗力的。她把公狼狗三个字咬得字正腔圆，显然是要区别于公的其他生物。我在我的小阁楼上听得，有点多心。同时我又希望冬一能够多心，我期待着他的反击。然而除了火豹余怒未消所发出的粗重喉音，一切都令人失望地安静着。

后来我听到花妹酣畅的喊叫从邻院传来，那叫声在深夜出奇的安静里有着无比锐利的穿透力，仿佛是一道光，而一切都变成了透明，任那道光束无所阻碍地穿越，像是长风行进在海洋上，星光行进在宇宙中。我正坐在案头品味宁静，花妹的叫喊声传来，竟让我那瓷碗里浸着雨花石的一汪清水都起了些微的涟漪。我一时为这种疯狂的声音感到心猿意马，真不知花妹那一番有点挑衅性的话引发了冬一对她的一场怎样的战争。等到声息波平，我才又发现了风花雪月的残缺，夜晚于我就变作了一只三足的方凳，那般不稳妥起来。

火豹因为花妹的据理力争，它安然地留了下来。冬一终于放弃了要它去种犬场专事配种的计划，火豹有可能出现的以性事谋生的生涯终成泡影。它被留了下来，并且一日日走近它的过去，它重又开始无端地吠叫，让所有的声音都变成它粗犷独唱的伴唱和点缀，让所有的甜言蜜语和窃窃私语都失却了温情脉脉的魅力，我们居民部落的人们不得不用作报告甚至喊口号的方式进行交谈，这令人们烦恼不已。要不是因为那枚"晓风残月"正在古玩店以三万九千元的价格出售，我差一点又要向火豹掷出一枚了。

因为冬一的浇铸古钱和烧造瓦当一时间如痴如醉，他整日窝在他的工作室里夜以继日地干着，所以火豹的叫声越发频繁而凌厉。它这种无休无止的吠叫，令空气中悄悄积聚起一股可怕的力量，那力量在一刻刻膨胀，膨胀得冬一的镜片后闪现出隐隐的凶光，同时它也让花妹常常憋闷得像石榴要怒绽一样。一切都在一种坚毅的忍耐里鼓胀着，压抑着，在静静地等待着爆发。

冬一终于发现了火豹喷吐着的鲜红火苗，它蛇信子一样在冬一的视线里令人震颤地窜动，它使狗身成了一盏油灯，或者一个火把，当然更像一杆焊枪。这个火把，似在发出橙红的光，将冬一家的院落映照得像庙宇一样出现神秘的金黄。它似乎还在散发着一股灼人的热量，烤得这个院子里的物体都变了形，一切都仿佛倒映在水波里一样起着皱纹。

阉割师出现了。

为此冬一和他的好几位朋友都被火豹咬伤了，包括那位文雅的朋友。火豹像是人群中的一个炸弹，它每次的爆炸，都让既摩拳擦掌又战战兢兢的人群四散而开。铁索链在铮铮作响。人群一次次地哄散，又一次次艰难地向火豹围拢。最后是一个尼龙绳索系成的绳套，牢牢地勒住了狗的颈项。它因此看上去像是时髦女郎一样套着两种项链。绳套死死地勒紧，火豹的嘴里开始泛起白沫。它的狂吠声也渐渐低弱了，像是一种声音被棉被捂住，沉沉的就像从地底发出的一样。狗腿也随之被四双手抓紧了，它因此又像是一只方凳，在玻璃片的栅栏里被掀翻。

火苗熄灭了。

冬一他们一个个都去医院注射了破伤风针。他们像是敬酒一样彼此推让了一番，就相继露出了他们的腚片。打针的老护士在冬一的屁股面前停顿了一阵，这延长了冬一不安的等待。冬一的大臀肌做了本不该有的几次抽搐，老护士的针还迟迟未下。冬一因此扭过头去看了看老护士养护有加却沧桑难掩的脸，他看到了一种十分怪异的表情。这表情令冬一更为不安了，她仿佛在向他预示着什么。正在冬一大犯疑惑时，针扎下了。因为冬一毫无防范，他的屁股在经历了很长一段时间的紧张防范之后，变得特别脆弱。针正是在这样的当口扎下，冬一有点龇牙咧嘴。

鲜红窜动的火苗终于熄灭了，温柔得有些甜糯的犬吠弥漫了天空。柴油机发动的感觉成为永远的记忆。对饱受犬吠之苦的我来说，突然到来的温柔气氛让人心里竟怪怪地不太好受起来。由此而想人心实在是一件必须储物的容器，让它空着，最是危险的。能够满盛爱情固然最好，但在无爱可装的情况下，满满地填塞些怨艾烦恼，甚至仇恨，也远比让它空着好。空着真是一种无依的感觉，那比梦醒时分更令人感到茫然。那几日我一直呆呆地坐在我的小阁楼窗前，看看浮云和深不见底的可怕天空，或者就是看看失了生命般的火豹，看到它懒懒地在阳光下研究自己的影子，看它睁着一只独眼善良过头地看我。我常常盯着它的那只瞎眼看个没够，那是我的作品，我感激自己的作品，要是火豹的双眼都同样温情如水，世界就太没法让人留恋了。我创作出了这样一双不对称的眼睛，尤其是那黑洞洞的一笔，总算能令我在无味中看出一些意味来。

可是天底下再天才的作品，反复地看，也总会看得像煮黄的青菜一样无味而散发出猪食的腐臭的。火豹一成不变的表情，终于也让我厌倦之至了。我开始在阁楼的窗口向它发出挑衅性的喝叫。它竟一次次地置之不理。我因此差一点又干一回蠢事，差一点又向它掷出一枚雨花石。后来我开始以追忆火豹的经历来作精神的消遣，并且把自己的事儿与它纠缠在一起来回忆。我的脑中终于亮出了我和这条狼狗之间惊人的共同点，那令我顿时自卑起来，同时也与这狗生了同病相怜之情。我的容器里终又装上了沉甸甸的东西，我希望这狗能昂扬起来，自然也希望自己能够昂扬起来。日子便稍稍变得充实了。

又到了人们肌肤灿烂的夏天。气候闷热得世界就像是一个雾气腾腾的大澡堂子。因此冬一家的空调机没日没夜地忙着，企图涂改季节。我那直不起身的小阁楼，成了一个烤箱。我注意地看了看盛雨花石的瓷碗，那里头清澈的大半碗水似乎在沸腾。我自然不能再待在这样的鬼地方，我整天在自家的院子里为了季节而卖力地出汗。要不就懒懒地欣赏火豹的舌头。它的舌头据动物学家说，就是一件类似空调机的东西，狗们可以凭借它来散发热量云云。这说法真损，你要是认真地看看火豹的痛苦样，就会知道动物学家简直是在拿穷人开玩笑。如果一条舌头就能算作是空调，那么人的癞疥疮就能算作是纹身，脱发就可以理解成节约清洁费用了，而我的小阁楼也就能算作个豪华微波炉什么的。就在这样的一个正午，竟然停电了。停电对我家来说，其实也算不了什么，就像性病的流行之于太监。但对冬一家却是非同小可了。他们的空调机顿时令人沮丧地蔫了。

于是不久就看见花妹从他们封闭良好的屋里出来了。她咒骂电的声音先她一步而来，穿过花墙头，像风一样吹到我的耳边，我竟是奇怪地觉得有了些凉意，这让我心情有点好转。正心情好时，花妹出现了。她竟只穿了只鼓鼓的胸罩，和一条去年曾被我在慌忙中扯脱了线的真丝平脚裤。我像是他乡遇故知似的被她的装束打动了，我因为深知其中奥秘的缘故，很快就放弃了对她胸脯的凝视，而将目力集中到她那鼓圆的丰臀上去。久违了的视觉形象，让我感到亲切而幸福。我像一个长久失去记忆的人突然间接通了回忆一样，内心清亮而亢奋起来。我将脑袋像挂一幅画一样挂上花墙头，我的目光像两枚钉子，钉住了花妹的水蜜桃，因此我脑袋的画儿怎么都不可能从花墙头上掉下来。我牢牢地挂着。

直到花妹发现这幅画。

她把画端到了冬一的工作室里，那画在假古董堆里闪耀着生命的鲜活。我还是第一次进冬一的工作室呢，它竟是一个光怪陆离的地方，它让人将世俗的生活完全忘记，而进入一种淡化了年代的境界。在这灰灰的环境里，花妹就像一种果实在阳光下熟透，蒸腾起芳香的热气。它像是一件伟大的雕塑，看似静态的，却蕴含了内在的动感。它甚至在暗暗地颤动着，像心脏一样有节律地舒张。我被这样的情景感动得就想哭泣，并由此在胸廓里回荡起一股悲壮的情调。

不知过了多长时间，直到冬一家的空调机复又发出了单调的呻吟。夕阳已经西沉，我走出冬一的工作室时，看到火豹还在吐着它无力的红红舌头。我回到我家院内的竹椅上，本来是应该躺下来好好休息休息的。但一种凯旋的豪情鼓舞着我，我非但一点都不觉得累，竟还莫名其妙地想登上一个制高点，来一番指点江山。

我的这种豪情随着文雅朋友的到来而潮退。他来向花妹报告了冬一被拘留的消息，他含糊的声音从花墙那头与路灯光一起漏过来，像出汗过多的身子那么黏黏的。他一边含糊而平静地对花妹说着冬一的被拘，一边用他的胖手抚摸着火豹的脑袋。是夜他令花妹在冬一的房间里发出了持久而时起时伏的叫喊，那声响与空调机单调的嗡嗡声形成了鲜明的对比，显得那么充满激情和变化，将我内心那一点点指点江山的豪情当作一个气球来一戳而破。我在我无比闷热的小阁楼上忍受着夏季的无情，我的汗滴在养着雨花石的碗里，引起了残缺的风花雪月的波动。我病态地看着冬一家院内的火豹，期望它能够对花妹的喊叫有所反应。可它只是在路灯光下不厌其烦地伸着它薄薄的舌头，间或温柔地汪汪两声。那汪汪声与它驴似的身躯极不相称。

我将眼睛死死地盯住火豹，将它看作是大河里的一块暗礁。

大铁门忽然轰响。

在这金属的轰响中，狗弹跳了起来。铁链随之发出铮铮的声响，铁链不断甩落在水泥地上的声音，以及环节与环节因跳荡而撞击出的刀枪鸣金之声，将夜渲染得可怖。火豹在冬一进门以后四蹄像怕烫似的不敢着地，它上蹿下跳，让阁楼上的我将内心的堵塞顿时一扫而空。

接下来出现了十分有趣的一幕。

文雅朋友从屋里出来了，他在狗吠声中都不失其文雅，他异常谦卑地招呼冬一，问询拘留所里的情况。冬一什么都没说，只对他怪怪地笑了一阵，就进屋去了。文雅朋友走向院门，他与狗的游戏于是就开始了。

火豹以惊人的敏捷挡着他的去路。文雅朋友向左，火豹也向左；他向右，狗亦向右。这令我想起幼稚园里老鹰抓小鸡的游戏。大铁门在这个游戏里慷慨地洞开着，文雅朋友却无法走出门去。狗像是一道活动的门闩，把人的去路闩死了。

故事最终要回到发笑的结局上来。一个月以后，火豹将冬一的屁股咬下了荷包蛋那么大的一块。由于它从来都保持着不生食的习惯，因此将冬一血淋淋的那块肥肉叼到大铁门门口，就毫无留恋地放下了。花妹非常冷静地将其装入一只保鲜袋，带到医院时，医生有点激动地说："还能用，还能用。"

香如故

推进门去，一缕奇香缎带一样飘然而至。

千千忍不住打了个喷嚏。这香，就像是一只看不见的小虫子，钻进她鼻孔，紧紧地吸附在她的鼻黏膜上。一个喷嚏，它又瞬间融化了。千千心头突然涌上难言的伤感，又好似一种幸福的感觉轰然而来，让她几乎要哭出来。痒痒的，麻酥酥的。她呆呆地站着，任这种痒痒的麻酥酥的感觉越来越浓越来越强。终于以一个喷嚏达到了高潮。

"坐，坐呀！"家伟说。

千千是跟着阿熙一起到家伟这里来的。阿熙其实早就跟她说起过，有一个叫家伟的人。一个四十岁的男人，是个玩香的。"香有什么好玩的？"千千觉得不解。香对她而言，就是一种寺庙里的气息。任何庙，只要一踏进去，就能闻到这种香气。敬神礼佛而已。千千一直不相信神啊佛的，所以对寺庙也一直没有什么特别的感觉。当然对于庙里到处弥漫的香烟，也就从来没有特别地在意。不过这并不等于说她瞧不起这些。恰恰相反，她向来很敬重有宗教信仰的人。她清楚地知道，虔诚的信徒，精神上是愉悦的，心灵是很充实的。因为有了信仰，所以就有方向，心就有归宿。千千相信，真正有信仰的人，是不会对生活感到绝望的。也不会害怕天灾人祸。当然，也不会干出伤天害理的事来。他们对于死亡，更是不像我们，会有一种灭绝的恐惧。但是但是，"我就是信不了！"她懊恼地想。她无法想象，人死后还能去到另一个地方。那是什么地方？"不可能的，不可能的，人死了，就没了，什么都没了！"她从小就明白这个道理，至今没有改变。

阿熙告诉她，有一种叫沉香的东西，是木头，但又不是普通的木头。而家伟呢，就是玩这个的。沉香放在水里，它会沉下去。它还有着难以形容的好闻的香气。所以叫沉香。很重要的一点是，它的价格，比黄金还要贵。

千千笑笑："还有比黄金更贵的木头吗？"

阿熙说："你真是孤陋寡闻！"

家伟是一个什么样的男人，千千以前虽然没见过，但她大致也从阿熙的嘴里知道个大概了。他是一个离婚不久的男人。他喜欢玩，但不是吃喝嫖赌，也不玩电子游戏，他就喜欢玉石啦、玛瑙啦、竹木牙角雕刻啦，还有其他的一些小古董。他认识阿熙的时候，是有老婆孩子的。也就是说，他是一个有妇之夫。不过后来，就听阿熙说他离婚了。"是不是为了你？"千千问。阿熙红着脸骂千千："怎么你也这么说，你个瘟逼！我可不是小三！"

千千的脸拉下来了："哼，小三怎么啦？"

千千凡是听到有人说"小三"这个词儿，心里就会咯噔一下，特别的刺耳。因为她就是一个小三啊。她是一个正宗的小三。她当了两年多的小三。虽然她认识大康两年之后，大康离了婚，但是，她曾经的小三身份，毕竟让她对这两个字特别敏感。"什么是小三？谁是小三？在三角关系中，没有了爱情，已经成为多余的那个人，才应该是小三啊！"她一直在心里如此强调，也算是为自己的行为，找到一个理由吧。

阿熙的嘴里，突然频繁地提到家伟的名字。知道他喜欢玩古董，千千说："我家里有几个银元，不知道值不值钱，让他帮我看看吧。"

如果那一次千千亲自拿了银元去让家伟鉴定，那么她认识他的时间，就会提前至少一年。她也就会在一年之前就闻到那一缕要命的幽香。一年之前闻到沉香，她会爱上它吗？它会成为她的夺命幽香吗？

可是那天她突然觉得胃不舒服。胃胀胀的，时不时往上涌一口酸水。她知道，胃肠不适，口气就有点问题。她就不想去见人了。她把五枚银元交给阿熙："让他看看，值多少钱。"

银元是千千的父亲留给她的。千千十九岁的时候，她父亲得肝癌去世了。父亲给她银元的时候，表情很庄重，似乎这是一笔巨大的遗产。他说，这银洋钿，是他的母亲传下来的。千千的奶奶，传下来一共六枚银元，其中一枚1981年千千出生的那年，被她父亲拿到金铺去打成了两个戒指和一对耳环。两只戒指如今都还在，装在母亲那只铝制饭盒里，黑乎乎的，氧化得厉害。其中一只，上面绕了一圈圈红线——想必是母亲当初套在手指上嫌太大的缘故吧。一副耳环呢，早就不见了。以前，每每说起，母亲都会笑言："你爸送女朋友了。"

看母亲的表情，似乎只是说笑。母亲的意思是，耳环哪去了并不重要，反正绝对不会是父亲送给女朋友了。千千看得出来，母亲坚信这一点。但是，在千千看来，母亲的自信却有点可怜。因为她一直认定，父亲活着的时候，在外面是有女朋友的。"而且不止一个！"她曾亲眼看到，就在离她家不远的一个小弄堂里，父亲和一个年轻的女人在一起。当时他的一只手，放在女人的屁股上。

五个银元从家伟那里带回来，阿熙说："都是假的！"

怎么可能呢？千千是不会相信的。银元是奶奶留下来的，也会假吗？

阿熙说："喏，一个龙洋，是湖北光绪。其他四个，都是袁大头。袁大头是最不值钱的！家伟说了，只有民国八年的贵一点。但是，你这些都是假的！"

千千固执地认为，她家的银元不可能假。会不会是被家伟换掉了呢？他是一个什么样的人呢？

她把五枚银元一块块拿起来看。认真看，反复看。看了半天，也无法判断出它们究竟是不是自己家里的。它们既熟悉，又陌生。她感到十分窝囊。

她特意去了一趟苏州文庙，让古玩店的人给看看。"你看哦，"古玩店的老头对她说，"银元假的很多，正面反面都不容易看出真假来。只有看边道。"他从抽屉里取出一枚银元，说："你看这里，这边齿，是直槽形的。这是假的。你的呢，你看看，边道是橄榄形的，两头尖尖，这是真的！"

"真的吗？"千千的心咚咚地加快了跳。

老头教她，判定银元的真假，还可以听声音。他用中指托起千千的银元，银元几乎悬空。他的另一只手，则拿起另一枚银元，轻轻敲击托起的银元。银元发出很清脆的声音，很好听，尾音很长，仿佛远处寺庙的钟声。

他又托起一枚假银元，以同样的方法敲它。"你听，姑娘你听，是不是两样？"

但是，在千千听来，真假银元的声音其实并无不同。

那么，家伟为什么说她家的银元都是假的呢？

她和阿熙，小学时候一直是同班同学。升入初中后，她们还是经常来往。高中也是这样。后来大家都参加了工作，交往也始终未曾中断。但她们的关系，却实在说不上是好，始终都没有到亲密无间的程度。她们只是在缺伴的时候才会想起对方。尤其千千，更是这样。如果千千身边有更好的女伴，上个街啦，看个电影啦，如果能找到更好的人一同去，她是绝不会去找阿熙的。但是，在生活中，要找到既兴趣相同又能掏心掏肺的朋友，谈何容易！所以对千千来说，和阿熙一起玩，实在是不得已而求其次。好在，阿熙的趣味倒是与自己比较接近。喜欢逛什么街啦，去什么店啦，看什么风格的衣裳啦，吃什么东西啦，在这些方面，她和阿熙意见总能达成一致。但是，这种一致，只是浅层次的，完全不能算是友谊。说得不好听一点，就是相互利用。她几乎从不跟阿熙说心里话。这是因为，首先她不放心阿熙。阿熙是个小碎嘴，什么事情被她知道了，不说出去就会死一样。其次，千千也一百个不愿意对阿熙说真话。觉得自己把真心话说给她听，简直是一种浪费，不值得。因为阿熙这个人，从小到大，对她千千都没有一句心里话的。她满嘴都是假话，整天都是虚啊虚的！

那时候千千还在上高中，总听阿熙说，她的父母如何恩爱。可是，后来她终于知道，阿熙的父母在十年前就离婚了。也就是说，千千还在上小学的时候，阿熙的父母就离异了。可她竟然还口口声声对千千说，她的父母有多恩爱。这是什么样的人啊！
"你骗别人也就算了，怎么在我面前还满口假话呢？这样做有什
么意思呢？"千千很生气。

所以千千自己的事，从来都不讲给阿熙听。她认识大康之后
很久，阿熙才知道世上有大康这么一个人。

"他离了，你要和他结婚吗？"千千和大康已经交往了两年
了，阿熙才知道大康其人，才知道大康为了千千离婚了。

千千点点头。其实，她根本就没打算要和大康结婚。她知
道，大康也没有这样的想法。他在滨湖新城买了一座别墅，二楼
的房间可以看到湖景。他们就住在里面。"就这样不是挺好的
吗？"千千想。他在外面再忙，也会天天回来，两个人就像夫妻
一样。只要两个人好，结婚不结婚又有什么区别呢。

买这座别墅的时候，房产证上写的是千千的名字。一开始，
千千是拒绝的。她要证明，她和他在一起，就是因为喜欢他这个
人，而不是贪图他的钱财。但是，拿到房产证的时候，看着上面
自己的名字，千千还是感到无比的幸福。她喜欢这座房子。倒不
是因为它值很多钱，而是它建在湖边。湖面浩渺，岸边长着大片
的芦苇。湖的那头，还有几叠水墨画一样的远山。就像是童话里
的房子。她住进了童话。

和大康开始交往的很长一段时期内，大康的老婆天天发短信
到千千的手机上。都是各种各样的骂人话。千千非常奇怪，这个
女人真能骂，她怎么能想出那么多奇奇怪怪的骂人话呢？她的语
言天赋真是非同寻常！千千一个都不回。但她坚持骂，锲而不舍
地骂。千千换了几次号码，奇怪的是，每次对方都很快获悉了她
的新号。绵延不绝的辱骂天天都会发到她的手机上。千千很气，
把气撒到大康身上。她骂他"乌龟"，怪他不帮她。她遭到了这

样的谩骂和凌辱，他竟然不肯出头，不管不顾。他劝她："你别生气，只当看黄段子。"千千说："要是我这样骂你呢？"大康说："好啊，你骂啊，我喜欢听啊！"

"你是个烂逼生的！"千千哭着骂他。

"你别骂我妈啊！"

躺在二楼房间的床上，把窗帘完全拉开，可以看到大片湖面。湖上闪耀着月亮的银光。好开阔的湖面啊！月亮看上去好小，但却很亮。一个人住在这样的房子里，千千完全无法形容自己的心情。她常常就这样在床上躺着，看着窗外的夜。夜广阔，湖面广阔。如果大康在她身边，那么，她也许就不会有机会看外面的夜景。他们不是叽叽喳喳地拌嘴，就是风风火火地做爱。好像两个人在床上，除了做爱和拌嘴，就不可能有第三件事可干了。

把窗子打开。湖风吹进来，有一股鱼腥味。湖水下面，有好多好多的鱼吗？看不见的东西，等于没有。但是，鱼腥味告诉千千，湖水中是有着很多很多的鱼儿的。世界上有太多太多的事物，虽然看不见，却还是真实存在着的。

大康还没有离婚的时候，她总觉得有一件人生大事还没有完成。那件事，在远处等着她。它总是在远远的地方，没有一点儿向她靠近的意思。但是，她却相信它总会来。后来，他终于把离婚的消息告诉了她。"你高兴吧？"他讨好地问。

她默默打量他。这个人帅吗？他很有钱吗？他算不上帅，但他确实很有钱。那么，自己是喜欢他这个人呢，还是为他的钱所吸引？答案很明确啊！她从来都不怀疑，自己完全是喜欢他这个人。虽然她也说不出自己为什么会喜欢他。如果他没有钱，她还会喜欢他吗？答案是肯定的。她当然还是喜欢他！即使他们不住在湖畔的别墅里，即使只是住在狭窄的出租屋里，她也愿意。只要和他在一起。

住进滨湖新城的别墅后不久，她发现了小三。当然不是她自己。随着他的正式离婚，她小三的身份也消失了。她可以是他的女朋友，或者未婚妻，或者同居者，不管是什么，反正都不再是小三了。她终于摆脱了这个令她厌恶和屈辱的角色。他们都没有配偶，他们生活在一起，彼此相爱，和夫妻没什么两样。她怎么会是小三呢？

她在他的手机里发现了无比肉麻的对话。不止一个女人。除了小三，还有小四、小五、小六、小七们。她们和他你来我往，热闹非凡。几百条短信，明白无误地告诉她，大康背着她，和各种女人搞得如火如荼，天昏地暗。而相比之下，她和他之间，则如老夫老妻一样枯燥乏味了。这都是谁？是一个个什么样的女人？她们多大？高的多高，矮的多矮？漂亮的有多漂亮，丑的有多恶心？她们都很骚吗？是鸡还是她这样的良家妇女？天哪！他和她们，都是什么时候搞上的啊？

无数的问题，乱七八糟的问题，荒唐的问题，在千千的脑子里翻腾。它们成了她生活的全部。她变得就是为了这些问题而活着的。除了这些问题，其余的一切，都与她无关，都是她不感兴趣的。

甚至她自己的容貌，她的身体，都不再属于她。她所感知的世界，就是由这些乱糟糟的问题组成的。她知道自己是进入了一种非常危险的境地，不正常，很病态。这样下去，一定会毁了自己！她对自己的状况感到担忧和害怕。但是没办法，她控制不住自己。她就像驾驶着一辆失去制动的车，在高速路上飞驰。无法减速，没有刹车。她清楚，面前很快就会出现一些东西：其他车辆，或者意想不到的障碍。她将如何面对呢？她只有撞上去，没有别的选择。飞驰着撞上去，粉身碎骨。

小时候，她有过无数次自杀的念头。一点点的小事，只要不称心，她就会赌气，想到自杀。自杀的方法，在她的脑子里，也是五花八门，层出不穷。她甚至尝试过不呼吸，想要把自己憋死。当然不可能成功，很荒唐嘛。就没有一次真正实施过的。由于害怕，她没有一次敢于将自杀的冲动付诸行动。她只是想想而已。在想象中杀死自己，很凄惨，令自己悲伤和同情。这样的心理游戏，可以帮助她解脱，让不开心消失。同时，她也会想象自己的死，给别人造成了怎样的压力。那些促使她自杀的人，会因为她的死而自责，或被人谴责，背上沉重的心理包袱，痛苦后悔得生不如死。千千在这种想象中得到极大的满足。以死来惩罚别人，确实很过瘾。虽然从未化为现实。

这一次，她终于动手了。她喝了一大口威士忌，将整瓶安定片吞下了肚。胃里暖暖的，烧烧的。她躺下来，听到了窗子外湖水拍打堤岸的声音。

可是她在医院醒过来了。此后的一个星期里，她几乎未有一分钟合眼。睡够了！她睡了足足三天三夜，才在医院里醒来。现在，无论如何都不能让自己睡着，即使要闭上眼，都是吃力的。脑子里的纷乱和轰鸣，不仅没有潮退，反而更厉害了。都是谁？一个又一个，是什么样的女人？她们多大？高的多高，矮的多矮？漂亮的有多漂亮，丑的有多恶心？她们都很骚吗？是鸡还是良家妇女？

太多太多的问题，要大康来回答。他必须说清楚，一点都不能隐瞒。

可是她出院的第二天，他就不见了。

原本天天会回来的，即使再晚，哪怕后半夜，或者凌晨，他都会回到这座湖边的别墅，就像真正的夫妻一样。在带着腥气的湖风中，他们做爱，或者吵架。做爱的时候，她会说："我们天天做，好吗？"即使是吵架的时候，她也从来没有想过要离开他。可是现在，一个礼拜过去了，两个礼拜过去了，就是不见他回来。他去哪里出差了呢？一个多遥远的地方？那是一个什么鬼地方，无法知道它在东南还是西北。

打他所有的号码，都是关机。到所有他可能出现的地方去寻找，都不见他的踪影。去向每一个认识他的人打听，都说不知道。难道说，千千的生活里，从未出现过一个叫大康的男人吗？难道说，这座可以在二楼的房间看到广阔湖面的别墅，根本就是空中楼阁？

大康失踪之后，千千天天哭。她的眼泪一点黏性都没有，很容易地就一颗颗重重地跌落下来，在她衣裳上敲出叮咚叮咚的声音。

"你不要太伤心啊！"阿熙安慰她说。

"我不伤心，"她说，"大康一定会回来的，他明天就会回来的。他是我的，他一定会回来的！"

阿熙建议："要不到各个小区去贴寻人启事吧！我家汪汪就是这样找回来的。"

千千说："他又不是狗！"

阿熙说："那你别哭了！你为什么总是哭啊！"

千千说："我也不知道自己为什么哭。只是觉得，哭是一件很舒服的事情。"

阿熙说："你这个人有神经病！"

家伟的书房里，到处摆放着沉香。他把这间屋子，称为品香室。墙上挂着一个匾额，上书"停云"二字，是寒山寺方丈性空法师的书法。"买这么多香，很多很多钱的！"听阿熙这么说，千千想："这个贱人，钱钱钱，看她那骚样！"

千千第一次闻到沉香的味道，内心涌起无限怪异的波涛。是欣喜，还是伤感？说不清，道不明。她在这奇异的香气里坐下来，随手取过一只铜制的长方形香熏盒。她拿在手上看了又看，说："真漂亮！"

家伟说："这是晚清的香熏，全手工的。你看它的盖，是拉丝工，是一点点锯出来锉出来的。这二十四朵梅花多漂亮！"他把香熏盒倒过来，对千千说："你看，有'玉笋堂'的底款。"

他从湘妃竹的香筒里取出一支细细的香，折下一截。把香点燃，放进梅花香熏。

烟从镂花的盖子里轻盈地逸出。青烟的袅娜蜿蜒，伴随着陌生而亲切的香气，让千千感到又一阵迷醉。

"好闻吗？"家伟轻轻地问。他的声音，有梦幻的色彩。

千千点了点头。她完全没有想到，世界上会有这么幽香迷人的烟。这香，既不是花香，又不是化学品的香。它超凡脱俗，能让人的心彻底地安静下来。

"贵吗？"千千问。

阿熙抢着回答："超贵的！这么一小段要二十块钱呢！"

家伟说："这是一款越南红土沉，没她说的那么贵的。但香的品质确实不错。你闻，里面有清凉的骨架。闻出来了吗？"

千千真的闻到了凉凉的气味。

家伟说："最好的沉香还是海南香。越南的沉香，已经被美国人污染了。美国人打越南，飞机到处喷洒落叶剂，目的是不让越南军队在树林里隐藏呀。越南的森林，都被污染了，所以越南沉香的品质受到了影响。"

"沉香真的放在水里会沉下去吗?"千千问。

阿熙又抢着答:"有的沉有的不沉。当然沉的好啦!"

家伟说:"也不一定的。一款沉香好不好,其实并不看它沉水还是不沉水,重要的是香气。沉香的珍贵,就在于它的香气。香气有浓淡之分,有雅俗之分。懂香的人,只要一闻到味道,就知道是好香差香了。棋楠的香味,就是不一样!"

"什么是棋楠?"

"棋楠是沉香中的极品。在古代它就是比黄金还贵的。不要说拥有一块棋楠,就是能够闻到它的香,也是缘分,是一生的幸运啊!"

那天,在"停云"香室,家伟还介绍说,沉香其实并不是一种树,它只是某一类树的伤疤。比方莞香树,它受了伤,就会分泌大量的树脂去修复那个伤口。与此同时,空气中的微生物也来入侵。这个伤口经过了几十年甚至几百年,就结出了沉香。

千千心念一动。树的伤口,结出了沉香。那么人心上的伤口呢,它最后会结疤吗?会在漫长的岁月里凝结起奇异幽香吗?

家伟取过一块棋楠,放在摊开的白布上。它不过是一截黑乎乎的烂木头啊!貌不惊人,却内蕴奇香。鼻子凑近它,便能闻到一股清凉的药香,直沁心脾。咔嚓——家伟用打火机点燃了这块珍贵的棋楠。旋即又用手指弹灭火苗。一缕青烟,便妖媚地扭腰而起。顿时,香气仿佛有灵,直撞千千心门。她的身体不禁晃了晃,整个人像是要瞬间融化了。

家伟说:"你平时在家里,点线香是可以的。但是,总是有烟。有烟就难免有烟火气。最好是古法熏香,熏出来的沉香味最纯正。不过太麻烦了。"

他建议："像你这样，用电子香炉最好了，又省事，又省钱。"

千千抱了一只电子香炉回家。家伟还卖给她一包磨得细细的沉香粉。他说："里面掺了些檀香粉的。纯的沉香粉太贵了，也太奢侈了！"

她便将电子香炉二十四小时开着，温度设定在中档。屋子里充满了幽雅清灵的香。

湖风的腥味，似乎再也闻不到了。还有其他种种让她不安和恐惧的气味，也闻不到了。只有这香，这清雅之香，高贵之香，让她感到愉快，感到平静。像是一种亲切的安慰，以及坚实的依靠。

"是真喜欢它的香呢，还是要用它来遮盖什么？"她问自己。

两个星期后，她一个人到家伟家去。

"可是我不喜欢电子香炉。它太像是一只电蚊香器了，看上去好丑！"她说。

"那我教你古法熏香吧。"

千千发现，家伟的手，很像是女人的手。它是白皙的，手指细而长。他好像还涂了透明的指甲油。看这双手压香灰、埋香炭，切割棋楠的碎屑，再用银制的香勺将沉香屑舀进云母片里——这一系列的动作，那么从容、细致而又利落，看着都是一种享受。

家伟突然将千千的一只手抓住了。

她没有抽走她的手。她只是冷漠地看着他。这冷漠，让家伟感到无趣。并且他在她的眼睛里，似乎发现了一缕凶光。他感到害怕。他自动松开了她的手。

他以无辜的眼神看着她。好像拉她的手，并非他的本意。他其实不想这么做。他这样做，冒犯了她，他感到非常内疚，同时也不无委屈。

"对不起!"他说。

他看上去像个小男孩一样纯真和干净。千千立刻在心里原谅了他。同时,她也感到了一丝失落和惆怅。

她向他买了一些香料。还花两万块钱,匀了他收藏的一只蚰耳铜炉。这只炉子的底款是楷书的"大明宣德年制"。家伟说,它其实只是一只清代中期的炉子。"除了私款,绝大多数的炉子,都落宣德款。六字款最多。也有四个字'宣德年制'的,也有'宣德'二字的,还有一个字的,就一个'宣'字。字体呢,最多的是楷书,篆字少一些。清炉多,明代的炉子少。真正宣德本朝的铜炉,谁也不敢确定哪一只是。"

他另外还为千千配备了香灰和香炭,以及香箸、香铲、香勺之类的品香工具,一应俱全。

最后,他送了她一小片棋楠。他把棋楠放在一个塑料袋里,封上口。他对她说:"你闻闻,还能闻到香的。棋楠的香,是可以穿透塑料袋的。"

她学会了古法熏香。

她用一块兽皮,将铜炉轻轻擦拭。经过漫长的岁月,铜炉的表面有一层被古玩行称为"包浆"的东西。经兽皮擦拭,它显得更加莹润可爱了。她用香铲压紧了香灰,将香灰压出了太阳光的纹样。香灰是从日本进口的,透气,又没有异味,这样可以保证沉香的香气纯正,不受干扰。炭团也是日本货,用打火机就能点燃。

她用香箸夹起点燃的炭团,将它小心地埋入铜炉的香灰之中。最后,用银制的探针在上面戳了一个小小的孔。

云母片压住了香灰上的小孔。舀几屑沉香,撒于云母片上。

随着炉灰不断地升温，香气弥漫开来了。它仿佛一片轻云，擦拭着千千的心。把她心上的烦恼和沉重，都轻轻擦去了。它托起了她的身体，让她像香气一样飘浮到空中。香气就像一个宽大的怀抱，把她拥了进去。她没有了重量，没有了身体，也没有了灵魂，没有了一切。

香气让千千忘记了一切，也拥有了一切。她沉迷于熏香，不可自拔。一旦长久离开了这种香气，她就会莫名地烦躁。而只要一端起铜炉，只要沉香那暖暖的香气轻轻弥散，她就获得了安静，仿佛拥有了无边的快乐。

阿熙说："你就像有了毒瘾了！不过，沉香可不比K粉便宜哦！"

"你吸K粉啊？"千千说。

"都半年了，你怎么不急呢？"阿熙问。

她指的是大康的失踪。是啊，时间过得真快，转眼就半年了。他杳无音信。他到底去了哪里了呢？

"男人也不容易啊！"阿熙感叹道，"做生意挣钱，顺利的时候很风光，不顺了呢，跳楼的都有！"

见千千不悦，她赶紧说："我没说大康啊。大康男子汉，不会跳楼的。即使跳楼，也得活见人死见尸啊！"

"我想睡了！"千千不愿再和她啰唆。

阿熙继续说："半年了，一点音讯都没有。他有给你打过电话吗？真的一点消息都没有吗？躲债他只管躲呀，可怎么也得悄悄告诉一声家里呀！"

"阿熙你别说了好不好！"

"千千你别伤心了！"

"我告诉过你了，我不伤心！"千千有点愤怒地说。

"真的吗?"阿熙问,"千千你说的是真的吗?"

阿熙很无耻地笑了,说:"男人真的没好东西,不值得女人去珍惜的。"

见千千不吱声,阿熙又说:"大康也不值得你珍惜的!"

千千的眼泪又一颗颗重重地滚落下来。

"其实他有很多女人的。"阿熙说。

"你怎么知道?"千千鄙夷地看着阿熙。

"他,他,"阿熙说,"他自己告诉我的。"

千千的心觉得很痛。那是一种被揪紧了的感觉。心被越揪越紧,最后它越来越重,越来越硬,变得像一块石头。"贱人!"她盯着阿熙那张性感而总是吐出谎言的嘴,骂了一句。

"骂谁啊?"阿熙有点疑惑。

千千取出铜炉,用兽皮轻轻擦拭它。它越来越油亮,显得异常可爱。炉底"大明宣德年制"六个楷书,大气沉稳,刀刻的痕迹历历在目。可它并非一只明代的炉子,只是后仿而已。那么它是假的吗?是真的吗?不能说它真啊,因为它确实不是宣德年所制。那么说它假可以吗?它也不是假的。它是一只真正的老炉子。清代的炉子,都是这样落款的。一百年,或者两百年,那时,是一个什么样的人将它置之书斋呢?是一双什么样的手,时常将它抚摸摩挲?这个人早已灰飞烟灭,炉子却安静地在世上存在着。当年,那个人一定不会想到吧,有朝一日,他心爱的炉子,会与一位美丽摩登的年轻女子朝夕相伴。今日我藏物,他日物归谁?看似人藏物,其实物藏人啊!

它虽然不是一只明炉,但它是一只非常好的清仿炉。它造型大气,炉体厚重。怪不得上个礼拜,家伟打电话给千千,吞吞吐吐了半天,是想要她把这只炉子还给他。"加点钱,可以吗?"他说。这一年来宣炉价格飙升,这只蚰耳炉价格已远不止两万。他当然后悔了。但对于千千来说,不是升值不升值的问题。她与这只炉子,已经成为亲密爱人。它是她生命中最重要的东西。它那敦朴的身形,它炉膛里飘出的奇异幽香,给她无穷的抚慰。

反过来,它就像她生命的一道伤口,一个努力要结痂的疤。她的生命,分分秒秒都在分泌一种东西,是芳香的思念呢还是腥味的仇恨?它要修复这个伤口,去包围它,去凝固它,为它结石,为它结晶。

棋楠的碎屑,隔着云母片,为血红色的炭团所熏烤。它高贵的香气轻盈地从炉中逸出。它幽灵一样在整幢别墅中弥漫。它祛除了一切异味:那窗外驮着月色的鱼腥味,还有阿熙身上的骚味。当然,还有那令人不安的、污秽的腐尸的臭味——大康的尸体,在别墅的花园里掩埋了已达一年之久,它都腐烂成什么样子了呢?他的生殖器,被千千装在一只青花瓷罐中,浸泡在福尔马林溶液里。"你是我的!我爱你!"当初千千把它剪下来放进瓷罐时,咬着牙这么说。感谢沉香,它的奇异的香气,给人以美好的感受。它遮蔽了一切污秽之气。它是生命里凄美的香,它是伤口一百年都在努力要愈合所分泌出的伤心和顽强。它是腐败而坚硬的结晶。它的香烟袅袅而起,仿佛魔鬼的舞蹈。

看花如我

田老师，他们说你喝茶用雍正珐琅彩，焚香冬天是琴书侣私款的宣德压经铜炉，夏天则是德化白瓷筒炉，无论四季，出门都是掖一柄雅扇，扇面或吴湖帆青绿山水，或金冬心画蔬果，扇骨不是金西崖刻留青，就是杨聋石的浅刻……你好雅的嘛！

他们是谁？田东飞问。

还不是江湖上流传的说法，郑薇说，不是这样吗？

田东飞的牙齿又白又齐，郑薇觉得他的笑容那么好看。玩古的人她见得多了，所谓收藏家、开古玩店的、拍卖公司的、文物商店的，还有博物馆的，以及那些踩地皮串货的，甚至挖坟盗墓的，这些人，无论专家还是玩家，郑薇觉得，绝大多数的人，所谓的圈里人，身上都有一股俗气。这是一种说不出来的感觉。他们每个人，都仿佛是江湖油子，自我感觉良好，待人接物、说话，很夸张，彼此称兄道弟，很讲义气的样子，但往往很虚。谦恭有礼的后面，隐藏着志得意满和对别人的轻视，以及六亲不认的攫取。郑薇很不喜欢这种气味。但是，她自己又是常在这种圈子里混的。我身上也有这样的气息吗？她也会自问。

书香门第，父亲是苏州大学名教授，博士生导师，母亲在文物商店工作。她自认为是不俗气的。从婷婷少女开始，耳朵边就一直有人夸她气质好、大家闺秀、优雅、娴静，等等。也有夸她漂亮的，因为她确实长得很漂亮。但是，更多的人并不直接夸她容貌美，可能是她的气质更非同寻常吧。

对于古董，她有着与众不同的审美眼光，她的眼光是很高的。比如竹刻，她就不喜欢留青，觉得总是脱不了一股匠气。她喜欢明清时期浙派金石家刻的扇骨，这些人的作品不是商品，只是清雅玩物，有很高的书法篆刻意趣在里面。紫砂壶里，她就爱造型简单线条流畅的光货素器，顾景舟确实堪称一代大师，蒋蓉那类花货，她怎么也喜欢不起来。宫廷景泰蓝也是特别恶俗的东西。

她经常挂在颈项里的，是一件红山玉璧。她认为红山、良渚的玉器，每一件都是国宝。田东飞却更爱买一些春秋战国时期和汉代的玉。他看重雕工，他知道雕工精美绝伦的古物，总是会有很多的人追捧，价格空间也就更大。顾珏刻的一个竹笔筒，在香港苏富比拍出两千多万港币的价格，就是很好的例子。论竹刻，顾珏当然不是最好的，吴鲁珍才是大艺术家。

父亲的学生，追她的有好几个。只有一个，长相、学问和家庭背景，是她以及她父母都接受的，但是他居然有一天说中国的古建筑是垃圾，说中国的古董都有一股封建士大夫的腐朽气息。这样的言论，郑薇的父亲还可以勉强容忍，郑薇母女，是反感到了极点。简直就是欺师灭祖！"对的，就是不肖子孙，你这个老师，在他眼里，也一定是腐朽的！"师母一向都是温文尔雅的，这次却真生了气，她一辈子的工作，都是和"腐朽"的东西打交道，她也是腐朽的。培养这样的青年学者，中国的宝贵传统就要毁在他们手里，哼！

母亲轻易不发火的。上一次是因为读了贾平凹的小说，那本《废都》，她气得差点儿骂人，说，怎么有这样的作家，还灵魂工程师呢，简直就是流氓！写得太脏了，他的脑子里怎么那么脏啊，真受不了！

郑薇买的第一件东西，是一只明代的袖炉。它看上去和普通的铜手炉差不多，但是东西的级别是有天壤之别的。这只袖炉，精铜制成，小巧玲珑，高抛的盖子手工镂刻编织纹。它的美，不是一般的眼睛能够看到的。那时候"张鸣岐"这个名字知道的人也不多。虽然店主要价很高，她还是把它买下来了。她看得懂它，知道它的价值。后来这种"张鸣岐"的炉子，被一路炒高，竟然有过百万的。郑薇把它给了田东飞，他很激动，他一方面也是有眼光的，另一方面这时候这样的袖炉再不是几千元的东西，至少也是小几十万。他拿在手上，仔细地看，反复抚摸，爱到极点的样子。如果这时候把它夺过来，他也许会发疯吧！多少钱？他问郑薇。郑薇说，你说呢？田东飞又是一阵抚摸，说，东西是你的，当然你出价。

田老师你一个大雅之人，怎么总是钱啊钱的呢？

田东飞说，钱当然是太重要了！没有钱，怎么玩？你跑到拍卖会上去，资金不足，人家抬两棒，你就哑了！再硬着头皮叫一口，人家马上跳价，你就只能假装要上厕所溜出去。不是胆小，就是因为钱少，硬不起来！

那就少买点嘛！郑薇说。

这事有瘾，你也知道。欲望呗，欲望是无止境的，有了一件想两件，有了好的想更好的。也只有这样才有意思嘛！如果东西越买越差，那就是没出息。所以得讲钱，得有钱！

可是有钱没钱也是相对的呀！

对对对，田东飞说，这你说得对，拍场上谁都别称大爷，十个八个亿也买不了几件东西。

收藏圈里都知道那个编织纹"张鸣岐"袖炉是郑薇的，后来到了田东飞手上。田东飞送去吴门秋拍，六十六万落槌。买家是一位纺织品公司老总，斋名"逸考堂"，加上佣金，他付了七十几万。不是赚不赚钱的问题，郑薇当初给他，没要一分钱，白送的。大家都说，姓田的何德何能，竟得郑薇这样的白富美青睐，几十万的东西，眼睛都不眨白送了。

关键是在他手上玩了一年多，就出了，等于白拿了郑薇六十六万块钱。这个人真牛逼！愿意白给郑薇六十六万的，不是没有啊！但是人家郑薇不要，愿意倒贴。

虽然不是什么信物，但是把袖炉卖掉，郑薇总归是不开心的。田东飞说他看上了一张黄花梨琴桌，可能达明，打底清早期。他看好明代家具，肯定一路涨，现在出一百多万，五年后加个零没问题。

郑薇说，你是不是真喜欢？真心喜欢的话就不要卖掉。你怎么舍得卖掉的呢？

田东飞说，生不带来，死不带去，都是浮云。

郑薇说，那你还占有欲这么强！

只有卖，不断卖，才能买，才能不断买进。只买不卖，很快就难以为继了。

那让你把东西都卖光，你会不会心疼？

田东飞想了想，说，只要价钱好，不心疼！

那你还是喜欢钱！

有不喜欢钱的人吗？田东飞的嘴角那坏坏的笑容，最吸引她。郑薇看着他，心想，他要多少钱才会心满意足呢？

田东飞的叔父在阿根廷当厨师。他一手苏州菜做得牛逼，大使馆搞活动常把他请去。他做的酱方，取大块五花猪肉，先油爆，加酱料、香料收干，然后上笼蒸三四个小时，肉不变形，内里却已酥烂若豆腐。端上桌，香飘四座，色艳、形美，只有四角微微下塌，透露出酥烂的消息，必定是入口即化的。他回国省亲，说起布宜诺斯艾利斯很多古董店，很多象牙雕刻，据说都是中国过去的东西。田东飞跟叔父飞去地球另一端，飞机上兴奋得一刻不能睡，吃了两颗安定片，到了布宜诺斯艾利斯晕晕乎乎的，像喝多了啤酒。果然牙雕不少，大多是晚清民国时期雕刻的观音、布袋和尚等。田东飞眼光高，看上的都是清中期以上的，皮壳漂亮，牙裂自然。一组"四爱"，亦即羲之爱鹅、陶潜爱菊之类，牙质细腻、雕工高级。田东飞眼光独到，看到了咱们建国以来出口创汇的那些"红色题材"诸如"为革命养猪"、草原英雄小姐妹、战天斗地、红梅赞等作品的价值，它们都是由学院雕塑系师生参与，工艺厂一流老师傅亲自雕刻，代表了中国民间工艺最高成就的，其价值完全没有被认识，或者是被完全忽略了。就像宜兴紫砂壶，直到20世纪80年代，其实还只是日用器，无法想象日后会炒至天价。即使是顾景舟的作品，也不过区区几十元。正是几个台湾商人，购买了，或者说几乎包掉了紫砂工艺厂顾景舟、蒋蓉、朱可心等七位技术员做的壶，紫砂收藏的风暴才从此轰轰烈烈起来。田东飞的超前目光，让他很快暴富。收藏新中国以后的牙雕精品，他是大户，没人手上能有他多精尖，蔚为大观。出版图录画册、搞展览、组织专场拍卖，田东飞名声大噪，他因此被称为"牙科大夫"。他的观点，认为人体解剖学、美术院校教学，对提升手工艺非常重要，也获得了相当多人的赞同，包括一些一线的当代工艺美术大师，比方苏州玉雕的代表性人物杨曦，他的成功，他对中国玉雕的贡献，就在于他将美术设计很好地运用到玉雕创作中。他超强的设计能力，使他的作品和产品都给人耳目一新之感。还有嘉定竹刻家安之，他的竹刻，已经超过前人，这也得益于他对美术的深刻领悟，他曾自费去中国美院雕塑系进修。

那时候中国还没有加入野生动物保护国际公约，国内象牙产品都是公开销售的。苏州、上海、广州、北京等地的工艺美术厂、工艺美术公司，还有象牙雕刻的专门车间。民间工艺大师和非物质文化遗产传承人之类的评选，还给雕刻象牙的，比如苏州的殷淑萍、董兰生。田东飞的事业一路绿灯。

人们攫取象牙、犀牛角、鹤顶红这些珍贵野生动物的生命所获得的珍玩，确实非常血腥残忍，郑薇专门写了一篇文章，发表在雅昌艺术网的论坛上，得到了广泛的关注。她是个有独特想法的女子，视野开阔，她早就意识到人类的攫取欲望无边。田东飞看了她的文章，毫不留情地提出了不同意见，他在她帖子下面的评论言辞相当激烈，他说古代的珍贵文物，怎能用现代文明的理念去回望？这么说甲骨文都是不文明的。古代的象牙犀角雕，是传统文化的瑰宝，把它们和攫取、杀戮混为一谈，实在没道理。难道说，要把这些稀世珍宝都付之一炬吗？这不是痴人说梦吗！

有人看不懂了：你们情侣居然在论坛上公开吵架，这是怎么回事？

有人说，什么情侣呀，田东飞不是有家有室的吗？他的儿子据说快要去日本留学了。国内藏界普遍看不起日本古玩，东西只要是"东货"价格马上低下来。如果把日本东西当成中国古玩买进，那就是打眼吃了药。田东飞不这么看，日本至今还完好保留着中国唐朝的文化和文物，乃至建筑，这就是他们了不起的地方。中国古代精致优雅的文化，深刻影响了日本，被日本人很好地保留传承。我们自己曾经的文化断裂，几乎将许多优秀传统葬送，后来反倒要去日本续咱们的香火。后来的潮流，也证明了田东飞的看法是高明的，是先见。日本的铁壶、银壶，以及一系列茶道具，仿佛突然之间在中国大陆火起来，价格自然也日渐攀升。他把儿子送去日本留学，就是要让他研究日本，从他们的今天，看到我们的昨天，以及我们的明天。"学好了，搞懂了日本，弄清楚日本的古董，你就有饭吃了！"他对儿子说，"你不愁赚不到钱！"

我喜欢他什么？郑薇有时候自问，我到底喜欢他什么？我为什么要爱上一个有妇之夫？她确实试图找到答案。他很帅吗？学问好吗？还是特别有钱？好像都有点，好像又都不是。他的身上，其实有很多她不喜欢的东西，甚至是难以容忍的缺点，比如爱钱，动不动说钱，钱字挂在嘴边，好像三句话不说钱，钱就会从他家里逃走。他身上确实有一股俗气，那些古玩圈内人身上有的毛病，他好像也都有。比如骗人，说起假话来，脸不红气不喘，说得就像真的一样。写小说的人去玩古，相信绝大多数都会血本无归，被骗得倾家荡产；而如果玩古的人来写小说，则个个都是虚构的高手，编故事忽悠人，他们都是天才！

没有答案的，喜欢一个人往往没有理由；而不喜欢这个人，则随便就可以找到理由。

她是无数人眼里的大家闺秀。她的文字，是要好过文坛上许多著名的散文家的。在她孤傲的眼里，张爱玲、林徽因、伍尔芙这些人，才马马虎虎能够瞧得上。还有现在活着的周晓枫，北京的女散文家，也是入她法眼的。以前，她还有点喜欢北京的陈染，陈染针尖一样的敏感，刀刃般的神经质，让她觉得很特别，就像一块红山文化的玉玦，不圆满，有缺口，但是通灵。

她不想当作家，这也是她父亲一向的坚持。他从来都不建议她阅读太多的名著经典，甚至古典诗词都不希望她过于迷恋。他觉得女孩子家，多愁善感了不好，不会快乐，也不能幸福。固然精神生活丰富，人生就比较精彩，但是，世俗也有世俗的快乐，安全、平静，不至于无事生非。写作对于女孩子来讲，是十分危险的事，它会把你的生活搞得很糟糕，让你的人生很惨。

但是有一种心灵，天生就是文艺的，天生就是多愁善感的。"感时花溅泪，恨别鸟惊心"，别人只看到花开了好看啊很香啊，鸟儿在树枝上叫得很动听啊，甚至还有想着把鸟打下来酱爆了下酒。某些人却就感伤了，伤春悲秋，挡都挡不住。郑薇很少写东西，一旦写了，真可以说字字珠玑。

那么多的人在论坛上捧她，成为她的粉丝，她是有条件成为一个网红的，才、貌，还有丰富独到的文物知识与见解，足以使许多专家和专业人士汗颜。她从小就出入文物商店的库房，接触了太多的瓷器、铜器、玉器、书画、金石、竹木牙角雕，她和古代器物，是可以对话的。她比较钦佩扬之水，她读她的书，明白扬之水这样的人，和芸芸专家是不一样的，她和古物之间，是有血脉关系的。文字透露了这种秘密，人与物、人与时间、人与历史、人与宿命，在对古物的擦拭和端详中，找到了灵魂的回响和共振。

田东飞喜欢穿中式对襟衣裳，郑薇常常讥讽他，说他是地主老财，说一个人真正的趣味，不会脱离他的着装。为什么要穿这个？她问他。

传统的东西，舒服！他说。

可是我看了就是觉得不舒服。他不适合你，她说。她从来都是不愿意穿旗袍和所谓的汉服的，那种外在的复古，很肤浅。传统的精妙，就像那些完美如新的古代艺术品，它们和你的情感，没有隔阂，没有陌生，没有猜忌，是我看花如我，花看我如花的境界。刻意，就是因为隔阂，就是因为信息不对称，就是见外，就是排斥。

中国加入野生动物保护公约，全面禁止象牙贸易，禁止一切与象牙有关的生产、加工等活动之时，田东飞手上的所有牙雕，包括全部的红色题材和明清老雕件，全部出空了！不得不承认他是一位古玩经营的天才。他的资金，又大量买进宋元瓷器。宋代因为斗茶成为风气，所以深色釉茶盏盛行，便于衬托茶色，其实是衬托茶的泡沫。天目、油滴、兔毫、鹧鸪斑这些著名建盏，在日本被奉为国宝，在中国却长期被明清宫廷瓷器的火爆行情所遮蔽。田东飞有心收满一百只国宝级的建盏，准备下一轮的行情。这时候他的儿子田崇已经到了日本，到处收集武士刀。小青年练柔道，文身，用日文在左臂上刺俳句。

田崇也上雅昌论坛，每次郑薇发的帖，他都会来跟，许多时候是沙发。郑薇的帖几乎每个都被管理员置顶，绝对热帖。她系统地整理世界各大博物馆所藏中国文物，细分发帖，不知使多少人受益。红山、良渚古玉，秦汉印章，西周春秋战国古珠，青瓷，明清竹刻，五彩斗彩珐琅彩，元青花，明清家具，藏传佛像，徽州砖雕，泥木造像，元明漆雕，三代青铜器，魏晋南北朝石刻，宣德炉，宋画……三言两语的点评，既不同于所谓专家，更与古玩圈众生有别。她是许多人心目中的女神，追求者众，乃情理中的事。但是所有公开的恭维殷勤，她皆视作玩笑。而私信里的挑逗，当然都是譬如没看见啦！

田崇在私信里叫她姐姐，姐姐长姐姐短的，郑薇不可能让他叫她阿姨，但是觉得叫姐姐也很别扭。她大他九岁，叫姐姐当然无妨，问题是，她是他父亲的情人，可以是他姐姐吗？她没有见过田崇，他们只是在论坛里相遇。他不可能不知道她和他父亲的关系吧？在玩古的圈子里，她和田东飞都是名人，两个名人的绯闻，是比一次重大考古发现还要热门的话题。那么作为男主角的儿子，他对此作何感想？他是完全置身事外吗？

她非常惊讶地发现，田崇和她说话，越来越缠绵的样子。这是个恋母的家伙吧！他如果真正恋母的话，他会站在其母一边，对她抱有敌意。但事实显然不是，郑薇的担心，因此也渐渐消失了。有些话，她是不会对田东飞说的，她是个淑女，他俩之间，她总是力图乌托邦，总是把话题扯向单纯的古董，以及爱情。那是她和文物同样喜欢的话题！她是为文物而生的，更是为爱情而生。她非常不希望她爱的人，老是钱钱钱，满脑子生意和赚钱。他们在一起，应该只是对美物的研究和欣赏，是谈情说爱，是象牙塔和桃花源。可是他不能脱俗，和她希望的，或者说想要打造的，相去甚远。说她不为之感到痛苦和失望，那是不可能的。但是她依然对他迷恋很深，不可自拔。似乎他离她的想象越远，她就越是迷恋。她是因为感情饥渴吗？追她爱慕她的人很多呀！但这并不一定说她是不饥渴的。她对他们无感，他们对她来说是不存在的。他们只是她的玩友，关于文物，关于古董，仅此而已。她的情感世界里，只有他。田东飞是神秘的无上权威分配给她的唯一异性，感情世界里唯一的一碗饭。她如果不想饿死，就只能吃。她其实吃得很辛苦，当然有时候也酣畅。辛苦和酣畅交替、混杂、纠缠，让她欲罢不能，让她迷失了自己，不知道自己的内心，究竟充斥着快乐还是悲伤。

她慢慢也发现了，她的同性朋友越来越少，交往的基本都是男人。可以归因于，喜欢古物的，绝大多数都是男性。背后的较为深入的原因，她好像也感觉到了一点，那就是，她越来越变得不喜欢说自己的心事，不暴露自己的感情，甚至喜忧好恶，都隐藏起来了。在人们看来，她就是一个完美到不食人间烟火的淑女，没有任何缺点，有的只是温文尔雅、知书达理、才貌双全。她是艺术品一样的美，专业书一样的理性严谨。她是从古代穿越而来的女子，脑子里装着几辈子读的书。她无意中把自己打扮成这样的人，把自己完全封闭了起来。她的情感世界只有一扇门，狭窄的路，只通向一个人，这个人会带给她什么，她不知道。

许许多多的话，她是不愿意去说的。爱上一个有妇之夫，那与她的审美观、道德观一致吗？如果她所面临的东西，发生在另一个人身上，她会怎么看？会接受吗？还是鄙视？是的，她常常鄙视自己，她鄙视自己到孤独，但是没有人可以倾诉。她越孤独越沉沦。

她有时候会细细地端详田崇的照片。他梳着江户时代武士的发型，握着日本军刀，神色凝重。但他看上去毕竟还是孩子，面孔上稚气未脱。如果和田东飞生一个儿子，也会是这样子吗？他是不是她生的呢？她只不过大他九岁，但是他完全不是她的同代人。他在论坛里的表现，就是孩子气。他和她说话，无论是公开的评论还是私信悄悄话，那份缠绵，让她害怕。人们看到了会怎么想？田东飞看到了吗？他怎么想？

他看古物的眼光，明显不如他的父亲。田东飞是个古董买卖的天才，他真的就比别人看得远，看行情就是有提前亮。一年前他就对郑薇说，古珠会有一轮大的行情。郑薇这次有点将信将疑，但是事实就是他预料的那样。他分析得有道理，珠子在人类历史上，地位是非常重要的，如果说直立行走和钻木取火学会使用工具是人类的第一次飞跃，那么制作珠子来礼天祭神和装饰自己，则是第二次飞跃，更大的飞跃，那是人类精神和审美的觉醒。而珠子的价格，一直没有被认识，市场基本没有表现，除了清宫朝珠和十八子。这是很严重的盲点。田东飞认为，珠子是美的，可以与人随身相伴，而且珠子毕竟不像其他古物，有一定经济条件的人也都买得起，它的受众应该比紫砂壶更广，所以珠子的价格一定会涨起来。他当时拿出一串由西周红玛瑙珠子编成的手串，递给郑薇。郑薇很喜欢，她一眼就看出它们的好来，红得珠光宝气，却又低调，这种珠子的形状和气息，就是悠久历史的气息，就是高贵器物的格调。让她非常生气的是，他居然提出来，用这串西玛珠换她家里的一只剔红小盒子。

她感到意外。他们交往了这么长时间，他没有正经送过她一样东西。他爱她吗？他和她见面，就是为了睡她吗？她是他无数宝物中的一件吗？没有到手的时候，就想着如何占有之；一旦到手了，把玩一阵，心理得到了满足，就想着找机会出手，卖个好价钱。买进卖出，没完没了。他也会把她卖掉吗？他和她都知道，其实是有很多人要她的，他如果真的要把她像一尊永宣鎏金佛像那样转手，自然是会有很多人抢。他果然会买东西，从来都是低价吃进，高价抛出，从来不会压货在手上。

剔红香盒是郑薇在母亲工作的文物商店买的。那时候东西还很多，而且按今天的眼光看是便宜。这件剔红年份好，至少是明代早期的，弄得不好就是元代的。剔红是等级非常高的东西，木胎上一道道刷大漆，上几十道，将干未干之时，用刀雕刻。说它是香盒也可以，一时玩香成风，什么盒子都往那上头靠，什么盒子都成了香盒。其实古代盒子的用途，并不是分得那么清楚的，女子化妆用的粉盒、文房印泥盒、香盒，都可以的。

是不是觉得吃亏了？田东飞说，西玛珠子虽然今天还不是太贵，但是你看好了，不出两年，每粒上千元，甚至三五千，甚至上万，都是可能的。

他又说，要不，这方砚台也给你吧！

郑薇感到悲哀。他们之间，竟然是这样的。难道说，这个人，和任何人的关系，都是买卖吗？他做每一件事，和每一个人打交道，都是在计算着价格，都是只剩下吃亏和占便宜吗？既然这样，她想起了她的"张鸣岐"铜炉，当初是送给他的，他后来卖了六十六万，也没给她一分钱。难道他完全忘记这回事了吗？现在给她一串珠子，竟要她拿剔红盒子来换！他一定是对这个盒子觊觎已久，所以拿一串珠子来骗取。

她收下了手串，也把剔红给了他。她这样做，估计不会有多少人理解她。但是如果你正堕入情网，没道理地爱得深沉，乃至彻底迷失了自己，那么也许你是能够理解她为什么会这么做。她也知道她已经不是从前的她了，她变得很傻，很懦弱，而且往日的那种雍容矜持也正在失去，她就是很怕失去他。如果他们较长时间不见面，发他短信没有及时回复，她就会紧张，甚至恐惧，然后胡思乱想，他是不是不要她了？是不是他太太听到了什么？或者，是他出了什么意外？但是每次她都克制着自己，不给他打电话。那样多俗气啊！质问他为什么不及时回短信吗？说自己有多担心和慌张吗？那是一些小女人才会这么做的呀！

他好像从来就不担心她会离开。他是胜券在握呢，还是根本不在乎？他的心思，他的乐趣，他的精力，都投放到了古董上，他除了古董，就不会再爱其他事，是吗？那他为什么还要和她幽会，为什么还要睡她？

哦，不要去责怪他吧，还不是自己送上去的？他也没有来追你，人家是有家室的，是你去插了一杠子，你是可耻的，你有什么资格抱怨？你走呀，估计他也不会拉着你。那么，你该怪谁呢？玩古的人都知道，一件东西，是真是假，值不值得，全凭你自己看，自己判断，谁说了都不算，谁也帮不了你。如果买下之后，发现了问题，后悔药是没有的，不可以退，也不能说，说出来大家知道了，非但不会同情你，反而只会嘲笑。

他就是喜欢钱，他从来都不掩饰。他也从来不说好话给她听。他就是一副不要白不要的腔调。他卖东西给别人也是这样的，开出的价格，从来都没有还价的余地，比老外做古董生意还牛气。大家都知道老外实在，不开虚价，所以他们也不喜欢你砍价，如果像国内一样杀半价，他们就会很生气，不跟你做买卖了。但是你如果小刀，砍掉个零头，或者百分之十、百分之二十，那还是可以的。田东飞却牛气得一分钱不让，爱要不要！他是有资格牛啊，因为他货好啊！对于郑薇，他的底气同样超级足。

他从来都没有情意绵绵的话，即使在床上，也是这样。他会不会睡我的时候也想着怎样把某件东西搞到手呢？

而他的儿子田崇，却一点都不像他，他的嘴巴，就像抹了蜜。他过来和她搭话，总是那么缠绵，好像他才是她的情人。她觉得不好意思，对他说，不要这么说啦，被人家看到了难为情的！他于是不再在论坛里公开跟她说话，连评论都少了。但是，私信还是常常发过来，有时候说话，就更加肆无忌惮了。

她不喜欢他这样。但是，她好像也并不那么反感。许多时候，因为对田东飞的怨怼，因为她并不想向谁去抱怨诉说什么，只是压在心上让自己郁闷，所以田崇的出现，倒也不失为一件愉快的事。她可以居高临下地跟他调侃说笑几句，心里竟然轻松了很多。

有时候她会提起他父亲，她是希望聊一些与田东飞有关的内容。但是显然他并不愿意。每次她提起话头，田崇都以沉默相对。你会留在日本吗？还是毕业后回国？她把话题扯开。"我没有想过，"他说，"要是姐姐在日本，我就不想回去了！"这分明是赤裸裸的挑逗嘛，这个孩子！郑薇决定教训他一下，她说，我是你爸的朋友，你不可以叫我姐姐的！

田崇说，我不知道！

你不知道什么？

反正我不知道！

郑薇说，你没大没小的，你不该这样跟我说话！你说了很多不应该说的话，以后不要再说。如果你再说，我就告诉你爸！

你不会告诉他的！田崇回复得很快。

那么你妈呢？郑薇突然这么问，连她自己都觉得吃惊。为什么要这么问？想问什么？

那头就此没有回复了。人呢？她问。还在吗？也没有反应。他不见了，下线了。她有了被抛弃的感觉。她呆坐在电脑前，似乎要等他回来。但是夜越发深了，后来是黎明，他没有回来。

田东飞要给自己办一个展览，展出他收藏的明清文房精品，有数方名砚，有朱三松透雕竹笔筒，有宋代太湖赏石，有王世襄旧藏宣德桥耳炉，有玉雕子冈牌，有宋哥釉笔洗，有良渚玉琮，有来自郑薇的元剔红香盒，有汉代玉印，有一张唐琴，等等。同时还要出一本画册。他请郑薇给画册写文字，你的文笔好，他说。

郑薇知道他的想法，这一场展览，他是要把这批东西都卖掉。不仅卖掉，还要卖个好价钱。他的东西虽然贵，但就是有人接。古玩行就是这样的，看重流传有序的东西。因为造假厉害，东西来路不明的话，人不敢要。但是它是从什么地方来的，前边是谁谁谁的旧藏，当然这谁谁谁不会是等闲之辈，须是名人、权威、大佬，这东西来路好，价值自然就高。王世襄先生的旧藏，美国安思远的东西，甚至是像台湾作家董桥收藏过的，就是非同寻常，特别的抢手。这比有专业证书，比什么专家鉴定还要靠谱。田东飞的眼光，他在收藏界的名声，都决定了他手里出来的藏品有很高的附加值，人家就是愿意从他手上拿东西，靠谱、放心，也容易出手。特别是展出过的东西，还收入图册，这是最好的身份证。

郑薇的文字确实好，精准、清晰，不像各拍卖公司图录上的文字那么普遍流俗、空洞。那些文字，好像都是同一个文案写的，没有个性就不去苛求了，陈词滥调实在让人受不了，什么"相得益彰"，什么"宝光莹润"，说了等于白说。郑薇对每一件古物的描述，尽量直白，但是准确描述的同时，必有一句独到的点评。所有的文字因此就有了深度和温度，也有了趣味和灵魂。

展览在工艺美术博物馆举办。开幕那天，虽然天不作美，下起了小雨，但仍然高朋云集，祝贺的花篮一直摆放到大街上。再加上来苏州旅游，看大名鼎鼎的苏州博物馆顺便过来看热闹的吃瓜群众，一时间场面火爆，城管出动了好几个，过来维持秩序。报社、电视台、网站，都有记者前来采访。一些自媒体也不会放过机会，蹭点消息以博转发量。据说当前中国，继大宋和民国后，又一次步入了收藏盛世，乱世黄金盛世收藏，看来所言不虚，你看看田东飞文房精品展这场面，就会相信诚哉斯言！

人们纷纷和田东飞、郑薇合影，藏友们皆以见到两位的真容为荣。合影的时候有人把手放到郑薇肩膀上，吃瓜群众就起哄，放开你的爪子，不要碰我的女神！在公众场合，她更显其优雅，一袭长裙，比那些走红地毯的明星更加仪态万千。没想到的是，田崇也在这个展览上出现了，他走到郑薇面前的时候，她才认出他来。不知道为什么她一阵慌张，自己觉得脸都红了，没错，脸蛋儿发烫。她差一点伸出手去拉他，但她是女神，她不能失态，她必须始终保持着不温不火落落大方的仪表仪容。她做出一副好像知道他要回来的样子，说，是昨天飞回来的吗？辛苦了！

田崇摸出一件玉器，送给郑薇，说这个玉猪龙是他在日本淘到的。他知道她喜欢红山，而玉猪龙正是红山文化玉器的代表作。郑薇没有拿，就知道它只是一件高仿。但是当这么多人的面，她不能说什么，她接了过来。然后他们两个终于有机会单独在一起的时候，她告诉他，这个玉猪龙是不对的，是中国流出去的高仿。她说，上海、苏州、扬州、北京、广州，还有湖州等地的工艺美术公司，在解放后仿制了大量的中国文物，历朝历代的各种文物都有，包括书画，出口换汇。她掏出她贴身佩戴的那个红山玉璧，递给他：你看，你比较一下看，两件东西，无论是用料，还是钻孔痕迹、包浆光气，都不一样的。

她掏出玉璧的时候，发现他盯着她的胸部看，突然就觉得不自然了，想递给他的玉璧上，一定还有自己的体温吧！这么想就更不自在了，伸过手去要把玉璧拿回来，田崇却说，姐姐你这个给我吧！

假的换我真的啊！她很不舍得这块玉，好多年一直贴身相伴。虽说它不一定值多少钱，这种高古素璧，价格起不来的原因，一是大众审美趣味普遍追求刻工和玉质，论玉必定和田，而且还要白，红山大部分是岫岩玉，没有精细的雕工；二是高仿猖獗，真赝难辨，收藏门槛高，轻易难以进入，真的也常常被看假，所以很多人都觉得不碰为好。但是郑薇对红山情有独钟，觉得这种朴拙之美，又经过了好几千年时光的浸润，是无法复制的大美，每一件都是国宝。而坊间所谓的红山古玉，甚至有些拍卖会的拍品、博物馆的藏品，也是非常可疑的。一万件里有一件真的就算不错了！

但她还是把玉给了田崇。和你爸一样！她说。

田崇说，我要天天戴着这个玉，看到它就想到姐姐。

你想着我干啥呢？还天天想，累不累啊！

郑薇无疑也是展览会上的主角之一。圈子里的人，都知道她和田东飞的关系，他的展览，自然也就是她的展览。大家纷纷向她表示祝贺，都说藏品真好，真雅！好的古董，就是要雅。最贵的当然是宫廷器，那是每个时代集举国之力打造出来的，除此就是文人雅玩了，文人有文化，审美高，文人看得上的东西，把玩的东西，自然是最有味道也是最有境界的。田东飞不愧是藏界大佬，他的趣味他的眼光始终高于常人，他就是风向标。

郑薇笑笑，东西又不是我的。

大家就夸她图册上的文字写得好。如果没有很高的审美，如果不是对历史文化有那么深的造诣，不可能写出这样的文字的。而且还必须是有很高的文学水平！

照相机、摄像机，都对准了她。她虽然是一个当代女子，但是她和古物在一起，是那么的协调，协调中又有强烈反差。这种反差是美的，是协调的，仿佛是相互映衬，场子里要是没有了她的身影她的笑容，以及她优雅的走动，还有她悦耳的嗓音，古物未免就缺乏了生气，显得过于陈旧灰暗。她就像是给这些几百年上千年前的东西提气，让它们在这个展厅里各自优雅，精致的越显精致，古朴的越发古朴。而这些古物，同时又在衬托着她，把她的鲜活和灵动，推到了人们的视野之中。

在这样的场合，每一个人似乎都变得文雅了，靠近了珍贵的古物，都不敢太重呼吸，唯恐惊动了沉睡的岁月。懂行的不懂行的，都对象征着传统文化结晶的一件件东西怀揣敬意。即使很多人在说着钱，估猜这些古董的价值，商谈着以什么样的价钱惠让转手，气氛却始终是高雅的，人在古老的时间面前，会觉得自己的渺小，会觉得讨论买卖都是一件风雅脱俗的事。

古物都是有灵魂的，它曾经和一位或多位古人相伴，和他一起看云卷云舒，一起听暮鼓晨钟。在昏黄的灯下，他是如何心静如止水地看着它，久久凝视，相看两不厌；又是如何充满爱意地轻轻抚摸着它，就像抚摸爱人凉滑的小手。他把时间和生命，都随着手泽注进器物中去了。他使它皮壳灿然，使它有了灵魂。在他死去之后，他的灵魂便依附于它，使它不再是纯粹的物了，而是会在清晨冥想，会在深夜叹息的精灵。然后它或许又一次降临另外一个高人的生活，与他一起呼吸，分享他人生的欢乐，分担他命运的伤悲。它变得那么丰富，那么复杂，那么神秘，它就是在世间轮回，度过一生又一生。

可是人呢？有些人，反倒没有了灵魂！他们为了钱财，迷失了自己，却自以为找到了自己。他们的快乐和成功，就是赚到更多的钱，占有更多的东西。他们没有时间，或者说不愿意花费时间与另外的灵魂对话，更别说与古人对话了。他们全部的时间、全部的精力，都给了物欲，为自己身体里那头永无餍足的怪兽服务，填它永远填不饱的肚子。田东飞就是这样的人，而且他是从不讳言的，他就是喜欢钱，把它直白地说出来。他对女人的占有，和对物的占有是一样的。他也从不讳言他喜欢女人，就是喜欢她们的肉体，她们美丽的脸、她们身体的曲线，细腻的肌肤，令他愉悦。他甚至坦率地说，他想得到更多的女人。郑薇的失望越来越深，她为什么会爱上这样一个人？她很需要爱情吗？她需要男人吗？在这个世界，这个时代里，除了他，就没有其他人值得她去爱吗？就没有别人可以给她肉体之欢愉的同时，另有心灵的慰藉和灵魂的震颤吗？她为什么要爱上一个没有灵魂的人？他就像一件新做出来的仿品，徒有古董的外形，却是没有内容的，粗糙的，处处流露出粗鄙的痕迹，没有淡然雅逸的气息，没有含蓄内敛的气质，没有暧昧的魅力，没有可以用眼神和叹息来进行交流的那种默契啊！

她的要求是不是太高了？这样要求男人，全世界的男人是不是就有打光棍的危险了？她所要的，是孤品，是极品，是妙品，是逸品，是和氏璧、随侯珠一样的稀世珍宝，而那些东西，都在世界各大博物馆里，故宫、台北故宫、上海博物馆、中国国家博物馆、南京博物院、大英博物馆、大都会博物馆……流落民间的，你有运气得到吗？你若不是自欺欺人的"国宝帮"，你就不会相信自己能遇到。是的，她曾经以为他是，但他不是。

他就是把她当工作人员来遣使。他一直都只是在利用她，利用她的知识，利用她的姿色。不可否认他是喜欢她的，但也仅仅是喜欢她优雅可人的年轻女人的身体。这和喜欢另一具女人的美好肉体没什么分别。他是一位成功的收藏家，他收藏古物，也收藏人。他对古董的重视，却一定是超过对人的重视的。古董可以为他带来财富，可以帮助他获得更多的古董，以及女人。但是女人不是，女人带给他快乐，除此之外，就没有了。有的只是纠缠和很难摆脱的厌倦，是获得另外快乐的障碍。他对女人的态度，从来都是一副不负责不挽留的样子，爱来不来，反正他不缺女人。有钱还怕没有女人吗？"但是有钱你不一定就能得到郑薇这样秀外慧中的极品女人呀！"可是田东飞并不认为女人有什么极品次品之分，如果一定要说有什么极品，那么她能够让你欲仙欲死，并且超过半年还不厌倦，那就算极品。至于文化，对女人来说并不重要。谁找女人是找文化的？柳如是董小宛要是长得丑，她们也不会被钱谦益冒辟疆乃至更多的男人喜欢。

她越来越伤心。

各位看官，你知道什么是沉香吗？你一定听说过，它是一种很香的木头，价格非常昂贵。是的，真正的沉香，尤其是棋楠香，确实是非常珍贵的。但是并不是所有的芳香的木头都值钱。沉香是怎么来的你知道吗？它是树的伤口，是莞香之类的树受伤之后，它自身分泌出用以疗伤的树脂，同时有很多微生物开始入侵，它们合力造就了沉香。那黑乎乎结油的部分，就是沉香。它是树的疤痕，它要命的香气，乃旷世奇珍！上好的沉香，不要说价比黄金，它的昂贵，早就让黄金不算什么了。一些沉水的老香，比重特别大，含油丰富，其价格已经无法估量。古代中国、波斯等地有燃香敬神去秽的传统，而将沉香雕刻成工艺品，好像是中国所特有。一只明代的五老图沉香雕笔筒，说它价值连城是一点都不夸张的。这只笔筒一直都在民间，眼下为太原的一位斋号"天然散人"的收藏达人所有，此人虽是山西粗犷汉子，心思却极是细腻，好古好文玩，喜诗书画琴，多年前从北京一藏家手上重金购得此宝，一直都珍藏不出。它也成了许多圈内人觊觎的目标，像田东飞这样眼毒的贪得无厌之徒，自然是朝思暮想，必欲得之而后快。

天然散人很喜欢你是不是？他对郑薇说，他一直癞蛤蟆想吃你这块又嫩又香的天鹅肉呢！

郑薇说，你好无聊哦！

田东飞说，怎么是无聊呢？男男女女，自古以来，不就那回事嘛！

你的意思人类到今天也就是为了繁殖繁衍是吗？

田东飞说，当然不是！而是寻欢作乐！

其实这样的话题在他们之间早已不是第一次提起，每次都不会有愉快的结果。郑薇已经是很怕提起，却又常常提起。好像是越怕说就越要说。非得折磨自己是不是？折磨自己的同时也折磨了别人，那就痛快了，平衡了，至少是宣泄了是不是？

我知道有很多人喜欢你，但是我看出来了，最喜欢你的就是他，他是第一名。而且吧，这个第一名和第二名之间，是隔着千山万水的。

那你是第几名？

我嘛，当然是第一名啦！田东飞想了想又说，我是评委，不参加比赛的！

"我的意思是，"田东飞说，"只要你出马，天然散人也许就肯让出他的沉香笔筒。"

郑薇总算是彻底明白了，田东飞就是不达目的不罢休，不把天然散人的这件东西弄到手，他心里的那个怪兽就不会消停。他一定使用了无数计谋，想要巧取豪夺，皆未果，于是想到了利用她来实施美人计。他真是个混蛋，他就是高衙内西门庆一路的货色啊！女人的身体，是最好的诱饵吗？什么脏水都往女人身上泼，什么灾祸都归罪于女人，为什么这样？女人为什么会成为诱饵？又为什么成为替罪羊？那些奸诈的阴谋，那些血腥残忍的争斗，不是女人造成的，女人只是他们用来擦去手上血迹的花瓣，是他们锦囊里的一张牌，是他们用腻了就去交换新欢的处理品。

郑薇终于想要离开田东飞。这是他们认识以来，她第一次当真这么想。离开他吧，会怎么样？山无陵天地合才敢与君绝，当初她是这么想的，长期以来她都这么想，但是现在，她真的认真考虑，要离开他！离开这个人，离开这个满脑子是钱的有妇之夫，离开他也就意味着终结了迷失的日子，离开他就是离开了痛苦迷茫，就是与耻辱分开，与那些污浊的闲言碎语分开。还能回到清清白白的过去吗？还能像父母所希望的那样嫁个博士安安心心地过日子吗？内心的伤，能够如沉香一样结痂，变为芳香的回忆吗？一切都仿佛一场春梦，醒了，咂巴咂巴嘴，开始一天的生活。一天天都是这样，平静而充实。日子就是博物馆，到处都是珍宝，虽然一件都不属于你，但又似乎件件皆触手可及，这样多好，是吗？

她绝对不是特意去找田崇的。父亲应邀去日本讲学，可以带一位家属，郑薇说，带我去吧！

父亲在东京大学讲课，她就去了奈良，去了东大寺，去了大名鼎鼎的正仓院。紫檀螺钿琵琶、金银平脱八角镜、漆金绘盘，这些著名的文物，她确实早就耳熟能详，闭上眼睛就能浮现出来。现在面对实物，她还是感到惊讶。倒不是说她觉得这些东西在审美上有多高的境界，或者说工艺高超到什么样的程度，她只是为这些唐代文物表现出来的"新"而惊叹！是的，它们就像刚刚做出来一样，如果不是确凿无疑的记载，真不敢相信眼前的居然是唐代旧物！一千多年，时光令春秋如转轮，让一代代人出生又死去，让大地沧桑，而这些精美的器物，却安然不动，静若处子！这种奇妙的感受，常常就是在面对美物的时候才能得到，才能获得心灵广阔而深幽的体验。通常年代如此久远的东西，都会有入土、出土的经历，因为长埋地下，才会完好如初。但是像正仓院的文物，由遣唐使从中国带至日本，未经使用，一直摆放在此，千年一瞬，看到它们的人，已然隔世，隔了多少世，而它们还是完好如新！这在世界上不说绝无仅有，也实在是太稀罕太稀罕了呀！

她发了微博，发了微信朋友圈，贴了照片，又有三言两语，说心中感受，自然引来无数评论和点赞。田崇看到，给她发来私信，说他简直不敢相信，姐姐竟然与他近在咫尺。我就在奈良呀！姐姐，你住哪里？姐姐你等着，我过去接你！

他们去了唐招提寺，瞻仰了鉴真和尚坐像。又去了法华寺，拜了十一面观音像。郑薇说，十一面观音，是我的保护神呢！又去法隆寺看世上最早的木结构建筑。最后来到若草山顶，整个奈良尽收眼底。秋风萧瑟，寒意侵衿，田崇拉起郑薇的手，指给她看他居住的地方。她将手抽走，对他说，天凉似水，暮色已降，这里荒山野岭，赶紧回去吧！

回到城里，去"和やまむら"吃了日料。这是一家米其林三星餐厅，东西做得十分地道。菊正宗大吟酿清淡而有兰香，容易上口，味道也是郑薇喜欢的。加上受了微寒，她喝了不少，渐渐有了醉意。买单的时候，郑薇说，你是小孩子，不要你买单！田崇说，我二十岁了，怎么还是小孩子？郑薇说，这么多钱，不把你吃穷啊！

田崇说，我有钱的！

郑薇说，你还是学生，哪来的钱？还不是你家里给你！

田崇说，是我自己赚的钱。

他告诉她，他在日本淘东西，有好几个买家呢！国内什么破东西都贵到了天上去，而在日本，还是能淘到性价比高的货。虽说日本的东西这几年也被中国人炒高了，来日本收货的人越来越多，有些夫妻老婆店，男人住在日本负责淘货，女的就在国内看店卖东西。但是毕竟和国内不同，东西还是有。

没想到你生意这么好，郑薇说，你好能干哦！

她夸了他，他很高兴，他说，他爸爸也问他要货呢！郑薇说，你还赚你老爸钱啊？

田崇不好意思地笑了。他缠着她，一定要她去他住处看看。我有几件东西要请姐姐看看，姐姐的眼力好，必须帮我掌掌眼。

他住的房子不大，却异常整洁，就像一个姑娘的住处。其实现在很多女孩子，走出来漂漂亮亮，住的地方脏乱不堪，就是郑薇自己，闺房也大不如田崇这个小伙子。他每样东西都安放整齐，艺术品多得有点拥挤，却并不凌乱，错落有致，非常得体。

她忽然有点自惭形秽，觉得眼前的少年风雅高洁，而自己已经青春不再似的，身体和心灵，也没有了往日值得骄傲的资本。奈良的深秋，俳句一样安静忧伤。清酒微醉，心里的伤感没来由，不知道春花秋月因何而来去！她觉得再也不能在这里坐下去，马上就要告辞去下榻的酒店。

但是田崇不让她走。他取出一个漆盘给她看，说这件东西如果开门，价值应该不菲。郑薇接过来，手头重重的，就知道东西肯定是不对了。拿近看了，便说，这不是剔红，这是日本的镰仓雕啊！

他也是知道镰仓雕的，那就是先在木胎上刻了花纹图案，再刷几遍红漆。而剔红，则是在胎骨上一遍遍上漆，趁着大漆尚未干透，用刀仔细剔雕。两者之间，相差何止千里啊！

他又拿出一个锡罐，她看出来这件倒是中国的东西。虽然象牙盖子是日本人后配的，但是罐身是中国货无疑。锡器放茶叶最好，日本人从中国带回很多美物，虽然他们大量仿制、复制，也出现了很多制器高手，但是日本东西在她看来，格调境界上还是要矮一路。

一件件看了好多东西，不知不觉夜已深沉。田崇从抽屉里拿出了一本册页，说是中国明代仇英的真迹。册页画得极其精美，但这是一本春宫册页啊！男女交媾，画得那么逼真，纤毫毕现。郑薇不是没有见过春宫，绝对不至于少见多怪，但是异国深夜，孤男寡女共读春宫，这未免太荒诞了吧！何况他还是她情人的儿子！

田崇拉住了她的手，她感觉到他的手心里都是汗。她抽回了手，说，我走了！但是他猛地把她抱住了。

事后她回忆，她就是酒喝多了。第二天她什么地方也没去，就是在酒店里睡觉。昏昏沉沉的，做着凌乱的梦，支离破碎的梦境，和昨晚真实发生的，纠缠在一起，真耶？梦耶？

酒店房间的墙上，竟然挂着日本浮世绘。画上的两个女子，很暧昧地拥抱在一起。这是什么时期的作品呢？她把灯光调亮，把所有的灯都打开了，坐起来看画。她看出来这是一幅肉笔画，当然也是印刷品。她更喜欢木板刻印的浮世绘，有一种粗粝的民间气息。浮世绘也有很多春宫内容的，比起中国的春宫画，则要粗放很多，相比之下，仇十洲他们的作品，要细腻精致得多。但是她还是更喜欢浮世绘一些，尤其是木板浮世绘，它的艺术性更强，难怪影响了很多西方艺术家的创作。

手机上田崇发来无数条微信。他像一个堕入情网的少年，向她说着绵绵情话。她一条条读，心里有一点点的甜蜜，但更多的是后悔。如果她是另外一个人，她会对她说，你真的不应该，你做出这样的事，确实是不知羞耻！她不知道应该如何摆脱他，更不知道怎样从混乱的情绪中走出来。她没有回复他，她决定不回复他，今天不，永远不。

从奈良返回东京，她就病了，发很厉害的高烧。晚上父亲睡到了她的房间里，为的是照顾她，半夜起来给她烧开水。她听到黑暗中烧水壶呜呜呜的声响中，夹杂着父亲的叹息。他为什么要叹息？

早上起来，她似乎是突然发现，父亲的头发怎么变白了，已经是白的多黑的少。闭起眼睛想想，他应该是一头黑发。是一夜白了的吗？还是她忽视他太久了？在她心目中，他一直是年轻的，至多是个中年人吧，他是什么时候变老的？人生真是易老吗？自己竟然也已经三十了，不再是青涩的少女。而自己的内心，却从来没有意识到年华易逝，青春很短很短。父亲的叹息，难道是为了她？他这样的大知识分子，也会为儿女的婚嫁忧心忡忡吗？他是感到无奈吗？他的话语，从来都只是知识学问，很少家长里短，他的心里，除了学问和学生，还有什么？她可是从来都没有想过，她的生活，是不是也牵动着他的心肠？那么，如果他知道她和田东飞的事，知道了她和田崇的事，他又会作何感想？

你醒了吗？好点了吗？父亲又摸了摸她的额头说，高烧早上就退了。

她看着父亲，很媚地笑了。她好像从来都没有这样对他笑过。他有点呆呆地看着女儿，好像在说，你太漂亮了呀，我的女儿！

她对他说，自己完全好了，没问题了。主要是去若草山受了风寒，加上喝多了清酒，所以发烧了。睡了长长的一个晚上，现在好了，一点事都没有了！

你喝酒了？而且喝醉了？父亲惊愕的表情，让她有些害怕。"是谁？和谁一起喝酒了？"他问。

一个朋友嘛！

他看着她，好像在问：什么朋友？男的女的？但他没问。他从来都是这样的，说起学问来滔滔不绝，而生活琐事，常常都是惜字如金的。

我们去浅草寺玩吧！她提议。

他说，身体吃得消吗？

没问题啦老爸，我已经完全好了！她做出轻快的样子，简直是在撒娇。

她挽着父亲的胳膊，父女俩好像从来都没有这么亲密过。从小到大，他都是正统的、严肃的。虽然她从来都是受到父亲赞赏的，无论是学习，还是以后的工作，以及她在文物古董方面的天赋和造诣，但她依然是敬畏父亲的，他在她心目中，就是一个脱离了人间世俗的神。她和所有他的学生，还有社会上的一些人，觉得他就是被用来敬重的，而不适合亲昵。现在她挽着他的手臂，就像是他甜蜜的小情人。走过雷门，看到许多情侣在那里拍照，她恍然间觉得，她和父亲也是一对呢！可是他依然是端着的，不，也不是端着，而是他本来就是这个样子，他就是这样的人。

在五重塔那里，她让父亲为她照相。她把手机递给父亲，他却看到了手机上的微信。是谁呢，跟你说这样的话？你在谈恋爱？

她心儿突突突跳，抢过手机，对父亲说，是一个无聊的人！

　　田崇锲而不舍地给她发微信，他一声声姐姐，叫得她心烦意乱。她是多么后悔，竟然和他颠鸾倒凤了一夜。是一时糊涂呢，还是自己根本就是个荡妇？她居然做出了这样的荒唐事！要是身边的父亲知道了，他不知会怎样的诧异。她自己都不敢相信，这些事，竟是她做下的。她觉得对不起父亲，她似乎感觉到了他的感觉，他一定是猜到了一些什么，他是个纯粹的学者，但他不傻的。他变得更沉默了，在浅草寺转了一个多小时，他几乎不再说话。

　　回国两天后，田崇就不再发微信过来。他火热而缠绵的话语，戛然而止。清静了一天，郑薇居然感到了寂寞，若有所失。她翻看他的微信，字数多得够一部中篇小说了吧。一条条，那么直率，纯真又文艺。看起来他还有创作歌词的天分呢，他的话，有许多稍加整理，就是很不错的歌词。她一条条回看，时而微笑，时而又忍不住心头微微一颤。她看了整整一个晚上，一直看到凌晨三点多。她睡下不久，就听到手机叮咚响了，以为是田崇发来的。打开一看，却是田东飞的。

　　她在浅草寺的一家古董店里买了一个茶勺送给田东飞。竹制的茶勺虽然简朴，却是大正时期旧物，而且是名匠所制。田东飞从竹筒里取出茶勺，左端右详，连声称好。茶勺的大小比例、角度线条，有难言其妙的流畅匀称，不是对器物有超高审美的觉醒，是绝对不可能做出来的。竹器之妙，不仅是多一分则肥少一分则瘦，而且是必得深谙竹性的。成器之时，行云流水天衣无缝，成器之后，仿佛还在暗暗生长，和岁月一起日渐成熟，不惊不喜不恼不怨，好像它天生就是这样，并非人力为之。柳宗悦在他《日本的手工艺》一书中说："制作精美的日用手工艺品，才是手工艺的最高境界。"用这柄茶勺来印证他的观点，是再合适不过了。

你应该送我一把伞的，而不是茶勺！田东飞说：伞，散，意思多好！

他不无得意地告诉她，沉香笔筒他已经到手，只要肯花钱，就没有办不到的事！他天然散人果然不是柳下惠，哈哈哈哈……

意思很明白了，他是找了别的女人去帮他做成了这桩买卖。那是谁呢？会是一个妓女吗？那样的女人能为他完成这样的任务吗？郑薇心里酸酸的，对自己说：别以为你有什么了不起啊，你能做的，别的女人也能做；别人能做到的事，你却未必能呢，你在他看来，也许并不比一个妓女更高明。是啊，对他来说，你就是个女人，功能和妓女一样。你的优势，可能是不要花钱，甚至还能赚钱，不是吗，六十六万的袖炉，就是他赚到的。而你不愿意做的事，别人却帮他做到了，她或许是一个妓女，他只需花很少的钱雇她，就让天然散人将沉香笔筒拱手相让。

她觉得自己可笑，她不是决定了吗，就是要来跟他说，结束吧，他们的关系，到此为止。指的当然是男女关系。或许他们还是朋友，还会探讨一些关于文物的问题，或许还会见面，但是，肯定不会再上床。她不应该只是玩物，不应该只是他的战利品。告别这种不明不白的关系，正是她深思熟虑后要对他说的，为什么还要吃醋呢？难道依然对他有着很深的依恋吗。

是不是另外有人了？他漫不经心地问。

不，没有！她否定得很快很干脆。为什么要这样？是怕他觉得她不忠吗？

他做出一副情场老手的样子，说：别紧张嘛，没必要骗人嘛，有就是有，那又有什么关系！你是自由的，想跟谁就跟谁，谁也不能阻止你。再说，你是我什么人？是我女儿吗？不是！是我老婆吗？不是！要是回到从前，允许三妻四妾的话，我就娶你做小老婆，哈哈哈！

他这是在侮辱她吗？也许他知道了一点她和田崇的事。她的心不安地狂跳起来，她希望他不要知道，她害怕他知道。

要不你就做我儿媳妇吧，怎么样？崇儿这小子不懂事，你大他好多，正好管着他，多教教他。

他又说：在你们结婚前发生的事，不能算扒灰吧？

郑薇不再留恋，已经没有丝毫的留恋。这样的男人，还留恋他的话，自己都要瞧不起自己！轻轻松松地离开吧，就当什么也没有发生，就当一切都只是梦！但是她轻松不起来，他知道她和田崇的事了？这块石头压在她心上，重得任何力量都搬不开。

可是一旦决定分手，很坚决明白地提出来之后，田东飞的态度完全改变了。他并不像之前那样潇洒，她以为他一直都对他们的关系满不在乎，觉得她很像是贱得一定要送上门去，很像他早就对她腻烦了，巴不得她走得远远的，反正他也不缺女人，在他眼里女人都是一样的，至少漂亮女人都差不多吧，只不过是艳丽的容貌、青春的身体，以及好听的声音，只是用来消遣的，是需要的时候抱在怀里，不需要的时候最好滚得远远的，不过就是玩物，最多算是他们男人成功的标志之一，除了有钱有地位，拥有很多年轻漂亮的女人，也是值得炫耀、值得别人羡慕、可以告慰平生的吧！看来并不尽然，看来她是想错了。田东飞前所未有地给她发很多微信，问她为什么突然提出分手，问她到底是他做错了什么，还说她如果指出来，他一定会加以改正。

他甚至说，如果她是因为觉得委屈，他是可以考虑为她离婚，然后明媒正娶的。虽然知道他只是说说而已，但她多少感到了安慰，有点高兴。他可从来没有对她说过这些话。她检讨自己，是不是太迁就他了，所以他才不把她当回事。她现在才明白，女人是不能太温顺的，她这才理解为什么天下女人都喜欢作，又为什么会作的女人能够得到男人的宠爱。她太淑女了，从来不会无理取闹，从不胡搅蛮缠让他发誓，一定要他说爱不爱这种话，她从不给他添麻烦，都是反过来宠他，让他觉得她是不能没有他的，离开了他就活不下去。责任也许更多地在她，她不会做女人，更不会做情人，她的好，不是曲径通幽，而是一马平川，让他一览无余，他当然就轻视了，不晓得珍惜了！

　　她果真要离开他，他这才着急了。他稳操胜券的风度到哪里去了？他不是一直扬言不缺女人吗？他的自负哪里去了？他不断地发微信给她，请她不要离开，几乎是哀求她，说什么她是他此生遇到的最好的女人，没有之一，她是他生命中最好的一件珍宝，最值钱，价值连城，不，无价之宝！

　　他这样的表现，让她意外。这不是他的风格呀，只有他儿子田崇才是这个德性。看来他们父子就是一样的，只不过之前没有暴露出来罢了。她没有回复，坚持着一条也不回。她感到了报复的快感。她可是从来都没有享受到这样的待遇，她喜欢的男人，一直漫不经心高高在上，现在却低声下气跟她说话，得不到任何回复还在喋喋不休苦苦哀求。

　　他还发来图片，原图、各种清晰的局部图，那是一串古代琉璃珠，其中有三颗品相极好的蜻蜓眼。不熟悉古珠的人可能会觉得琉璃珠不就是玻璃珠吗，那有什么稀罕的！是的，玻璃在今天确实不稀罕，但是在古代，战国、汉代，它的珍贵程度是丝毫不亚于宝石的，只有等级极高的王侯将相才能拥有。而蜻蜓眼，则是最高等级的琉璃珠，它就是传说中的随侯珠，是价值连城的旷世奇珍！他说，这是他用一件清宫料碗换来的。玻璃到了明清时期，被称为"料"，宫廷造办处以琢玉的方式制作的料器，在许多拍卖会上动辄以几百万成交。他认为这串琉璃珠很适合她的气质，他要送给她，希望她喜欢。

她就这样被轻易征服。她退让了，坚持不住了，她接受了他的邀请，去希尔顿见了他。他们一起吃饭，喝红酒，说笑。她感觉不是回到了从前，而是进入了一个新的境界，她不是重新得到了他，而是获得了一个更好的他。他们像初欢的恋人，享受着水仙花吐露芬芳的夜，享受着已经走到边缘的青春，享受着上天入地的生命之欢愉。

现在她最为担心的是田崇，她怕他出现，更怕被田东飞知道。他已经有好几天不发微信给她了，她以为他已经绝望，不再牵挂她这个不该牵挂的人。那绝对是一个错误，是酒后失态，是在非清醒不理智的状态下发生的一个意外。他应该在清醒过来后明白，他们是不可能的，连私情都不可能。他那么小，关键是她情人的儿子呀，怎么能够有第二次呢！一次都是嫌多的！他应该有他的女人，应该是一个比他还小的小姑娘，喜欢他、崇拜他，甚至可以是一个娇小性感的日本女孩子，而绝对不可以是她！虽然他几天没有联系她，他就像是消失了一样，但她还是担心他会来找她。他那个缠人的劲头，她是领教过的。她不相信他会就此罢休。他也许是在生她的气，为他发了那么多微信给她却得不到一条回复而觉得委屈。但愿他很快想通，不再生气，而是欢欢喜喜地去淘宝，或者遇见一个女孩儿欢欢喜喜地相爱。

可他终于还是又出现了！他在微信里说，他很快就毕业了，他本来还想留在日本读研，但是因为姐姐，他要回国。回国后，就能经常见到姐姐了！他说，姐姐你不理我，我很伤心，我没有办法，只能回来找姐姐。

她赶紧对他说，你听话，我就理你，好吗？

他很乖地说，好的！

她说，你应该在日本继续深造，现在国内的收藏界，普遍缺乏文化，就是资本收藏，许多有钱人大老板小老板，是他们在主导市场。像你这样的学术性、研究性的人才，对未来的收藏健康发展很重要，需要你这样的人才，你要学更多东西再回来啊，不要轻易放弃啊！

姐姐你还是不要我回去，可是我想你啊，想得自己都不想再活下去了！

郑薇心里一紧，很严重不是吗！

你要问问你父母，他们怎么说呢？

我讨厌我爸！他说。

她想不出更好的话来安抚他。她只能不理他。她甚至想拉黑他，这样他不就不能来纠缠了吗？但是，她生怕他被拉黑之后，会做出极端的事情来。他的那股劲头，真是让她害怕。她除了后悔，就是害怕。

没想到他组了个群，把她和田东飞都拉了进去。她不好退出，怕田东飞察觉到什么。田崇在群里说话，有时候还"@"她，她就不能装聋作哑。他发上来图片，说他收了好几把银壶和铁壶。壶都很漂亮，她点赞。他说一把南部铁壶年份非常好，是龟纹堂的极品。田东飞说，现在国内铁壶银壶价已经高得疯了，你凑什么热闹！田崇说，我不是跟风，我是用自己的审美来买东西。田东飞说，审美个屁，前瞻性和性价比才是王道！买来东西不赚钱，在最高位买进，不是神经病啊！

郑薇小心翼翼地在群里说话，唯恐自己说错什么，更怕田崇会说不得体的话。看到他们父子俩彼此不相容的样子，她找不到合适的话来打圆场，她真的不敢乱说一句话。

你去日本，见到崇儿了？田东飞这么问她，她吓得摇头又点头："我们一起去正仓院了。"她不明白自己为什么要这么说，她其实是一个人去正仓院的呀！

这小子，也不说！田东飞很奇怪地笑笑。

郑薇做出长辈的样子，说：他很有出息的。

是吗，田东飞说：你不觉得他看东西不靠谱吗？都买些乱七八糟的东西，还说他审美好。这小子，帮我收东西还要佣金，他的吃用开销房租还不都是我给！

郑薇想起了他的房子，一个男孩子的房间，却整洁文艺得有一股妖媚之气。灯光也是甜美得发腻的。她赤身裸体躺在床上的时候，觉得自己是泡在水里，被舞台般的灯光照射的水里。他像婴儿一样在她怀里，假装吃奶，一边吸吮，一边轻声唤她姐姐。她迷醉吗？一种奇异的罪感，使她不能自已。她把他的仇英春宫册页蹬到了地上，她记得狠狠地咬了他一口，第二天早上发现自己的膝盖也蹭破了。

她发私信给田崇，对他说，你爸好像知道了！"知道什么？"他问。

他是故意的，还是真傻？

"反正，你忘了我吧！"

我忘不了姐姐，我喜欢姐姐！

你这个人，怎么这么讨厌哪！郑薇有点来火，她说，你再这样，我就只能拉黑你了！

那我就告诉我爸，告诉我妈！

郑薇说，那你到底想怎样呢？是想娶我吗？我比你大九岁啊！

她决定把她和田东飞的关系告诉他，她说，田崇，我喜欢你爸，我是真的喜欢他，我不要他的钱，也不要名分，我只喜欢他这个人。我知道我不该这样，我没有资格爱他，我对不起你，对不起你妈妈！但是我控制不了自己，我被魔鬼驱使，我离不开他，离开了他感觉就要死！现在你知道了吧，你能理解吗？可以原谅我吗？我很感谢你喜欢我，我很珍视你的感情。也正因为如此，我才不能害你。你还小，真正的生活还没有展开，你的幸福不在我这里。我知道自己是在做傻事，是在一条没有出口的胡同里走，越走越黑。但我没办法，只能往里走。我知道我会毁了自己，也会毁了你老爸，也害了你妈，真是对不起！田崇，好田崇，我不能毁了你，你是个好孩子，你应该幸福，我不能毁了你！

是的，她继续说，我错了，咱们不该有那个晚上，是我不好，我不是个好女人，我不是你的好姐姐，我后悔万分！要是时光能够倒流，就让我退回去，退到那天晚上，退到你可爱的小房间，和你两个人，就是看你的收藏，看你那些淘来的可爱的小东西，只是这样，像一对可爱的小朋友，就像玩家家，那样多好啊！就算倒退回去了好吗？就像什么也没有发生。我的好田崇，我就是你的好阿姨，你的好姐姐，好吗？

我恨你！田崇说。

好的，那你就恨我吧，我不会怪你的。我会一直把你放在心里，我美好的、文艺的小弟弟！

我也恨我爸！我恨他，恨你，恨你们！

竟然是他主动把她拉黑了。她再发话过去，手机显示"对方拒绝接收您的消息"。

她好想哭啊！她真的就哭了起来，哭得很认真，也很酣畅，仿佛哭是一种娱乐，是一种很好的享受。她的哭里，既有一点委屈、失落，也有解脱出来的欢喜。总之狠哭了一通，觉得心里很舒服。

她变得很轻松。见到田东飞的时候，表现出少有的轻松。她提议，一起去苏州博物馆看喻红油画展吧，她人在那里呢，今天是开幕式。她说，她和喻红认识好多年了，她太喜欢她的画了，她要把他介绍给她，喻红一定会很高兴，因为她也是特别喜欢高古珠玉的，她的品位很不俗。

喻红脖子里戴了一串高古砗磲项链，她丈夫刘小东也在。大家见了面，聊了几句高古玉，喻红对郑薇说，你先生真是大行家！郑薇红了脸，说，他是我朋友，我还没结婚呢！刘小东责怪夫人：瞧你乱说！喻红忙说对不起，郑薇说，没关系啊！

大家一起在半园吃了饭，送他们回酒店的途中，喻红拉着郑薇的手，问她：你什么打算？郑薇知道，喻红看出他们的关系了，她真是个聪明的女人。郑薇没有瞒她，说，没有打算，随便吧，就这样。喻红说，好吧！郑薇说：要是能像你们这样多好啊，但是我不能。喻红说，他没打算离婚吗？郑薇说，说过一次的，但我不相信他，我也不奢望，就这样吧，只要开心就好。

也就是当天晚上，和喻红他们分手后，她说她累了，想回家早点睡了。于是他开车送她到了家。她并没有马上睡，还跟喻红微信聊了几句，喻红发了她的两颗蜻蜓眼给让她看看真假。她说，东西是对的，但不是楚珠，不是我们战国的珠子，应该是西亚的，或者说是拜占庭帝国时代的。

洗了澡，还是没有睡意。她就拉过一本朱家溍《故宫退食录》翻看催眠。母亲起来如厕，看到她房间里还亮着灯，就说，都快两点了，怎么还不睡呀？她说，马上睡。

她刚熄灯，手机叮咚了一下。是田东飞发来的，他发给她一个链接，说，看看吧，微博上的热帖，丢脸吉尼斯世界纪录！

她点开一看，简直傻了眼，几十张照片，竟然都是她的裸照。

田黄印章

当今杂项收藏圈里，我朋友易挥的名字知之者甚众。倒不是说他的藏品有多重要，而是因为，他的身份有些特殊，他首先是一位小说家，其次，他对印章收藏的考据研究，几乎无人能出其右。中国古印，自秦汉以来，从材质看，金银铜铁瓷玉竹木牙角水晶琉璃之外，最多的就是石章，浙江青田、福建寿山乃绝对的两大种类，其中尤以封门青、鸡血和田黄为贵；若以治印风格论，则秦印自由洒脱，汉印大气沉稳，隋唐有了九叠篆，宋元出现了圆朱文，及至明清，篆刻名家辈出，各领风骚，不在话下！

易挥的小说，很多都是以收藏玩物为背景，写国宝在俗世生活里的传奇，写珍玩于红尘男女间的传递。而他的读者，也就不局限于文学爱好者，还有许多对文物收藏有兴趣之人士。

他写过一篇关于红山文化玉器的，说那博物馆里的一只玉鸟，原是七千年前的一个鸟人所雕琢。这个鸟人原来也是普通人，因他想飞，所以把全世界几乎所有的鸟都射了下来，将它们的羽毛制成了巨大的翅膀，但他还是没有飞起来。后来，最后的一只鸟，是一只洁白的鸟，主动把自己的灵魂给了他，他就飞起来了。但是世界上再也没有了鸟，他的心和天空一样寂寞。于是他决定要造一只鸟出来，按照白鸟的样子。他用一块玉石，雕刻了一辈子，才把玉鸟雕成。但是他的后代，见到玉鸟，没有人知道这是个什么东西，因为世界上早已经没有鸟了。过了一千年，人们还是不知道。又过了一千年，还是没人知道。后来，突然天上又有了鸟，人们才相信这个玉石雕刻出来的东西确实是鸟。再后来，玉鸟被放进了博物馆，许多参观的人都发现，只要窗外有人吹口哨，玻璃展柜里的红山玉鸟就会动一动翅膀，好像要飞起来。

他还写过一个和古代铜镜有关的小说。那是一面唐代的海兽葡萄镜，有个小朋友把它放在枕头底下天天拿出来照自己。她的父亲是个经常跟盗墓者打交道的人，他家里许多乱七八糟的东西都是从古墓里挖出来的，这面铜镜也不例外。小朋友在铜镜里看自己，由模糊到清晰，有时候清晰有时候又模糊了。后来她在铜镜里看到了家里死去的猫和死去的奶奶，铜镜告诉了她许多家庭的秘密。

他写小说和别人不一样，写着写着就写到了文物，写着写着就魔幻了，穿越到另外的时空里去了。

易挥的收藏，重在研究。他同时又是一位艺品极高的篆刻家和印钮雕刻家。他用原本无钮的明清旧章，雕刻神兽，其风采神韵，没人能看出是新刻。人们有所不知，许多拍卖会上高等级之所谓老印，印钮和印文，其实只是易挥所为。他的见识和功力，可以让他的刻刀随心所欲、为所欲为，虽无古人身，却具古人心，兼有古人技。一旦出手，神仙难断。

易挥有位藏友夏东海，是个有钱人。年纪不大，开了家房地产公司，时运大好，赚了很多钱。他喜好收藏，从字画开始，不知深浅，横冲直撞，买了无数字画赝品，不知道花了多少冤枉钱。认识易挥之后，方知江湖险恶，凭他那点文化，要玩字画，等于送死。

有次拍卖会上，两人正好坐在一起。夏东海拿着号牌，跟人抢一幅弘一书法。现场热火朝天，夏东海激情洋溢，把价格一路抬起。一旁的易挥轻声叹息，嘴角挂着明显的不屑。夏东海转头看他，不禁内心一惊。易挥的江湖名头，他是久闻，此刻看他表情，知道大事不妙，便立刻收手，让这件高仿砸在了别人手上。

两人从此成为好友。易挥说："你那么喜欢弘一法师的字，我送你两幅便是。"

夏东海说，"那怎么行，我买就是了！"

易挥说："不用买，我给你写几幅还不是举手之劳？所谓秀才人情纸一张！"

夏东海倒吸一口气，说："乖乖隆地咚，原来都是你仿的啊！"

易挥说："仿得好的另有其人，这些年吃弘一饭吃成大胖子的可是大有人在啊！"

夏东海将易挥邀延至家，请他看满屋的字画，什么林散之、费新我、于右任、陆俨少，还有董其昌、文徵明，应有尽有，却无一真迹，甚至还有喷墨打印的。易挥说："你这是扔了多少钱进去啊！"

"打印的还出来混啊？不是一眼就能看出来吗？"夏东海说。

易挥说："德国技术、日本技术的喷墨打印，就是用放大镜也看不出来！只有看它的背面，才能知道是打印还是墨迹，托裱以后根本看不出，把很多专业鉴定书画的也给蒙了！"

夏东海痛不欲生，恨不得一把火把屋子也烧了。易挥宽慰他说："假作真时真亦假，古玩字画这行，其实没有真假，只有买家和卖家。既然有你这样的人买进来，你也可以接着卖出去。不要急，慢慢来，你在哪家拍卖公司拍来的，就交哪家再拍出去。"

对夏东海而言，易挥就是贵人、恩人。若不是遇见他，若不是和他成为好朋友，他夏东海这一辈子就完了，还会继续陷进去，直至万劫不复之境地。

"我还是收印章吧！"夏东海想拜易挥为师。

易挥说："印章你可是更看不明白了！"

夏东海说："但我有你呀！我跟着你学呀！"

易挥说："有钱你还不如声色犬马，别去买这些玩意。钱这东西，生不带来死不带去，花掉才是最有价值的，留着钱，留着任何东西，最终都是贬值，都是别人的。"

夏东海说："吃喝玩乐多了就腻，让你天天喝天天嫖，你逃都来不及！玩收藏好，那是文化，玩文化不会厌倦！"

易挥说："印章只是小道，是我们穷人玩的。你这样的大老板一进来，行情就要大涨了，我们就更买不起印了！"

其实印章虽小，三千年来，长河珠玑，精彩纷呈、浩如烟海，辨材质断年代，辨文字断真伪，何其难也！

而辨认印文篆字，易挥总是高人一筹，甚至那些鸟虫篆、九叠篆，于他而言，常常也是不在话下。他为人清高孤傲，但是在藏界依然受人尊重。因为收藏圈是很有意思的，一个人的尊贵，不会因为你是有钱人，或者当官的，或者有社会地位的名人，这些都没用。最牛气的就是藏有重器的人，再则就是眼力好、肚子里有货、经验丰富的人。易挥显然属于后者。

起码是许多人对印章上的字和青铜器上的铭文无可奈何时，

只要去请教易挥，就常常能够得到满意的答案。

古玩市场上所谓的捡漏，不知道害了多少人。哪里会有那么多的漏给你捡啊！现在赝品高仿让许多专业人士都吃药打眼，买到一件真东西的概率都很小，哪里还有捡漏这样的馅饼掉到你头上！但是易挥说捡漏，那就不是说着玩的。印章上的文字，不是谁都能看明白的，看不明白，当然就没办法查到资料，度娘也帮不了你！即使把字认出来了，也未见得就能知道这印章的来历。古人姓名之外，还有字和号，而号往往多得不要钱。古人活了，死了，古人后头又有古人，古人何其多啊！那么多的人，那么繁杂纷乱的名号，即使是在今天的大数据时代，也是有无数寂静的角落和偏僻的盲点。这就是漏！这漏是羊肠小道，是沙漠腹地，是冰山雪莲，是空谷幽兰，你怎么去，你怎么得到，这是个问题。

往俗里说，印章收藏讲究的就是"三头"，即石头、钮头和名头。石头，当然是要材质好，稀有，并且适合下刀，比如封门冻，比如寿山石里的芙蓉、汶洋，最珍贵的就是田黄。玉印是汉印中等级最高的，超过黄金；其实钮头相对来说不是那么重要，倒是这"名头"，实在太有讲究了。印章是文人的玩意儿，谁刻的，谁使用的，差别就大了。这和字画有点类似，一张再贱的纸，齐白石、张大千作了画，那就贵了。易挥说："我画的，纸再好也不值钱！"道理确实是这样。当然，印章与纸还不是完全一样，如果章料好，刻得好，又是名人的印，那当然就是好印。

印章收藏中还有一个特别的现象，那就是，印文是人名字号的，不如闲章贵。所谓闲章，是指镌刻姓名、斋号、职官、藏书印等以外的印章，从秦汉时的吉语印演变而来，除刻吉语外，还常刻诗句、格言、自戒之词等。

　　只有像易挥这样的人，才有资格去捡到漏。他曾经在一个拍卖会上，以十五万元拍下一方玛瑙印章，送拍后竟然三百多万落槌。"为什么当时我也在拍场，我也看到这方印了，我在预展厅还上手看了，我怎么看不到它值几百万？"有人不无遗憾地说。

　　这就是眼力嘛！

　　夏东海弃字画而改玩印章后，正巧一些好东西价格猛涨起来。一方乾隆御用和田白玉圆章，在香港拍出了过亿的天价。

　　易挥的一些收藏，慢慢地也都到了夏东海那里。偏偏夏东海看上什么，求易挥转让，易挥就是不给他。他对夏东海说："你不要买我的东西，咱俩水平不对等，我觉得好的东西，你未必看得到它的好；而我认为一般的东西，你却有可能觉得是国宝。"

　　夏东海说："这个没关系，你说了算，我信你！"

　　易挥说："你信是你的事，我却信不过你。我怕东西卖便宜了给你，你还是觉得贵，那我岂不冤死！"

　　夏东海说："你不要卖便宜给我，你可以卖贵。我不在乎贵，只要东西真，上等级，就好！"

　　易挥又把话绕了回去："就怕我觉得东西对，路份又高，但是你看不明白。"

　　夏东海说："这个你不用担心，我已经说了，我信你，你说对就对，你认为路份高就高！"

　　易挥说："可是人这个东西，最不是东西，今天这样，不能保证明天也这样。你现在说信我，但是有人看了东西对你说，这个不对，那个不好，说得头头是道，你保不准就信了，然后怀疑我给你下套，这不就不合适了吗！"

　　夏东海听他说得有理，不再坚持，便问："那可怎么办？"

　　易挥说："没有什么怎么办的，你就多看多学多上手，少买，看懂了看准了再买！"

夏东海说："但是，古玩这一行，实在太难了，尤其是印章这门，比起房地产来，不知难上几百倍。"

易挥说："不要急，慢慢来。"

夏东海说："可是我已经奔五的人了，还有几年可活？而要学的东西却太多太多，得学到哪一年才能像你说的会了懂了能看准了？"

易挥说："你说的倒也是，人生苦短，而知识浩如烟海，且道高一尺魔高一丈，如今造假手段日新月异层出不穷，想要在有生之年学好学精学通，那是几乎不可能的，只能在一门上深入研究，不断长进。"

夏东海说："所以我要拜你为师，跟你学，请你带我，为我把关。"

易挥说："拜师免了，咱们互相学习，多交流。把关可以，可以这样，你看上什么东西，我给你参谋，东西对不对，够不够档次，价格是不是合适，我可以给你意见，供你参考，然后买不买你自己最后定夺。"

易挥没想到的是，夏东海说他也是很喜欢文学的，以前还写过诗，还在地方小报发表过两首。所以他认识了易挥，和他成为朋友，那也是回归了他青年时期的理想，他可以在学习古董尤其是印章的同时，重新亲近文学。

他在网上把易挥所有的书都买了，搬来请他签名，包括一本《印章趣谈》。他还真有股文学老青年的劲，没过多久，就把易挥的全部著作读了。读了还来跟作者商榷探讨，说哪里哪里写得好，比莫言还有大师气象，哪篇又可以和余华的《活着》媲美，哪篇的语言，比苏童还要精致；而哪里哪里，则写得不够真实，比如《玉鸟》那篇，人即使有再大的翅膀，也不可能飞起来，而且，既然世界上的鸟都被这个人射完了，那么后来天空又出现了鸟儿，这就不合理。还有，唐代的铜镜里能看到死去的人，这也太荒诞了，只有《聊斋》才可以这么写。

易挥被他说得有点烦，终于忍不住对他说："你说我写得好，我不会高兴；你说我写得不好，不真实、不合理，我也不会生气。"

夏东海问："为什么？"

易挥说："术业有专攻，因为你是做房地产的，又不是搞文学的！"

夏东海听了，很不高兴，知道易挥的意思很明白，就是说他外行，不懂的。但他并不认为自己不懂，他说："我不会写，但我会欣赏。"

他对易挥说："我搞了这么多年房地产，商海沉浮，有太丰富的经历，多少惊心动魄的故事，可惜自己不会写。现在认识了你，我可以慢慢把自己的经历告诉你，你写出来一定精彩！"

他还让易挥把他写进小说里："可以用我真名，对，就用真名，我不在乎姓名权，不收你钱的。"

易挥说："你倒贴我钱我都不要！我对别人的故事不感兴趣，我从来不需要通过采访来写东西，你的故事壮怀激烈，还是你自己写吧！"

夏东海问："你们作家发表文章、出书，稿费收入肯定很高吧？"

易挥说："比你搞房地产稍微高一点。"

夏东海的眼珠子都几乎要瞪出来了："你出一本书多少稿费？"

易挥说："说出来你不会相信的！"

夏东海说："你说,只管说,我没什么见识,钱却是见过的,你吓不倒我!"

易挥说："一本书定价二十八元,我拿百分之十版税,如果印一万本,你算算,我得多少?"

"才两万八千元?"夏东海算得很快。

易挥说："还要缴百分之二十的税,八百元起征。"

"我的天哪!"夏东海简直是嚷嚷起来,"那为什么还要写?"

易挥说："这是心灵需求你知道吗?人家每天吃斋念佛,又能赚多少?"

易挥不让夏东海买他的东西,只是陪他去拍卖会,或者和他一起去逛古玩市场,有时候,还会带他去某位藏家朋友家里看东西。

夏东海的购买欲很强,从来不会空手而归。说是去看东西,其实是去买东西。他进了拍场,总是急吼吼的,恨不得不要拍卖这个环节,直接付钱,把东西拿走。他总是一只名牌包包不离身,就是用它去装东西的。

到了藏友家,主人邀座,然后烧水沏茶。夏东海就说："不喝不喝,喝多了尿多!快拿东西出来看!"

东西拿出来,他拿起来就问："多少钱?"人家说"对不起,自己玩的",他就面有不悦之色。人家开了价,他通常也不砍价,掏钱就要交易。

易挥总是在一边说："看看,再看看,以看为主,学习嘛,玩嘛,干吗一定要买?"

当然也会主动推荐他："这方白芙蓉不错,浙派金石家,有名头的。"或者说："还不如要这方,这方钮好,生动。"

有次去上海参加秋拍,一方陈巨来刻的闲章,印面是"竹响如诵"，寿山白芙蓉，拍到十五万，还有人要。夏东海有点急，转过头去看后排和他争得不亦乐乎的人，居然嘴里不干净起来。

易挥赶紧制止他："这是拍场，就是来竞价的，怎么能这样！"

夏东海甩起了土豪派头，嘀咕道："和老子抢，老子用钱砸死他！"

易挥说："拍卖会上的争抢，那是巧斗，可不能意气用事。钱再多，到了古董拍场上，都是沧海一粟。"

苏州拙政园边上有一家古玩店，名曰"悦古斋"。有天夏东海走进店里，店主孟庆文拿出一方玉印，龟钮，说是汉代的。"你看这沁色，这皮壳玻璃光，还有这龟钮，只有一个字：美！"夏东海拿到手上看了半天，就是看不出真伪。他说："有没有铜的龟钮？"孟老板说："铜的当然有，秦汉最多的就是铜印，金印少，玉印等级最高。东西这么好的，我开古玩店十年，只到手这一件。你不买没关系，上手就是缘分。"

夏东海当然想买。孟老板要价二十万。但他不敢买，只是拿在手里翻来覆去地看。

闲聊之间，双方互通了姓名，孟老板说："我这里有一方秦印，是个夏字，夏老板看看？"

夏东海马上说："这印我要了！有没有'东海'的？"

孟庆文说："这倒没有，但我可以帮你留意。铜印甘肃宁夏那边出得不少，我那里有朋友，都是一线源头货，我让他们帮你找去。"

夏东海说："铜印假的可不少！"

孟老板说："我这里的东西，假一赔十！看青铜印章不难，你看这是生坑，红斑绿锈孔雀蓝，这里还有返金，这是大开门！缺点是字口不是太清楚，你要有耐心，回家用牙签慢慢剔，注意不能急，老祖宗留下的东西，有幸到咱手里，咱得把它当宝贝，弄坏了罪过！"

夏东海说："那个玉印，能不能给我拍点图，我请朋友看看？"

孟老板问："你是要发给易挥看吧？"

夏东海说："这可神了，你怎么知道？"

孟老板说："收藏江湖，说大很大，说小也很小，都说你买了他很多货呢！"

夏东海说："我不买他的东西，我都是买别人的，他给我掌眼。"

孟老板冷笑了一下，不作声。

夏东海问："他看东西厉害吗？"

孟老板笑道："何止是厉害！"

夏东海问："这是什么意思？"

孟老板说："许多大名头的东西，都是他刻的，你说厉害不厉害？"

"是刻钮还是刻印？"夏东海问。

孟老板说："都有啊，兽钮、博古、薄意，还有齐白石、吴昌硕、来楚生、陈巨来，他都能乱真！"

孟老板又说："他还刻犀角杯呢，去年纽约苏富比拍的那件明代饕餮纹犀角杯，就是他刻的。什么明代，当代哦！"

"那，像这种玉印他也能刻吗？"

"怎么不能！"孟老板掏出一个烟斗，装上烟丝，吸了两口，满屋生香。

夏东海说："你这烟丝不行，太香，我喜欢抽原味的。你这有雪茄没有？"

孟老板说："我不抽雪茄。"

夏东海说："抽了好的雪茄，你就对烟斗没兴趣了。改天我送你一盒，古巴最好的！"

"但是，"孟老板接着说，"老东西主要看包浆。都说看神韵，神韵是什么？虚得很。只有包浆才是最难仿的！你看这个，这种玻璃光，怎么仿？"

"那老料新刻呢，不是很难分辨吗？"

孟老板说："你看这刀痕处，有没有包浆，和别的地方是不是一致！"

夏东海被他这么一说，越发不自信了，怎么看都没有看出来玻璃光，整个印章包浆是不是统一，更是越看越迷惘。

夏东海有个毛病，收进的老章，材质好的，如田黄、大红袍鸡血、封门冻、白芙蓉，都要让易挥帮他磨去原来的印文，刻上自己的名字。有时候要刻闲章，内容恶俗，什么宁静致远、厚德载物、茶禅一味，几乎要让易挥抓狂。"你这是糟蹋古人东西啊！"易挥说。

夏东海说："这叫传承有序！我搞房地产不能青史留名，我就把自己刻在石头上。"

易挥说："但是这些都是好石头，名字刻在好石头上，是最不容易留下去的。"

"为什么？"

"因为拥有好章的，都是你这样的有钱人，他们也都像你一样，拿到了就会把原来的名字磨掉，刻上自己的名字。人生短暂，不是人藏物，而是物藏人，今天它是你的，他日又归谁？再好的东西，你能永远守着它吗？人总是要死的，而印章不会，它不死，也不腐烂，这个人死了，它就跑到那个人那里去了。"

"那不是越磨越短？"

"没错，许多都是侏儒印！转手一次磨一次，越磨越短。所以吴昌硕从来不用田黄、鸡血给自己刻印，他知道这最容易被磨掉。"

香港苏富比春拍，有一件龚心钊旧藏田黄印章，夏东海在图录上看到，志在必得。易挥说："这件东西我要有钱，一定会把它拿下！"

夏东海就买了头等舱机票，请易挥陪他去香港。易挥说："恐怕要过千万。"

夏东海说："钱不是问题，只要东西没问题！"

易挥说："龚心钊的名字，就是可以和'没问题'画等号的！"

在香港吃了米其林餐厅，还去泡澡按摩了一番，易挥说："这声色犬马费那么多钱，真不如买一件像样的东西。"

夏东海说："不是你说的吗，钱这东西，花了才是你的，不花等于没有。买了东西，你不是说了吗，以后归谁都不知道。"

易挥说："但是东西暂时归你，就给你带来无比的快乐，经过了你的手，至少曾经是你的，满足了占有欲，那也是价值。"

夏东海说："女人不也是这样吗，说起来是浮云，完了就完了，但是过程嘛，重在过程，爽了一把，就是价值！"

竞拍果然激烈！但是夏东海有备而来，闭着眼睛举牌，自然如愿以偿。取货的时候，易挥不免感慨，看这精美包装，都是当年龚氏亲力亲为，用心设计，反复斟酌，物色材料，然后请最好的工手制作。看这当年的包装盒，蓝布面，黄丝里，签条上龚先生的书法内敛而格高，低调奢华，本身就是艺术品，里里外外，设计讲究，制作到位，田黄印章嵌于其中，真是珠椟合璧，相得益彰啊！

两人得宝而归，飞机上夏东海就把它交给了易挥："磨掉磨掉，刻我名字，刻个鸟虫篆，这方是我镇宅之宝，留给子孙了！"

易挥说："子孙常常也是靠不住！"

夏东海说："那就不管了！照你这样说，没有什么是可以流芳百世的，地球还要毁灭呢，宇宙都要缩回大爆炸之前那么大，火柴头那么大，人又在哪里？印章又在哪里？"

打开锦盒，易挥觉得自己都不敢自然呼吸了。他一个人在灯下，看着这方田黄印章，觉得人生真的就像一场梦！这是在梦里吗？在梦里，他其实不止一次得到过如此极品的田黄，但是眼下情景，确定不是梦，比梦可是要清晰一万倍！而且，东西比梦里出现的，也不知道要高级多少呢！

世界上真的会有如此的奇珍？看它黄熟的质感，人们以蒸栗比喻之，那是委屈了它。它的美，是没有一件东西可以用来作比的，它就是它，就是超级田黄，就是稀世之宝，就是日月天地之精华，好像对着它呼一口气，它就会瞬间变为绝色佳人，美目盼兮，巧笑倩兮！夺人心魄，令人销魂！

可叹我易挥这么多年醉心于此，寻寻觅觅、潜心研究，劳心劳力，将光阴、钱财和智力心血，都交付给了它。立身之本文学创作，也始终以此为背景，真可谓衣带渐宽终不悔为伊消得人憔悴啊！但是，你还是不能拥有这样的宝贝，只能为人作嫁，内心涌起悲哀，仿佛看赌陪嫖，苦涩落寞，甚至还有一份说不出来的屈辱呢！

现在的收藏，已经完全进入了资本时代，市场不断洗牌，一次次洗，好东西全部到了有钱人手上。谁最有钱，谁就拥有最好的东西；谁更有钱，就可以把最好的东西从你手上夺去！

虽说过眼即是拥有，但是古往今来，能有如此境界的又有几人？无数高僧大德，视一切财富如浮云，但是他们的袈裟环，却常常以上好的和田白玉制成，有的则是象牙、翡翠等珍稀材料。夏东海说得对，金钱美女、香车豪宅，荣华富贵、功名利禄，不都是浮云吗？但是，人活着，不就是在追逐这些吗？谁又会因为拥有这些而觉得人生失败？谁又会因为与这些无缘而反倒沾沾自喜？

他取出一件错金的汉代青铜博山炉，点燃日本炭团，架上云母片，舀了一勺棋楠沉香粉置之其上。一缕幽香，便从镂空的炉盖中袅袅而出，沁人心脾。看这博山古器，盖子雕镂成蓬莱仙山，香烟如篆，飘渺于仙山琼阁之间，古人坐在这样的炉子前，感受到了什么？想了些什么？他们的所思所想，他们的心灵体验，和今人又有什么不同呢？

应该是一样的！以求永恒，以求不死。然而呜呼，那么多活过的人，那么多乞求永生的灵魂，而今安在？

易挥收藏了十几年印章，千帆过尽，拥有这样一枚田黄印，可谓是梦寐以求啊！现在，它就在自己面前，就在自己的掌心！是自己的吗？不是自己的吗？真耶？幻耶？

灯下看田黄的色泽，看它神奇的萝卜纹，看它朴素而美妙的形态。虽然它有点儿短，不合比例，就像大多数田黄老章一样。但它依然是美轮美奂的，胜却世间一切珍宝！

他抚摸着它，把玩着它。他感谢冥冥中的神，把它从浩瀚时空中挑拣出来，送到他的手中！

他开始看它的印面，读它的印文，印文是"洪廉德印"四个朱文小篆，他随手一查，此人乃道光年间的一位县令，除此之外，再无多余信息。

如果查不到任何信息，这个洪廉德，只是芸芸众生中普通到不能再普通的一个，那么易挥也许毫不犹豫地就把印面磨去了。

又一个名字在这块无比珍贵的石头上消失，就像它上面曾经镌刻的另外的名字一样，就像无数的生命一样，在时空中悄然诞生，又悄然离去，化为乌有。但是，他是一位县令，这个洪廉德，还是他的同乡，一个道光年间的笠泽人！

易挥的想象活跃起来。他的创作进入沉闷的黑暗期，已经有两个多年头了，他写小说，曾经是那么的才思泉涌，但是两年来，开了许多头，似乎有许多还算不错的想法促使他坐到电脑前，但是很快又放弃了！因为没写几段，自己觉得索然无味啊！

这种低迷的状态，令他沮丧。好在，他还有玩物的乐趣，还有篆刻和雕钮的乐趣。这些乐趣，淡化了他的苦闷，不至于让他过于萎靡不振。

现在突然，这块昂贵田黄印章上的一个名字，竟激活了他的想象，令他从仿佛恹恹欲睡的状态中亢奋起来，似乎久阴的天气，突然云开日出，一切都明媚起来。

他要写一个小说，为这块田黄，为这个洪廉德。

几个月之后见他，他对我说，往我邮箱里发了一个邮件，那是他新写的小说，希望我有空看看。

我已经很久不读小说，易挥的小说也不读。我凡出国，总有个习惯，要去书店逛逛。外文书我也看不懂，只是觉得书店的氛围挺有意思。另外主要的，就是想看看书店里是不是有中国作家的书。非常遗憾的是，通常找寻不得！偶尔遇见，也就是莫言、余华、高行健那几个人。我的朋友易挥当然更是不见踪影。因此我想，中国作家的写作，在世界上，可能真是边缘到了路灯光都照不到的地方。那么在国内，又有多少人在读他们的作品呢？

既然易挥把他最新的小说发到了我的电子信箱里，而我又正好闲着，那就打开来看看吧！

　　这个作品有点奇怪，竟然是像一篇旧小说，三言两拍的那种。虽然这种写法并不新鲜，但对易挥而言，似乎还是第一次。但我读了，觉得完全没有写完，这又是怎么一回事？代客写信的穷酸秀才，惹出了官司，最终闹到县衙，然后？然后呢？

　　我给易挥发去微信，问他到底是怎么回事，是不是操作有误，文本乱了，或者附件没有发全？而且，他的小说题为《田黄印章》，与田黄又有什么关系？除了开篇讲了两段田黄，让读者大致了解了田黄是个什么东西，故事和田黄似乎毫不沾边。

　　然而直到第二天，他才给我回复，说是因为惹上了一点小麻烦，所以无心将小说写完。还说下午要去平江路喝茶，"如果你有时间也有兴趣的话，就去喝茶聊聊。"他说。

　　"你写个这样酸不拉唧的小说，会有什么麻烦？"我一见易挥就说，"你写的都是古人，什么秀才、妇人、米行老板、商人、书生、县令，都是些你瞎掰出来的小人物，你就是写了皇帝，又有什么关系！"

　　易挥说："还不是因为那块田黄嘛！"

　　我说："我还正要问你，你的小说和田黄有毛关系啊？你是没有写完吧？没写完就发给我看，有头无尾，吊我胃口啊你这是？"

　　易挥说："有关系，当然有关系！"

　　我说："你就直接告诉我，写完了没有？"

　　易挥说："就差一个结尾了。"

　　我说："我就知道是没写完！我猜结局是孙夫子的田黄最终送给了县令？"

　　"操，你说得太对了！"易挥说。

　　我们是在平江路停云香馆见面，有个僧人也在那里喝茶，竟是和易挥熟识的，于是大家聊了一通，说到生死轮回，我说信佛最大的问题是不能相信真会有来生，和尚竟然说："我也不信。"我很惊讶："不信你还当出家人啊？"和尚说："所以要修炼嘛！"

聊了一通，和尚起身说："我还有点事，先走一步。"香馆馆主黄老财问他："不是又去泡妞吧？"和尚说："真不是，是我一个朋友要做肠镜，让我陪他去医院，我跟院长熟。"

和尚走了之后，易挥说："这个和尚是河南人，广福寺的，常来这里喝茶。他还对古玩有兴趣，他脖子里挂的那串佛珠，是清代的沉香珠子，手腕上戴的，是良渚玉管珠。"

"和尚还玩这个啊？"我说。

易挥说："他眼力超级好的，老珠子玩得非常好，他有一颗九眼天珠，和嘉德天珠专场拍卖九百多万落槌的那颗差不多呢！"

我说："我还以为和尚清心寡欲呢，怎么比我们红尘中人还占有欲强啊！"

易挥显然不愿意深入讨论什么红尘不红尘的问题，他说："你知道夏东海这个人吧？"

我当然知道，不就是跟着他收藏印章的那个土豪吗！"认识啊，怎么啦？"

易挥说："他在朵云轩拍下的那个田黄印章，上面刻的名字，是道光年间的一个县令，你现在知道我那个小说应该怎样写下去了吧？"

我说："那又怎么样？"

他说："夏东海一定要我磨去田黄章原来的印面，刻上他自己的名字。"

"磨就磨呗，反正几百万对土豪来说也不是了不得的钱！"我说。

易挥说："我磨了啊，但是，你知道发生了什么事吗？"

我从他的眼里，看到了惊恐的神色。而我所熟悉的易挥，却并不是一个清澈的人，他的身上，有着通常文人所没有的江湖气。或者说，他常常是油滑世故的，甚至有些老谋深算，不会让人轻易窥见他的内心。

"不会是一失手掉到地上打碎了吧？"

"没有！那不可能，我的手上是有吸盘的，我从来不打掉东西！"

"那又能有什么奇怪的事呢？"

"我操，那'洪廉德印'四个字，竟然磨掉后又浮现出来！"

我觉得这完全不可能，石头上的字刻得再深，磨去还不是易如反掌的事吗！只要在砂纸上来回蹭十几下，什么痕迹都没有了。印材通常都是硬度不高的，除了玉和铜。寿山石、青田石，都很软，所以方便奏刀。田黄更是石性糯软。印面上的字磨掉之后还会再浮现出来？这不是太荒诞不经了吗？

"你脑子有病吧？写小说已经写得分不清现实和虚构了吧？"

易挥说："世界上很多事，确实是不可思议的，你怀疑很正常，但事实就是如此，它真实地发生了！"

我肯定不会相信，除非我亲眼看到。

易挥从口袋里掏出那方神奇的田黄印章，递给我说："你自己看吧！"

我接过印章，发现印面上果然有字，但是看着看着，发现印文并不是"洪廉德印"。虽然印面文字都是反的，但我还是看出来了，分明是"孙甫梓"三字。

我的惊愕不亚于看见了鬼，怀疑是在梦中。当然，我很快清醒了，我想，这其实没有什么，就是易挥在搞鬼而已。他的那把刻刀，什么字刻不出来呢？别说什么洪廉德、孙甫梓了，就是乾隆、道光刻上去，也是分分钟的事啊！

我把田黄印章还给易挥说："你不是说夏东海让你刻上他的名字吗？还说要刻什么鸟虫篆什么的，你又为什么要闲得蛋疼搞七搞八，这样有意思吗？不是说一两田黄万两金吗，你磨了刻，刻了又磨，磨掉再刻，你这是不把田黄当财富啊！"

易挥拿回印章，并不装进口袋里，而是在手里轻轻盘玩。馆主黄老财显然也是个玩家，他对印章好像也不陌生，和易挥两个聊得来劲，什么汶洋、善伯、荔枝冻，还有萝卜纹什么的，越聊越专业了。黄老财后来还去楼上取了几个印章下来，请易挥鉴定。易挥说："这方鸡血章是杨龙石刻的，此人是吴江人，又号聋石，刻竹尤佳。"

黄老财说："我去年在西泠印社拍卖会上拍下一副杨龙石刻竹扇骨的，但是有人说不真，不知道是不是吃药了。"

易挥说："杨龙石的刀法，很难有人能仿的，你拿来我看看。"

黄老财说："扇骨已经被我卖掉了，亏了三千元。"

易挥拿起另外一个印章，说这方丁敬的不对，肯定是后刻的。"你看这字口，里面的包浆比外头薄得太多了！"

黄老财说："所以我现在不玩印章了，印章太难了，一不小心就吃药了。我还是收一些好的茶具，我喜欢日本的老茶具，竹久家几代人的精品我都收。"

闲聊之间，易挥把他手上的田黄印章递给我看，我简直不敢相信自己的眼睛，刚才还看到它的印面刻的是"孙甫梓"，怎么突然之间什么都没有了呢？是的，明明白白，田黄印章上什么文字都没有。只是看上去磨得并不彻底，似乎隐隐约约还有文字。"你看呢，是不是'洪廉德印'呢？"

我仔细看，好像是的，却又并不清楚。但是可以肯定的是，绝对不会是"孙甫梓"。

发生了这么奇怪的事，如果不是有第三者在场，我想谁也只会把它当作脑子里的一个闪念，包括我自己。它不可能是真的。

黄老财接过印章，拿了一面小镜子来，照着印章上的印文痕迹，看了半天，他也认为多半是"洪廉德"三个字是没错的。

但是他并不知道事情的来龙去脉，我也一时无法说清眼前到底发生了什么情况。所以他其实并不奇怪，他觉得一方清代的老印，印文模糊难辨，是再正常不过了。

而我则非常恍惚，我试图努力理清头绪，要把眼前发生的事想清楚，让它合理，让它解释得通，让它不要那么的不可思议。

他们的闲谈，因此完全没有进入我的耳朵。他们倒也并不在意，谈兴甚浓，好像话题又流向了碑拓，说什么因为某字缺了一个角，对比宋拓本，它就不可能早于明代。

黄昏将至，那个广福寺的和尚又来了，他手上拿了一串西周玛瑙，足有二十几颗。易挥要过来看，说每颗都是天然孔的，年份非常好。黄老财则说，他觉得天然孔不如孔道水亮的好，说他以前收过一串秦玛，那是此类珠子里等级最高的。

和尚考大家，这串西玛里有一颗是高仿的，谁能看出来？

黄老财先看，选出了一颗，和尚说不对。"你看看。"和尚对我说。

"我看不来的。"我说。

易挥说："我都不用上手，一眼就看出来了。看西玛，主要是看光气。还有就是形，形就像一个人的身体，身体没毛病，看上去就是放松的；如果哪个地方不对，或者腰疼了，颈椎有问题了，身体就不松弛，不是脖子梗着，就是腰板直僵僵的。真正的老珠子，看上去就是放松的、稳妥的。"

和尚对易挥说："你有佛性！"

易挥说："那我去广福寺出家。"

和尚说："出家不难，但是恐怕你受不了。你是名人，但是进了寺庙，就什么都没有了，就要每天早起扫院子，吃素，除了干活，暮鼓晨钟，你受得了吗？"

易挥说："那有啥，比起上班，每天赶路打卡，轻松多了。我看你们这些出家人，就是为了逃避工作，才躲进庙里，不愁吃穿，不要承担任何责任！"

和尚笑了起来，说："你讲得对，那就是放下，四大皆空，还有什么要干？"

黄老财对和尚说："你们这些人，就是寄生虫！"

和尚说："这样说就不对了，佛祖说过，世界上只要有指甲大的地方，我们出家人就有饭吃。"

和尚掏出"爱疯"手机，给凤凰街开明楼海鲜餐馆的阙老板打电话，说今晚要带几个朋友去他那里吃饭。阙老板电话里说，刚从法国空运了一些新鲜的生蚝过来，赶紧过去吃吧，还有德国的雷司令，白葡萄酒配海鲜OK！

黄老财说他今晚已经有饭局了，是砖雕博物馆孟馆长带他们去光福山上吃农家菜，说那里的炖土鸡汤天下第一。于是黄老财去山上，我和易挥就跟和尚去明楼。

在去明楼的车上，易挥又把那个田黄印章拿出来给我看，他说："我知道你不相信的，那也没有办法，你就看着玩吧。但是你要知道，没有什么是不可能的！"

亲爱的读者，你会相信我吗，我拿过他的田黄印章来，这一次，竟然看到的印面是鸟虫篆！我不认识鸟虫篆，但是，我再一次感到惊愕，因为你们是知道的，这个印章，刚才在停云香馆的时候，它的印面是被磨去的，只是磨得不够彻底，因而隐约还能辨出"洪廉德印"四字。

"怎么又变成鸟虫篆了呢？"

易挥说："你不认识鸟虫篆吧？"

我说："是啊，不搞篆刻的人，谁会认识鸟虫篆！"

易挥说："其实并不难，只要忽略那些转弯，忽略那些鸟虫的枝枝蔓蔓，看它的主要笔画，看主干，就还是能够看出来的。"

我就按易挥说的去看，我看出来了，那是"夏东海"的名字呀！

印面怎么突然就变成夏东海了呢？刚才可完全不是这样的，这到底是魔术呢还是梦？

当然不是梦！

到了明楼，先在阙老板的办公室，也就是他的茶室喝茶。他新买了一把顾景舟的紫砂壶，桥钮石瓢，说是从一个宜兴藏家手上二百八十万拿的。"你拿二百八十万的壶泡茶？"一个光头的客人据说是位画家，先我们一步到此，听阙老板说了这壶这价，惊得吐了一下舌头。男人吐舌头，我还很少见到呢！

阙老板说："刘益谦不是拍下了过亿的鸡缸杯，还用它喝茶吗？东西就是买回来用的！在我看来，茶壶就是茶壶，用途就是泡茶，不管它是几百元还是几百万元！"

光头画家说："这个还是要当心，一不小心失手，几百万就没了！"

易挥拿过茶壶来看，也不说话，只是嘴角歪了一下。阙老板问他："易老师你看怎么样，这把壶，是顾景舟20世纪70年代在紫砂一厂的时候做的。"

和尚却说："看不好！"

阙老板显然与和尚是极熟的，很不客气地说他："你他妈的眼里没有真东西，只有你的狗屁珠子粒粒都是国宝！"

"易老师说嘛！"和尚说。

"玩嘛，不要太当真，喜欢就好！"易挥说。

阙老板说："我懂你的意思了，喜欢就好，这句话的意思我还不懂吗，就是东西不对嘛！他妈的我得找他们算账！"

易挥说："我可没说不对哈，东西不错的！阙兄，要找人算账的想法可是没有道理啊，东西是你买的，也没人逼你买是吧？你得看准了才买，买得对了就是你牛逼，买错了最好别声张，否则被人笑话，也不会有人同情你，更不会为你主持什么公道。玩这些东西就是要自己掌控好，不能怪别人！"

光头画家说："所以我不玩这些，水太深。"

阙老板说："好了好了，不说了，吃饭去！"

一起到了餐厅，坐下来，又陆陆续续来了几个人，有个女的是卖茶的，酒量惊人，一坐下来就干掉了一大杯白酒，还说她喝了一下午二十年的老熟普，所以胃特别暖，喝酒就不容易伤身。

她的脖子里挂了一块鸡蛋大的蜜蜡，和尚说："你那蜜蜡是波兰过来的。"

女人问："五万买的贵不贵啊？"

和尚说："喜欢就好！"

女人撒娇道："是不是买贵了嘛？"

和尚说："我在商场看到过这样的，标价十万呢，你才半价，应该不贵！"

女人就站起来给和尚敬酒，说："你这么说我高兴，来，敬你一杯，哪天去我一味空间喝茶，很多好茶！"

和尚说："我不会喝酒的，对不起，对不起！"

女人问："那你抽烟吗？"

和尚说："不抽。"

女人说："不抽烟不喝酒，那你玩女人吗？否则不是白活一世啊！"

和尚说："我喝茶，我喝茶。"

女人说："你喝什么茶？"

"我什么都喝。"

女人说："那好，加微信！哪天去我一味空间喝茶，什么茶都有！"

我就起哄说："刚建议玩女人，现在又约了去喝茶，这……"

正闹着，又来了一个人，竟是夏东海。我第一次见此人，气质不错，穿衣挺有品位，没有土豪样。他的手上，戴了一块表非常醒目。阙老板就问他，这表是不是就是在香港买的限量款，八十八万那块？夏东海说是，又说："买表是最没意思的，其实所有的表都没有收藏价值，因为毕竟是工业产品，可以再生产，可以复制。"

易挥就拿出田黄印章给夏东海："鸟虫篆不好刻，只有吴子建刻得最好。韩天衡虽然润格已经十万元一个字，但他刻得并不好。"

好几个人几乎同时问易挥："那你刻得好吗？"

易挥说："在吴之下、韩之上。"

夏东海接过田黄印章，看了几眼，沉下脸来，说："易老师，我九百多万拍下的田黄，怎么变成这么个破石头了？"

夏东海此言一出，满座皆惊。大家都将眼光投向易挥，但是易挥很淡定，他说："怎么啦？不是你让我磨了刻上你的名字吗？龚心钊的原装锦盒，有什么问题吗？"

阙老板说："龚心钊啊？我操，大名鼎鼎啊！那件杨玉璇雕寿山石达摩，那是稀世珍品啊！朵云轩拍的时候，我是在温哥华，否则就去拿下了！"

夏东海对易挥说："你别装了，我的田黄印，交给你之前，我用刻刀在侧面做了个暗记的，你换了这块给我，我会看不出来吗？"

易挥说："用人不疑，疑人不用，你既然一直相信我，我当然不会辜负你的信任，我一直帮你把好关，你买了那么多东西，哪一件买假了？我哪一件没有帮你把好关？"

夏东海说："你得了吧！别装了，别以为我不知道，我那么多东西，小一半都是你的吧，你不让我从你手里买，但你把东西放到古玩店，放到拍卖会，还有放到你朋友家里，你带我去买，把我当猴耍啊！"

易挥说："你是怎么啦？这样说有意思吗？"

夏东海说："不是有意思没意思，我说错了吗？"

"没有的事！"易挥说，"东西都是你自己要买，没人逼你买，你要我掌眼，也没收你鉴定费，多说就无趣了！"

易挥站起来要走人，夏东海说："你别走，把这田黄印章说明白了再走！"

易挥说："你这是怎么啦？你让我刻鸟虫篆，刻你名字，给你刻好了，也不收你钱，你还想怎么样？"

夏东海说："其他都不说了，只要把田黄还我！"

易挥说："不是给你了吗？东西不是在你手上吗？你他妈吃错什么药了！"

夏东海说："这是我的田黄吗？你把我的印章拿去，换了这个给我，谁他妈知道它是什么石头！"

易挥说："你的想象力也太丰富了，你可以写小说。"

夏东海拎起一个啤酒瓶，突然就砸在了易挥头上。如果是一个空瓶，是断不会把他砸死的。满瓶啤酒，就像一个铁锤，砸在脑袋上，很低沉的一声响。

在医院重症监护室待了三天半，易挥就死了。

易挥去世之后，我居然在信箱里又发现了一封未读邮件，是他发来的。难道是他变了鬼还给我发邮件？或者就是一个别的什么人，用了他的邮箱给我发来这个邮件？

我对着电脑发愣，不知道今夕何夕，是梦非梦？想到易挥那么一个活生生的人，突然之间就没了，一个小小的啤酒瓶，就让他在这个世界里消失了。他曾经存在过，活过，笑过，喜悦过，沮丧过，悲伤过，也为自己的欲望而奔忙，为了失去而悲伤，为了得到而费尽心机。现在这一切都没有了，和曾经有过，又有什么两样呢？

他要是知道他人生的终点是这样的景象，早知道是这样的结局，他还会那样活吗？他还会不辞辛劳地一件件东西弄进来，像老鸦筑巢一样不断地叼进家里去吗？他还会置朋友情义于不顾，不择手段地去攫取，来满足自己永无止境的占有欲吗？他甚至还会写小说吗？还会觉得坐在电脑前编一些故事，把鸡毛蒜皮的人间事写出来是有意义的吗？

直到我宠爱的猫咪乔乔喵的一声跳上来，趴到电脑前，我才如梦方醒。我仔细看了邮件日期，还是易挥没有出事的时候发给我的，是同时给我发了两个邮件，其中一个是我已经打开的，附件就是那个话本似的小说。是我粗心，两个邮件当时只打开了一个。现在，易挥已经离世，我把刚刚发现的这个邮件打开，同样也有一个附件，那是易挥小说《田黄印章》的结尾。

为了纪念易挥，也为了让我和易挥提到的几个古代人物，县令洪廉德、秀才孙甫梓他们，不至于让亲爱的读者你感到莫名其妙，我把易挥分两次发到我信箱里的他的小说合到一起，附在后面，也算是交代一下这块田黄印章的一段来历。附件真不重要，你可以读，也可以不读。

附录：易挥小说《田黄印章》

有一句老话叫作"一两田黄万两金"，不知各位看官听说过没有？此乃极言田黄之贵，远胜人间所有的奇珍异宝。那么什么是田黄呢？它是产于东南福建的一种石头，色黄如蒸栗，温润赛白玉，从前很贵，现在更贵，因为早已开采殆尽，如今那几块田里，是再也挖不到半颗田黄了。

田黄系上等印材，石性糯密，色泽典雅，用得起它的，历来都是非富即贵。田黄雕刻，因而与其他印石大异，往往雕得极浅，称作"薄意"，皆因章材珍贵，不忍往深里雕剔之故也。

末代皇帝溥仪，于逃难途中，衣裳里就缝进了一个田黄三连章，那是乾隆太上皇的珍玩，显然是清宫最珍贵的宝物之一。溥仪知其贵重，但是为了保命，把它献给苏联红军。老毛子却不识货，并不接受这份贿赂。他要是知道此物价值连城，定会悔青肠子。

话休絮烦。只说清代中期有一个叫孙甫梓的人，他祖上是个殷富之家，到了他，就成落魄秀才了。不过，祖上积德，居然留下一方上好的田黄印章，传到了孙甫梓手上。

这个秀才，也算不孝，闲来无事，某天拿出祖传的田黄印章灯下把玩，竟然心血来潮，把印章上曾祖父的名字磨去，找了一根铁钉，用榔头敲扁，权作刻刀，又在田黄章上刻了自己的名字。

此人自以为写得一手好字，为了生计，就在桥头架了张桌子卖字。但是一日两日、十天半月，并无人请他墨宝。

只有一次，有个米行的老板，他们家孩子是个夜哭郎，每天白天睡觉，太阳一落山，他就开始哭了，天越黑哭得越厉害。看了许多郎中，吃了很多药也不见好。后来来了一位方士，看了孩子，在纸上写了一个稀奇古怪的字，交给米行老板说："只要去让桥头孙夫子把此字抄写三百六十五遍，然后放在孩子被褥底下，夜里他就不会再哭了，保证安安静静睡觉，就像死了一样！"

米行老板很生气，怎么说出"像死了一样"这么晦气的话来？但是他不敢发作，一来方士看上去又强壮又飘飘欲仙，好像是有超人功夫的，不敢惹；二来，更重要的是，也许他的这个符，真能够手到病除呢！

于是来请孙甫梓抄写三百六十五个字。

大家都称呼孙秀才为"孙夫子"，一是因为孙甫梓与孙夫子同音，二是对他的调侃，过去把有学问受尊敬的人称为夫子，而孙秀才的学问只是半吊子，也没有多少人真的尊敬他。

"孙夫子，求你写字啦！"米行老板作了个揖说，"有劳夫子将此字抄写三百六十五遍。"

孙夫子很兴奋，虽然这算不得写字，只能算画符，但毕竟是来了生意，便说："这么多字，润笔之资不得少哦！"

米行老板说："字虽三百六十五个，却都一样，等于只写一个字，怎可收费昂贵？"

孙夫子说："你家米行，卖出大米，每颗米粒都是一样，我买一麻袋，难道你只收一粒米的钱？"

米行老板输了嘴仗，便说："看在街坊邻居的面子上，优惠一点，救人一命胜造七级浮屠啊！"

孙夫子说，他是镇上最有文化的人，而且字好，润格断断不可少！

米行老板说："夫子字好没错，镇上家喻户晓。但是我来求字，乃方士指点，不为风雅，只是医病。夫子写得差一点便是！"

孙夫子坚持不肯降价，一边磨墨，却不提笔。

在米行老板看来，这个穷酸秀才，是要乘人之危，大敲一笔。

米行老板本是商人，生性狡诈，知道秀才生意冷清，天天为家中柴米发愁。他早听说，秀才育有三个女儿，一个过继给了自己的妻弟，一个送到人家当了童养媳，等于是三个女儿被他卖掉了两个。这样的处境，只要是有生意上门，不会有放走的道理。

于是米行老板假装心疼润笔钱，略加思索，悻悻而去。

孙夫子立马追上去拖住米行老板衣袖，哀求道："老板只需赏点吃饭钱，我写我写！"

除了这次抄写方士画的符，另外的也都不是正经卖字生意。比如给人家竹篮子写上"王记"两字，或者有人拿来扁担请他写上"阿三用"。其余最多的业务，就是代写书信了。

孙夫子是个认真的人，却也非常的情绪化。有妇人请他给在外经商的男人写信，除了保重身体注意安全不要想家之类的话，他会擅自写上一首古诗：打起黄莺儿，莫教枝上啼，啼时惊妾梦，不得到辽西。

商人丈夫的回信，妇人也是拿来请秀才读。文句不通的，他会把它念通，语气比较平实、用词比较简单的，他会进行加工，读出来首先打动了秀才自己，当然更是让极度思念丈夫的妻子泪流满面。

孙夫子这样做，完全是他善良多情的内心使然，并非故意。但是实际上，这么做对他很有好处的，因为妇人来请他写信的频率越来越高了，情绪被他调动起来了，要说的话也越来越多。

渐渐地，商人家的很多秘密都让秀才知道了，妇人要说的越来越多，三姑六婆的家长里短，家里的陈谷子烂芝麻，都会说给秀才听，哦不，是说给商旅中的丈夫听。秀才写得来劲，又不免添油加醋，搞得商人很是不爽，因为他知道妻子不识字，信乃求人代写，这样说来说去，等于把隐私完全公开。所以每次回信，都是寥寥数语，请妻好生照顾老母幼儿，辛苦操持家务，他在外一切都好，切勿牵挂，许多话儿，回来面叙。

妻子热情奔放的信寄过去，得到的回应却是如此冷淡，冠冕堂皇、千篇一律！孙夫子不想让妇人失望，于是给她读信，读出了信中完全没有的内容。比如会说：玉英爱妻，来信收悉。我在外经商很是辛苦，但是为了养家，不怕吃苦。只是思妻心切，常常夜不能寐！只盼早日完成这批生意，便可回家与妻团聚，共享天伦！

妇人听了，要求再读一遍，孙夫子记性再好，第二遍再"读"，终究有所不同。妇人虽有察觉，也并不在意，只是感念丈夫在外辛苦劳顿，心中却惦念自己，不由得心潮澎湃，相思愈深。

于是再请孙夫子代写回信，言词之间，更多了绵绵爱意和无尽思念。加上夫子妙笔生花，渲染得郎情妾意，悱恻缠绵。

这商人在外日久，其实对家里早已心冷意薄，赚到了钱，难免声色犬马，乐不思蜀。家中糟糠竟书信频频，如此浓情蜜意，让他心生厌烦。于是不仅回信渐疏，更是三言两语，冷淡敷衍。

但是商人丈夫的信，经孙夫子念出来，却是有情有义，一心牵挂着家里。虽然身在异乡，却心系暖巢，梦里不知身是客，醒来独自泪沾襟！

妇人没有想到，丈夫离家日久，竟然如此思念自己，家书万金，于是便以更灼热的语言回敬丈夫，许多话说出来让孙夫子写到纸上，自己都觉得难为情，脸上止不住一阵阵发烫！

孙夫子为妇人写信，似乎已经完全投入，沉浸其中，不能自拔。在"念"丈夫来信时，他仿佛是发自自己的内心，滚烫的思念，向眼前的妇人倾诉，许多赞美的话语，也竟滔滔不绝。有时候，"念"得他眼睛都湿润了，看着眼前妇人那羞涩而陶醉的表情，他越发心如春潮，并且才思泉涌，脱口成章，几乎忘记了自己的角色，只是一个代写书信的秀才。

妇人的生活，几乎要被丈夫的家书改变了。其实那所谓家书，只是孙夫子的创作。她变得容易失眠，操持家务也常常心不在焉，满心想的都是远方丈夫爱意绵绵的话语，脑海里时时晃荡的，也是丈夫的影子。她还特别将自己打扮起来，弄得漂漂亮亮的去孙夫子那里，请他写信就像是对面站着夫君，女为悦己者容，就是这样了。

这妻子的千般思念万般柔情，都被孙夫子加工润色后写在纸上，到了商人手上，却令他觉得厌烦。他不知道妻子是吃错了什么药，变得这样的花痴，好像在家寂寞得神经出了问题，搞得文青小资一样疯疯癫癫。

商人回信的时候，不得不明确对妻子说，千万不要再如此儿女情长，从而影响他在外工作，英雄气短，难有建树。时运不济，而自己则生意不顺，一年半载，恐难还乡，希望她安心持家，孝敬公婆，养育儿女，勿再胡思乱想，切切！

但是这信，被孙夫子读出来，完全不是这样的意思了，反而是爱意满满，呕心沥血，让妇人听了心潮激荡，热泪盈眶。

等再次收到妻子的来信，商人的厌恶，实在到了无以复加的地步。他终于决定，不再给妻子写一个字。也就是说，他从此音信杳无，接二连三的家书寄去，皆如石沉大海。

　　妇人心急如焚，认为丈夫定是有了不测，于是凑足盘缠，打点行李，要像孟姜女万里寻夫一样去找她夫君。她把自己装扮成一个男子，买舟北上，日夜兼程，只指望早日赶到扬州，去打听夫君下落，活要见人，死要见尸。

　　行至常州，船家要靠岸去买几斤麻糕，以作途中干粮。只见那天宁禅寺巍然耸立，气度非凡，妇人也想正好上岸，入寺去大雄宝殿敬三炷香，磕几个头，好让菩萨保佑她顺利找到丈夫，平安无事，阿弥陀佛！

　　谁知靠岸之后，船家去买麻糕，妇人还没来得及上岸，忽然上来一伙强人，钻进船舱，将行李物品悉数掠走。妇人情急之下，上前争夺，竟被推下水去，差点淹死。

　　所幸船家返回及时，将她救起，抱上船来，没想到竟是一介女流！妇人伤心啼哭，几欲断肠。这船家是个好心人，不仅取出衣衫，让妇人换上，还耐心问她原委，百般宽慰。

　　妇人行李盘缠尽失，好心的船家说，不用担心，照样向扬州进发，等找到你家夫君，再付船钱不迟。

　　一路上妇人茶饭不思，只是在船舱里哭泣。行至丹阳，岸上有一文弱书生，身背包袱，夹着雨伞，在岸上大声招呼，说要坐船去扬州，让船家快快靠岸，断不会少付船资。

　　船家对妇人说：看那书生，长身玉立，白袍飘飘，不似歹人，咱们让他上船，顺道而去，既可得些船资，又多个人亦可多个照应，夫人以为如何？

　　妇人见岸上青年，确实儒雅文弱，白衣胜雪，想自己女性身份已经暴露，与船家两人还要同舟共渡数日，孤男寡女，多有不便。见船家所言极是，岂有不允之理！

　　书生上船后，见妇人一路暗自落泪，终于忍不住打听究竟。

妇人先是吞吞吐吐，后来干脆一五一十，把与夫君书信往来的细节，和盘托出。

商人写给妇人的信件，她一封不少带在身上，所幸始终贴身带着，没被强人夺去，虽然落水打湿，干透后字迹却并未漶漫。

书生请她拿出家书，一一过目，不禁愕然！书信内容，与妇人所述，竟大相径庭！

书生长叹一声，哀眼前妇人痴心，恰如春岸落花，付诸流水，却不知如何将她唤醒。

妇人见其郁郁，倒说些无关紧要的轻松话，算是长旅解闷。

书生终于按捺不住，对妇人说了实话：夫人此去扬州，找你丈夫，他却未必愿意见你呢！

妇人听得此话，沉下脸来，想这白面书生，看上去知书达理、温文尔雅，谁知心怀鬼胎呢！他口出此言，是何用意？莫不是旅途枯燥，要拿老娘寻个开心，吃我豆腐？

于是一脸正色道：我夫妻同心，两地相思，夫君突然音信顿失，必有不测。我生是他人，死是他鬼，今去扬州城，一定要把夫君找到，否则难归故里。

书生冷笑，嘴角露出一丝讥讽，又是一声叹息，说，痴心女子负心汉，多情总被无情恼，果真是自古已然啊！

妇人对面前的书生，真是有说不出的厌恶，他凭什么说出这样的话来？丈夫的来信，分明每封都是情意缠绵，彼此朝思暮想，只有两地书信倾诉衷肠，方能略消离愁，聊解相思之苦。他竟为何口出谗言？看其相貌堂堂，却是个轻狂浪浮之徒，真是知人知面不知心啊！

妇人对书生说：先生莫要多言，萍水相逢，话不投机，出门在外，为人最好放尊重些，谨慎驶得万年船！

书生说：夫人这是误会我了，我与夫人千年修得同船渡，却并无歹意，只是刚才读了尊夫信札，内容与夫人所言，相去甚远啊！

书生又说：莫非夫人不通文墨，认不得纸上文字？

妇人说：我家官人信上说些什么，我自然知晓。

书生说：夫人勿作此言！我猜夫人是请旁人读信的吧？

妇人说：那又怎样！

书生说：夫人怕是受人戏弄了呢！

妇人说：那是镇上的秀才，难道还会把信念错不成？

书生说：人心不可测，人心不可测啊！

见妇人不再固执，书生说：如果夫人并不介意，让小生将尊夫信札一一念与夫人听如何？

信的内容，敷衍冷漠，令妇人难以相信。书生说：妇人若不信我，我每封信连读三遍，夫人仔细听了，小生记性再好，也不可能背诵得三遍一字不差呀！

妇人心灰意冷，决定折返回家。书生劝她，扬州既已不远，何以中途放弃？久别重逢，或许相见缱绻，也好到这繁华之地小住数日，观光一番。

妇人万念俱灰，郁郁寡欢，回想此前光景，恍若春梦一场！原来丈夫冷漠至此，可见在外日久，早已变心。想自己满怀热情，千里寻夫，真是愚不可及，可怜可悲。若是到得扬州城里，见了丈夫，定然被他嫌弃，郎心似铁，已然了无生趣！

是夜船靠镇江金山寺，趁着书生与船家熟睡，妇人爬出船舱，跃入河中。

等到书生被水中动静惊醒，妇人已经沉入水底。彼时船家还在大睡，鼾声如雷，书生将他摇醒，两人好不容易捞起妇人，已经一命鸣呼，香魂归西。

这桩人命官司，自然牵扯到很多人。书生和船家，被带至县衙，商人也从扬州召回。升堂开审，各种口供和物证，最后都指向了本镇桥头设摊卖字的秀才孙甫梓。若不是他在商人夫妇的家书中捣鬼，就断不会发生这样的悲剧。商人只管在外经商，妇人兀自在家勤恳持家，好端端的生活，被孙夫子那妖孽之笔，胡言乱语，无中生有，生生搅得不再平静，最终惹出人命关天的大祸。

孙夫子被传至县衙那天，围观者众。半路还杀出个程咬金，人群里一声大喝，一位壮汉冲将出来，一把拉住孙夫子的衣领，不由分说，就给了他一巴掌。

孙夫子一脸懵逼，无辜地看着壮汉，众人更是不知发生了何事，七嘴八舌，以为是孙夫子为人不够检点，冒犯了良家妇女，"这是要吃耳光的！"有人说道。

壮汉怒不可遏，接着要打。众人问他缘由，他说：这个秀才真不是东西，代客写信，从来不尊重客户要求，总是胡说八道，随意歪曲。原来他在替壮汉老母所写家书中，居然假冒老太太之口，对壮汉大加鞭挞，肆意谩骂，什么"逆子""畜生"这样的词儿都用上了！而老人家根本没有这个意思，只是要在信中表达思念之情，期盼孩儿赶考路上刻苦学习，莫要受到诱惑，考上功名，光宗耀祖，诸如此类。

大家责怪孙夫子作为一个代笔写信的人，不该自作主张，篡改原意，甚至无中生有，无端生事，平添是非。

更有一位油头粉面的年轻人，说他也曾请孙夫子代写过情书，作为代笔者，挥洒才情，尽量写得缠绵悱恻，替人达到目的，斩获芳心，自然是本分，但是他心存邪念，乘机笔端调戏，纸上猥亵，那真是可恶至极了！

孙夫子一介文弱秀才，怎禁得起那壮汉拳打脚踢，躺在地上哇哇乱叫，后经查检，竟然肋骨折了三根，只是当时并未知晓，但觉胸口疼痛而已。围观群众也有同情他的，却无一人出来阻拦壮汉，只是在一边说几句"君子动口不动手"的风凉话。倒是有几个妇女，对地上的孙夫子啐了几口吐沫，说此人今日被打，纯属活该，谁让他整天心怀鬼胎，总以酸腐语言撩人，完全就是性骚扰！

等到衙役驱散众人，将孙甫梓带进长堂，秀才的前胸，已经痛得不能自已，一只手始终捂着胸口。县令看他这样的动作，以为衣襟里装了银子或什么宝贝，故而命他上前再上前，低声说道：你可知罪？从实招来！

孙夫子痛得说话的力气都没有，只是小声嘟囔"大人明鉴"。县令惊堂木一敲，喝令衙役先赏他几棍子，否则谅他不会老实。

这秀才毕竟是读过书的，升堂的种种机巧，野史笔记中似也没少记载，此刻情急之下，忽然醒悟，面对高高扬起的水火棒，连忙大叫起来：大人且慢！小的有话要对大人说！

县令说：说！

孙夫子两边看看，并未言语。县令见多识广，自然心领神会，即令左右退下，然后贴近秀才，说道：这人命官司……

秀才孙甫梓轻声对县令道：寒舍别无长物，唯有一方田黄印章，乃祖上留下的，今愿取来奉于大人，求大人照拂，不成敬意！

县令洪廉德雅好收藏，对田黄之名，自然并不陌生，然亦只是久闻其名而未见其物，听孙甫梓这么一说，不禁两眼放光。

可怜秀才虽然献出祖传田黄，终究还是难逃一死。那死去妇人的商人丈夫，使了很大一笔钱财，贿赂县令，必欲置秀才于死地而后快。

洪县令得了田黄印章，磨去孙甫梓的名字，请人刻上了"洪廉德印"四字。洪县令玩物丧志，平日就因四处收罗古董珍玩而疏于公务，此番得了如此宝贝，更是爱不释手，常常观摩把玩，无心于他。

某夜灯下观印，印面上自己的名字竟然消失，"孙甫梓"三字却浮现出来！洪县令吃惊不小，以为秀才冤魂不散，必是要缠他早晚，令其不得安宁。

再细观，印文又变成了"洪廉德印"。洪县令疑神疑鬼，取来朱磲印泥，在宣纸上盖下一枚印蜕，"洪廉德印"四字确凿无疑，这才放下心来。

然而这方田黄印章，真的就像是会闹鬼，自从洪县令得了它，便再也没有安生日子过，常常半夜惊醒，似闻秀才大呼冤枉。最后竟提一柄宝剑，深夜于院中捉鬼，不慎坠入井里，一命呜呼了。

珠光宝气

周芳方心悸、失眠、食欲不振，算起来已经有三个多月了。"到底是谁要害我？"她一直想这个问题。其实那只是一起普通的车祸罢了！"以后走路小心点就是了！""我怎么不小心了呢？我哪里不小心了？我一直是在人行道上走。走路要走人行道，我懂的。可是，他开到人行道上来撞我呀！"那辆摩托车，冲上人行道，把周芳方撞倒了。虽然身体无甚大伤，但脸摔破了，头上撞出了一个大包。她手腕上戴的一串紫水晶珠子，也被撞断了，散了，东滚西散，在马路上像小虫子一样四处乱爬。

周芳方有很多情人，却没有仇人。但她坚持认为，是有人故意要害她。那一场医疗事故，她虽然只是麻醉师，但是人死在手术台上，她眼睁睁看着的。死者家属每次来闹，也都会吵吵嚷嚷地来找她，不把她放过。

她经常会在街上，见到那几张面孔。有时候是在梦中。死者的家属中，有一个人，长得与她的某个情人甚为相像。这些脸给她压力。她有几次，都拨通了那个男人的手机。她是要约他过来见面吗？看一看这张脸，与她经常在大街上以及梦中所见的那个死者家属，到底有什么样的联系。

他不接电话。她也知道，他不会接她的电话。他从很久前就不接了，他要回家去做好丈夫。如果他接了电话，她反倒会吓一跳的。她已经记不得他的声音了。她拨了 N 遍，依然是"无人接听"。不说明原因，事后也不作任何解释。这个男人，是她所有情人中最特别的一个。正因为特别，所以令她难忘。女人有时候真是贱啊，越是对她漫不经心的男人，越能让她念念不忘。周芳方的身边，一共有多少男人呢？哪一个是让她一直主动去联系的呢？只有一个，就是那个总不接她电话的人吗？

手上的紫晶珠串，是汪明送给她的。他是她小时候的邻居加同学。那时候，她的印象中，这个汪明，几乎天天挨打的。她经常听见隔壁传来汪明父亲的狮吼，以及"啪"的声音。是挨了耳光呢，还是巴掌甩在了头皮上？有时候，汪明会突然大叫起来。这时候周芳方的心，就会被揪起来似的。"这下，一定是打痛了！很痛吧？"她想。

初中毕业之后，周芳方家搬到水关桥新村，就没再见过他。重逢发生在一个热闹非凡的同学会上。汪明看上去意气风发，已完全没了少年时代受气包的样子。周芳方像打量陌生人那样上上下下地看他，最后发现了他手上的珠子。"怎么男人也戴这样的珠子呀？也太漂亮了吧！"周芳方说。

"水晶是不分男女的！"汪明说，"水晶的磁场非常强大，不管男女，戴了都健身强体。"他豪迈地把水晶手串取下来，送给了周芳方。他看着这位昔日的芳邻，脸上突然有了羞涩的表情。

"经常性的失眠、心悸，并且厌食，会不会是抑郁症？"汪明说。

"你又不是医生！"周芳方说。

"那你是医生吗？"

"我是麻醉师，我怎么不是医生呢？"

"麻醉师就不会得抑郁症了吗？"

对话显然是越来越没有逻辑了。周芳方想，汪明的妻子一定是得了抑郁症？否则，一个正常人，要从五十多层高的楼上跳下去，需要多大的勇气啊！站在窗边，看着楼下遥远的地方，小小的车，小小的人，车和人，小得如蚂蚁和甲虫。敢于跳下去的人，一定是真的得了抑郁症了。得了这种病，也就不怕死了。反而把死视作一种解脱了。"我怕死吗？"周芳方自问。她觉得自己不仅怕死，而且非常怕死。那我就不是抑郁症，一定不是！

周芳方被撞，她的手串断了。水晶珠子在大街上东滚西走，等她还过魂来，忍着疼痛，只在地上捡回了两颗。两颗珠子，在雨后的阳光下，闪现出奇异的光彩。疼痛和恐惧，令环境轻飘飘的，歪歪斜斜的。她看清楚了这两颗珠子，其中之一，竟然是碎的。它有一个明显的缺口。而且向着光看，可以看到，它的内部，有一道裂缝。周芳方傻傻地看着珠子，仿佛看到了破碎的自己。破碎的身体，和破碎的心。

她扔掉了那颗破珠子。只捡回一颗完整的，握在手心。

"只剩一颗了？你疯了吗？"汪明的眼睛瞪得大大的，看上去他太吃惊了。

周芳方很反感他这样的表情，说："不就是一串水晶吗，有什么大惊小怪的！又不是稀世珍宝！"

汪明说："你说对了呀，就是稀世珍宝呀！这是战国时候的水晶呀！"

"战国？不会吧？距今两千多年的战国？"

"还有其他战国吗？"汪明几乎是咆哮起来。这让周芳方想起他的父亲，那时候住在隔壁，她经常可以听到这样的吼声。不过不是汪明发出来的，而是他的父亲。

"战国，当然是战国！是战国时候的齐国！而且，只有大墓里才会出这样的珠子！"

"不会吧？战国的珠子怎么会像新的一样？"周芳方摆弄着手上仅存的一颗珠子，觉得不可思议。

直到在马路边的椅子上坐下来，汪明的情绪似乎才慢慢平复下来。他拿起那颗仅存的珠子，对周芳方说："你看，它的孔，完全是透亮的。这就是古代低速钻孔的典型特征。水晶很硬，它的硬度高于和田玉，更高于玻璃，达到摩氏七度以上。钻孔的速度稍快，水晶就会崩口，孔道就一定不会这么透明，应该是磨砂状的。"

"真的假的？"周芳方接过那颗珠子，看它的孔洞，确实是透亮的。

"你再看它的洞，是两头对打的，两边都是喇叭孔。为什么是喇叭孔呢？古人打孔工具没有现在先进，而水晶的硬度又大，所以磨损非常厉害。钻头越深入，磨损越严重。所以孔洞开始大，渐渐就小了。"

"那为什么两头对打呢？"

"一下钻不到头呀！"

两个人看珠子，头都凑到一起了。周芳方突然发现，他们面前，站着一个卖花的小姑娘。"你吓了我一跳！"周芳方说。

"叔叔买朵花吧!"

汪明说:"我不要花!"

小姑娘说:"买朵花给姐姐吧!"

"你是姐姐,我是叔叔,辈分大了啊!"汪明说。

"你长相老呗!"周芳方咯咯地笑起来。

汪明接过小姑娘的花,说:"你叫我哥哥,我就买。"

小姑娘却说:"叔叔买朵花吧!"

"叫我哥哥!"汪明说。

小姑娘依然说:"叔叔买朵花吧!"

周芳方想,这个小丫头,和我小时候一样倔啊!

和小姑娘纠缠了半天,还问了价,汪明最终还是没买花。最终周芳方掏了十元钱,为自己买了一朵玫瑰。她喜欢花,尤其是玫瑰。有多少人会送花给她啊!可是今天,她只能自己买一朵。

"十元也是钱啊!"这句话,周芳方不止一次听到汪明说了。他们有收藏癖的人,或者说玩古的人,都有这个毛病吗?买一件古物,成千上万元,甚至十几万、几十万、上百万,就是一粒小小的珠子,也要几千甚至上万,他们买起来似乎毫不心疼。但是在日常生活中,要他们掏一分钱都难。比如,十元钱为她买一朵花,他都不肯。

汪明舍不得十元钱为她买花,却会把战国时期的水晶玩串送给她吗?"那是真的吗?"

"怎么会是假的呢?"汪明似乎急于分辩,"假的会有这样的光气吗?你去皮市街水晶店里看看,新的水晶是什么样子的。"

"你怎么就能肯定它是战国的呢?"周芳方似乎是故意要与他抬杠,"而不是汉代、唐代,或者是明代的呢?"

"形制啊!"汪明提高了嗓音,"明代有明代的形制,战国有战国的形制。博物馆、有关专著，都有出土标准的！"

"那你的东西是哪儿来的呢？是从博物馆偷来的吗？"

汪明一点也不觉得周芳方幽默，他吵架似的说："朋友那儿买的呀！"

"你朋友又是从哪里来的呢？"周芳方继续逗他。

老牛和汪明是在论坛上认识的。他们聊得很多很多，打过电话。当然也做过很多买卖。就是没见过面。当然最终，他们还是见面了。只不过，那一次见面，也成了他们的最后一次。

老牛是邢台人。他们那一带，是古齐国，就是出战国水晶的地方。西周之前，贵族的佩饰是以玉和玛瑙为主。到了战国时代，东部的齐国崛起，佩玉之风大变，贵族士大夫们以水晶为材，制作了大量精美无比的珠、环、管等饰品。其先进的琢磨工艺，即使今天看来，也是登峰造极炉火纯青。像碟形珠、多棱珠、三才环等，线条挺拔流畅，造型简洁高雅。高等级大墓里出来的东西，光亮如新，实在让人难以相信，那是两千多年前人的手艺。

汪明从老牛那儿买东西，最早是三百一颗珠子，五百一个管。渐渐地行情看涨，五百八百一件，到后来，一千都买不到一颗像样的珠子了。汪明在论坛里看到有人说，古珠的亿元时代很快就要到。这话虽然有些夸张，但是古珠的行情一路看涨，却是事实。北京翰海那场天珠专场，一颗十二眼天珠，就是一千八百多万落槌的。珠子作为一种最古老的饰品，正在受到越来越多人的喜爱。且不说李连杰、王菲、黄圣依那样的明星，他们所佩戴的珠子，绝对价值连城。普通百姓，如今腕上绕一串珠子的，也是比比皆是。珠子虽然越来越贵，但比起其他古董来，毕竟还是便宜些。尤其是对于城市中产来说，花个几千元，哪怕几万、十几万，买串珠子戴，经济上是完全承受得起的。不过，真伪问题，永远是玩古的一个最大，也是最严重的问题。说是西周的玛瑙，它真是西周的吗？不是东周的吗？说是战国的珠子，它真是战国的吗？不是民国的吗？

老牛说他十二岁的时候就跟大人一起去盗墓了。那时候，他们只要青铜器和金银器、玉器。挖到珠子和玛瑙环之类，总是随手就丢弃了。而现在，珠子都值钱了，就再去挖。盗墓不敢打手电，什么光都不敢有，黑咕隆咚地连泥带砂掘了往筛子里倒。粗筛一遍之后，再装进蛇皮袋。一切都是摸黑操作，打火机都不敢亮一下的。否则就可能被发现。有时候，一袋砂土背回家，里面可能只有一两粒珠子。许多时候，一颗也没有，尽是些小石子。

周芳方失眠、心悸、食欲不振的原因，莫中医认为，也许还是心病。莫中医虽说是周芳方的同事，他们在同一所医院工作，以前却几乎不认识。因为身体不好，闺蜜小毛劝她去请本院中医看看。小毛对莫中医推崇得很，说他还懂气功和周易八卦命理风水。去见见他，不光可以看看病，还可以测测未来什么的。

周芳方觉得，莫中医这个人不太正经。他这个年龄，看女人的目光有一种脱衣扒皮想要攫取什么的意思。也许正是这一点，才使毛闺蜜对他崇拜的吧？"他能看到你的心里去！"小毛对周芳方说。

周芳方也反过来用自己的目光将莫中医剥光。毕竟这把年纪了，她想象他的身子是干瘪的。下体软塌塌的像条蚯蚓。她这么想着，差点儿笑出来。在周芳方的经验里，这样的男人，虽然特别好色，但是真到了床上，表现一定十分差劲。而且，这种人，常常又很爱面子，不愿承认自己的无能，总要十分可笑地找出一些理由来解释。"他是不是这样的人呢？"周芳方突然有了好奇心。

莫中医的一些话，倒是着实令周芳方耿耿于怀。莫中医好像说了不止一遍，他建议她不妨试试，弄一件老物件来戴在身上。这样可以辟邪。

莫中医说："要那种很老的东西，比方玉。最好是汉代的玉。"

周芳方回到家，莫中医还给她打来电话，说："你真的可以试一试呀，很灵的！"他还说："我有一块汉代的玉，你可以先拿去戴。"

周芳方满脑子想的是，汪明送给她的那串珠子，说是战国水晶，恐怕是骗人的。战国，不是很老吗？不是比汉代更古代吗？怎么就不能辟邪呢？我一直套在手腕上的，怎么会好端端地走在人行道上，也会有摩托车冲上来撞我呢？珠串撞断了，七零八落满地滚，最后只剩下了一颗。虽然只是一颗，但毕竟是老珠子呀！莫中医说了，佩戴一件古老的东西在身上，就可以辟邪，就能治好失眠、心悸的毛病。他是不知道呀，她的身上，是一直戴着一个老物件的。战国的水晶珠，很老很老，不是吗？但是，她竟然被摩托车撞了！而心悸、失眠，似乎越来越严重了。这到底是为什么呢？原因不外乎两个吧。一是什么老物件可以辟邪，那纯粹是无稽之谈，是迷信。作为医务工作者，难道会相信这个吗？医生应该相信科学，尤其是她这种西医出身的麻醉师，医科大学五年书白读了吗？但是现实的情况是，周芳方的很多同事，都很迷信。许多人家里买房子、装修，都会请懂风水的人来看一看。而对于星座、血型与人的性格和命运，大家也都是兴趣浓厚。想想也是，医生为什么就一定不迷信呢？人生在世，无奈的事情实在是太多太多了。好多好多的事，那些令我们困惑、恐惧、不解的事，实在是科学无法解答也无法解决的。谁都不能否认，在看不见的地方，是有一种力量，在主宰着你的命运，在左右着你的生活。生老病死，医学的存在，似乎就是专门要解决这些问题的。但是，它解决得了吗？作为一名医务工作者，周芳方一点都不相信医学。她觉得医学其实解决不了任何问题。她看到了太多的盲人摸象，太多的隔靴搔痒，太多的无事生非，太多的南辕北辙，太多的徒劳无功。医学在她看来，只是一个行业，只是一种产业，与人道与拯救完全没有关系。什么样的病是可以治好的呢？是那种本来就会自愈的病，或者是那本来就不存在的病。真正的病，是治不好的。比如她的失眠与心悸，吃了种种药，好了吗？没有，完全没有！

所以她宁愿相信，莫中医是有道理的。但是——

唯一的解释就是，汪明给她的水晶珠，并不是什么老物件。战国个屁！恐怕连民国都不是！

汪明打电话给老牛："老牛，你不可以骗我！你卖高仿的珠子给我，这样很不够意思啊！"

老牛没说什么，就把电话挂断了。再打过去，就是关机。汪明很火大，接二连三地打。又到QQ上留言。见老牛没有任何反应，便去论坛上发帖，挨家控诉老牛的骗子行径。许多人评论，有骂骗子不得好死出门被车撞死的，有劝汪明冷静，别仓促下结论，也许是场误会的，也有人建议版主将老牛列入黑名单。

很快老牛的电话来了。老牛很生气，比汪明还要生气。他谴责汪明不该不管三七二十一去论坛发帖，败坏了他的名声，侵害了他的权益。他特别强调，他的所有东西，绝对不是高仿，件件都是大开门的真品。东西对不对，不是某一个人说了算的。"我老牛说了不算，你汪明说了也不算！"那么，谁说了算呢？老牛说："你拍了高清图，风化、光气、孔道，都拍清楚，贴到论坛上，让大伙儿评。如果多数人说对，那么就假不了。如果都说假，那我老牛就认了，假一罚十，你退给我！"

至于挂断电话又关机，老牛说，是手机没电了。"我赶紧找个地方充电，赶紧给你回电话，你还要我怎么样？"

汪明说："不管是真是假，我都不想要了！"

老牛说："可以啊，完全可以啊！"

"那我寄还给你吧！"

老牛说："没问题啊！好啊！你全寄回来吧！汪兄我对你说啊，像我这种大开门的战国珠子，存世量少啊！实在太少了！而且只大墓才出。你还给我，我要谢谢你啊！我现在这样的价格，收都收不到啊！你寄回来吧，一颗都别剩，全部寄回来！"

汪明听老牛这么说，心中反倒突然有一种不舍。是啊，凭什么说老牛的珠子一定是高仿呢？你看那光气，那牛毛纹，那孔道，是今天仿得了的吗？今天要把水晶加工成这样，非得借助现代工具不可。而一旦使用现代工具，一定会在器物上留下现代工具的痕迹。如果今天也用古人一样的工具和方法来做，那是绝对做不到古人那样的好。古人有一颗古人的心，而我们没有。古人安静、认真、虔诚，古人舍得花时间花精力。哪怕半辈子一辈子也在所不惜。今人急功近利，满心想着赚钱，求产量，求速度，求效益，做出来的东西，必有浮躁之气，怎么能与古人比呢？再说了，东西寄还老牛，汪明还担心他不退钱呢！因此汪明不仅没有把东西退给老牛，反倒又向他买了一些。

莫中医说："你要是嫌贵，你就别拿这块汉玉了。这串琉璃珠子也是汉代的，比较便宜，你可以拿去戴。"

周芳方问："琉璃不就是玻璃吗？汉代也有玻璃吗？"

莫中医说："当然有啊！更早的时候就有了，只不过那时候不叫玻璃。"

"那还不一样！"周芳方说。

"不一样的。那时候的玻璃，是低温玻璃，成分和今天的也不同。今天看起来玻璃不值钱，但是在古时候，它们就是宝石。你看这样的一串蓝琉璃珠，在汉代的时候，绝对是稀罕物，只有贵族才用得起！"

"那这个要多少钱？"周芳方问。

莫中医说："这个不要钱，就送给你了！"说着一只手就搭到了周芳方的肩膀上。

汪明看见周芳方脖子里套着的琉璃珠，吃惊得就像大白天看见了鬼："你这是哪里来的？"

周芳方被他问得脸红了一下。她的脸居然红了，烫烫的。她还极力要掩饰自己的紧张似的，却因此表现得更慌张了。"莫中医说，戴了汉代的东西，就不会再失眠心悸了。"

汪明说："你一个医务工作者，竟然相信这个？我可从未听说过戴老珠子可以辟邪。我倒是只晓得，有些人，十分忌讳出土的东西。"

他似乎欲言又止。周芳方有一种预感，觉得他有可能会说到他的妻子。她认真地看着他，十分期待的样子，等着他即将说出口的话。

汪明终于吞吞吐吐地说："我老婆，我老婆就是。以前，她活着的时候，就特别讨厌老珠子。你是知道的，我们家有很多老珠子。我希望她戴，她皮肤白，无论是绕在手腕上，还是套在脖子里，都很好看。可是她不愿意。她说从墓里出来的东西她怕的，她觉得脏。"

周芳方没见过汪明的妻子，但她似乎一下子就想起她的面容了。好像她的记忆深处，一直存着这样一张人脸照片，没道理地就冒了出来。那个女人，她涂了很厚的粉底，脸白得就像戴了一个面具。她有一双惊恐的大眼睛。现在听汪明说起她害怕出土的东西，说那会令她联想起坟墓和死尸。

"她说，她经常做噩梦。是那种非常可怕的梦。她就怀疑，都是老珠子在作祟。她一靠近它们，就会闻到坟墓的气息，"汪明说，"她希望我再也不要弄这些东西回来了，否则就要和我离婚。"

"你为什么不答应她呢？"

"可是我喜欢珠子呀！"汪明十分自私地说，"古珠是非常了不起的东西。从猿到人，学会使用工具是第一次飞跃。而知道制造珠子，用珠子来装饰自己，那是人类的第二次飞跃。是更大的飞跃。那是审美的觉醒，比第一次物质的飞跃更伟大。所以古珠真是太了不起了！咱们一向不太重视它，这是不对的。老外就很重视，大英博物馆、大都会博物馆，中国古珠都是它们的重要藏品。"

"这个也是吗？"周芳方指指自己脖子里的琉璃串。

"当然是！"汪明说，"汉琉璃，与西周玛瑙、战国水晶，还有红山、良渚的玉珠，都是国宝！"

他突然神色严峻，抓住周芳方的手，问："你是哪里来的？是莫建华卖给你的吗？"

"是啊，那又怎么样？"周芳方虽然嘴上很硬，但她心里其实很怯。她怕他这种表情。当然，她更担心汪明最终会知道，琉璃串是莫中医送给她的。

她为什么要在乎呢？对她这样一个阅人无数的女人来说，这很不正常吧！为什么要害怕呢？难道说，她是爱上汪明了吗？这个从前的同学加邻居，在她心目中一直是有点窝囊的。她以前可曾想到过，有朝一日，她会爱上他？

汪明的妻子贾福真活着的时候，是一个十分开朗的女子。她开了一家小茶馆，装修得很是幽雅有味。墙上挂着书画，还有一张古琴。古琴是常熟的一位制琴师所制。此人是虞山琴派传人。贾福真跟他学过几个月，发现自己实在缺乏这方面的天赋，便放弃了。琴成了茶馆的装饰。茶馆吃茶的人不少，吃茶不用买单，这样生意更好。除了经营茶叶，福真还兼营一些茶具。尤其是紫砂茶壶，卖得更是不错。福真去宜兴订了壶坯过来，请几个经常来吃茶的书画家朋友在壶身上写写画画，又请会篆刻的朋友刻了，最后送到宜兴去烧。这样的"文人壶"颇受欢迎。壶非名家所制，来价不高，但泥料是正宗的。加上"壶因字贵"，上头刻了名家书画，壶的价值就大大提升了。福真人缘好，写写画画乃至镌刻，也都是茶客们友情相助。逢到有新茶、好茶来，福真便会给这些人送上一些，包装独特，文雅精美。那些鸿儒雅士，自是不胜喜欢。

汪明玩珠子，与其他人的玩古也是一样的。藏品必须要流动。左手进来，右手还要出去，保留好的，淘汰次的，不断升级，以藏养藏。如果不是这样，那一定是玩不下去的。因为收藏这个行当，最是烧钱。你即使有再多的钱，也还是缺钱。因为不断地有好东西、更好的东西在诱惑你，永无满足的一天。你纵有亿万资金，到了拍卖会上，也只是沧海一粟。

汪明希望能放一些想要出掉的珠子在老婆店里代售。他知道，来妻子茶馆的，都是一些优质客户。他们既有可能喜欢上珠子，也有能力购买。但是福真不肯，她讨厌古旧的东西。尤其是出土的。她平时所戴，脖子里是一块新工的和田白玉。腕上套的是一个翡翠紫罗兰镯子。"我喜欢新东西！"她经常这么说。

所以汪明只能放一些新珠子在老婆的店里。南红珠子、星月菩提、金刚子、菩提根、紫檀珠子、檀香珠子、琥珀蜜蜡珠子，还有砗磲、青金、绿松之类。反正都是新珠子。福真为他设置了一个专柜，也并不用心去经营。

珠子很受欢迎，卖得还真不错。许多茶客腕上渐渐都有了一串珠子。来茶馆里吃茶清谈，也多了一种交流的内容。什么包浆出来了，什么半个月就"挂瓷"了，什么"文盘""武盘""意盘"啦，术语一套一套的。

莫中医也是福真茶馆里的常客。对于饮茶，他有一套独特的说辞，或者说是理论吧。他认为，吃茶一定要讲究气场。在什么地方喝，与什么人一起喝，在什么时间喝，喝茶时所面对的方向，这些，是比喝什么茶更为重要的。中国人就讲究个阴阳八卦平衡，喝茶如果只是解渴，那是另当别论。如果是茶道，那这些是必须十分讲究的。他每次来，都要对茶馆指出一些问题，不是这儿不对，就是那儿需要改进。而福真因为比较相信中医，并且对莫中医也一向尊重，所以凡他所指出和建议的，皆一概接受与听从。唯有一件事，她是不敢苟同的，差一点还与莫中医争吵起来。她说，若是她能够接受出土的老物什的话，她就答应老公在她的专柜里摆上老珠子了！她希望莫中医再别提这样的建议。

但是，那么排斥老东西的福真，后来还是戴上了一串老珠子。因为，她的子宫肌瘤开刀出来，发现其实是一个恶性肿瘤。

福真以前一直讲，她要是有朝一日得了癌症，她是一定拒绝治疗的。因为她说，她活这么大，还从未见过一例癌症病人通过治疗治好的。手术、化疗、放疗，再手术，也就差不多完了！倒不如一开始就什么都不要做，该吃吃，该穿穿，最后就带上积蓄出去游山玩水。一样要死，至少不用在医院吃那么多苦，遭那么多罪。钱财耗尽，最终难逃一死。而且往往死得更早，死得更惨。

如果最初诊断出来就是癌，福真是绝不会愿意去开这一刀的。只是子宫肌瘤，再普通不过的一种妇女疾病，动一刀，把子宫摘了，也就万事大吉了。对于那些想要孩子的人来说，拿掉子宫，当然是一件很悲催的事。好在福真与汪明结婚后，一直没有孩子。至于始终没有怀孕的原因是什么，他们也不知道。他们也不想知道。他们觉得两个人很好，没有孩子也挺好。他们甚至连养一条狗的想法都从未有过。他们是两个贪图自在的人，各有各的爱好。一个醉心于玩珠子，一个则几乎天天泡在自己的小茶馆里，吃吃茶，聊聊天，听听古琴曲。每年两次，她还要去福建和云南访茶，一边寻茶、学茶、买茶，一边游山玩水。因此，把子宫切掉，对福真来说，一点都没有问题。

谁知道竟然是恶性的！福真很绝望，有好几天，她茶馆也不去，手机关掉，闷在家里睡觉、发呆。

汪明知道她脾气，什么都不劝。只是去买福真平时爱吃的东西，披萨、蛋挞、绿豆糕、海棠糕、肉月饼、满记甜品、芝士蛋糕，一样样轮流买回家，放在床头柜上。福真总是一样样吃掉，放什么吃什么，一点儿都不剩。

等福真重新振作起来，又去茶馆吃茶会客度日，莫中医对她说："你的病，就是气场出了问题。不用治，不要化疗，也不要吃药，只要把气场改过来，磁场变了，气慢慢顺了，病也就好了。"

至于具体怎么改变气场，其实很简单。莫中医拿来一根线，线上挂着一颗玛瑙竹节管，让福真戴上。他告诉她，这不是普通的玛瑙，这是西周时期的玛瑙。他对福真说："你看它的孔道、光气，还有表面的风化纹，是大开门的西周的东西。两三千年前的东西啊！是真正的高古珠宝，是国宝啊！这是西周贵族佩戴的，只有诸侯国君的墓里才出这样的国宝啊！"

福真说："我们家好像也有几个呢！"

莫中医说："真品很少很少。"

福真说："可是，我怕这种出土的东西，是坟墓里挖出来的呀！"

莫中医说："两千多年，坟墓里的东西早就灰飞烟灭了。而且，我拿到家之后，在84消毒液里泡过一夜的。"

福真不知道，这根玛瑙竹节管，正是她丈夫卖给莫中医的。是真是假，她不知道。她戴上这东西后没几天，就从五十六层楼上跳了下来。她脖子上的那个玛瑙竹节管，在地面上炸裂了，四射开来。有个男人发现了一片，捡起来看了看，又扔了。而一个散步的女人捡到半段，她似乎是识宝的，就揣进了衣兜。她走了百来米，发现七十二层高的开发大楼下，躺着一个女人。人们围立于她的身旁，而她则躺在血泊里。

似乎是，有两种女人，嫁人比较难。一种是自身条件特别好，白富美，学历又高，脑子又灵。这样的女人，要求当然特别高，要找到能够配得上的，称心如意的，当然不是一件容易的事。第二种呢，就是名声不好的女人。她虽然性感迷人，许多男人都喜欢她，但是真要娶她，那些玩她很来劲的男人却退缩了。

那么周芳方是哪一种女人呢？好像是二，又好像是一。可能更偏向于二吧。

从小到大，追求她的人不计其数。如果她的择偶标准稍稍放低些，那早就结婚了，孩子都一定是上小学了。她交往过的男人不少，但是，总没遇见一个真正满意的，不是这方面不足，就是那方面不理想。金无足赤人无完人，这个道理她懂。但是，落实到具体，则不肯将就。总觉得身边男人有的是，不甘心将自己轻易就嫁出去。只属于一个人，未免感到寂寞。

但奇怪的是，像周芳方这样的美女，似乎算得上是"万人迷"，她怎么会愿意睡到莫中医的床上去的呢？许多人都觉得不好理解。是啊，他已经五十多了吧，头也秃得蛮厉害了。一笑起来，脸上皱纹多得就像一只猫。皱纹就像猫的胡子。是什么原因让她愿意与之肌肤相亲的呢？其实在周芳方看来，莫中医这个人，多少还是有点猥琐的。但她真的没有想到，他竟然给她的饮料里下了"苍蝇水"。也就是说，他下作到迷奸了她。她清醒过来，明白了一切，感到屈辱和厌恶。她应该去告他，或者，就一刀把他捅死算了！

但是她没有。有一个声音在虚空中阻止她这么做。是啊，说出去，没有人会同情她，也没人会相信她。人们只会看她的笑话，只会眉飞色舞地非议她。因为，她在人们的心目中，从来都不是一个正经的女人。一个不正经的女人，竟然告发别人迷奸，这不是天大的笑话吗！

为了一串珠子，就会愿意继续跟自己一点都不喜欢的老男人上床？这不是周芳方的风格。若是细细盘点一下与自己上过床的男人，哪一个是因为给她以钱财的？她认识的有钱男人不少，其中与她上床的不乏其人。但是，确实没有一个是因为给了她钱才得到她的，最多吃个饭，见个面，然后上床，连礼物都不送的，别说车子房子了。周芳方与别的女人真的不同，她从来不认为在男女关系中，女人是吃亏的一方。性是平等的。周芳方自己也不知道，她的自由平等的性观念，是如何形成的，又是从什么时候开始形成的。她始终认为，性，只是一种天然的生理的需要，男女都一样。为快乐而性，便是性的最高原则。从这一原则出发，又有什么吃亏占便宜呢？好的性交往，快乐的、自由的、不受礼教约束的，不被物质左右，那对谁都是占便宜，反之，则双方都是吃亏了。

凭她的容貌和魅力，周芳方完全可以获得很多很多。物质财富不去说，光是职业处境，也不会是今天这个样子。在医院工作十年了，依然是一名普通的麻醉师。如果说她只是一个保守刻板的女人，那倒也不用说了。她在许多人眼里，差不多就应该是交际花的角色。确实有许多的男人喜欢她，追逐她。而她呢，也并不守身如玉。实际与她有过肉体关系的人，与外界的议论与想象，估计也差不多。令人们不解的是，她并没有从中得到什么。人们因此觉得她傻。而她不这么认为。她怎么是啥也没得到呢？她得到了性呀！性的快乐难道不是人生之大乐吗？丰富的、异彩纷呈的性经历，难道不是人生的财富，命运的大礼吗？

当然，有些事，与有些人的性交往，也令她自己感到困惑。比方说跟莫中医，为了什么呢？他迷奸了她，她非但没有告他，反倒继续和他交往。这是为什么？他有什么特殊的魅力吗？他在床上表现好吗？他有过人之处吗？没有，什么都没有！唯一可以解释的是，和他在一起，她经常会有一阵恶作剧的快感。她这不是在故意糟蹋自己吗？她突然感到有些悲哀。

自己为什么要这样做？自己果真就是来者不拒吗？那么外界所说她是一辆公共汽车，谁都可以上，她是一个烂货，果真是可以成立的呀！

而且他送给她的这串珠子，其实并非古珠，而是今天生产的全新的仿古珠。汪明说："现在到处可以买到的，零售五毛一颗，批发的话只要三毛甚至两毛。"

"他不可能骗我的！"周芳方说。

汪明有点不好意思地说："这串珠子就是我卖给他的呀！绳子是我亲手编的，上面的隔珠我是清清楚楚记得的。尤其是这个佛头三通，我用过好几年了，是塑料的，仿蜜蜡，他也没看出来。我不会看错。这些珠子，我就是三毛一颗从一个杭州人那里批发过来的呀！"

"你卖给他多少钱？"周芳方问。

"我，我……"

"你一定是当老珠子卖给他的吧？"

汪明说，这样的珠子，一般人是看不出新老的。新的也都是按古法做的。汉代这样的珠子很多，有国产的，也有西亚过来的。在广西合浦一带，出土最多。估计当时那边是重要的贸易区吧。

"你是个骗子哎！"

汪明也许是觉得这样的事太正常了，说自己是骗子，至于吗？他觉得周芳方实在是太幼稚了。他不屑地笑了笑，说："玩古这事儿，从来都是这样的。真真假假，虚虚实实。如果所有东西都是真的，那还有什么意思！真中有假，假里藏真，认真辨假，去伪存真，这才好玩。现在这么多人玩古董，哪来那么多的古董？古董又不是西红柿，可以自由长出来。西红柿还有假的呢！是真是假，全凭自己的一双眼睛去看。看得明白就买，看不明白买了的话，别怪别人，只能怪自己！"

周芳方突然在汪明的身上发现一股江湖气。而从前的他，是傻傻的，笨笨的，很清纯，受气包的形象。也许正是这股陌生的气息，显示了他的成熟。也正是这股成熟男人的气息，吸引了周芳方。她一向不能接受稚嫩的男人。她喜欢的男人，往往是有点坏的，有点痞的，有点邪恶的。汪明突然显现出来的狡黠，让她产生了兴趣。不仅令她宽衣解带，与之翻云覆雨，甚至很荒唐地让她仿佛产生了爱情，有了想要嫁给他的想法。

奇怪的是戴上莫中医给她的"汉琉璃"，周芳方失眠惊悸的毛病似乎真的好了。她躺在汪明的床上，连想象他的亡妻是如何在这张床上活色生香的机会都没有。因为他们每次做完，她都几乎瞬间睡去。她像个男人一样呼呼沉睡。

失眠没有了，惊悸的毛病也自然好了。她不再需要去找莫中医。他的气场学说，对于一个已经摆脱了顽疾的人来说，已经成为可笑的故弄玄虚。但是，对莫中医来说，事情似乎并没有结束。周芳方应该还没有走出他的气场。或者说，他还要努力地左右她的气场。

前前后后，汪明一共从邢台老牛那里买了多少"战国"水晶？汪明自己也记不清了。这是因为，他陆续地买进，一边也不断地转手出去。因为来价不贵，所以出手的价格也相对行价要低很多。左手来右手去，买卖做得不错。如果说，这些老牛手上买来的全是假货，汪明又卖出去，进进出出都是当代的仿品，那么汪明和老牛其实是一样的。但是汪明坚持认为，他与老牛的性质不同。老牛是知假卖假，是故意的行为。而他汪明转让给别人，网友也好，生活中的朋友也好，他都没有售假的故意。当然啰，这个问题，似乎是永远也说不清楚的。真的不一定卖得过假的。而假作真时真亦假。所以古玩行里有句话，叫作：没有新货与老货，只有卖家与买家。意思是，东西是新是旧，从某种意义上讲，是不重要的。卖得掉，有人买，才是硬道理，才证明你的东西是有价值的。收藏界还有一句话：傻瓜卖，傻瓜买，还有傻瓜在等待。这句话不仅道出了藏界的乱象，也说出了古玩收藏一个虚无的道理：真真假假，谁又能真正闹得明白？

汪明去太原参加全国珠友会，各地爱珠玩珠做买卖的，群贤毕至，少长咸集。汪明在洗手间遇见一位大佬。此人以收藏高古水晶而闻名。在一些相关的论坛上，只要此人对一件东西点赞，那跟帖必然都是"开门""漂亮""好""精品""极品"这样的赞词。此人若说不对，那么这件东西绝对完了，被判了死刑。

在珠友会的其他场合，大佬就像一位皇帝。众星捧月，被好多人簇拥着。他是一个真正的大明星。汪明与他在厕所邂逅，方便也顾不上了，急急把自己的家伙塞回裤洞里，拉上拉链，便掏出战国水晶请大佬鉴定。大佬瞥了一眼，只管小便。他半闭着眼睛，很是享受的样子。直到办完了事，甩了几甩，都未正眼看过汪明一眼。见他迈步走出门去，汪明急急赶上，恳请大佬赐教。大佬这才平易近人地又瞥了一眼汪明手上的珠子，终于吐出两个字：新的！

周芳方曾经认为，像她这样的人，是不大可能结婚的。很难想象，自己会有朝一日披上婚纱，嫁作他人妇。她甚至向来可怜那些成为别人妻子的人。女人之于男人，无非就是性与生育的工具吧。那么，成为某个人的固定的、专用的工具，那是一件多么乏味而可悲的事啊！她认为性应该是平等的，自由的，为性而性的。当性成为专属品，成为责任和义务，那真是违背了上帝的旨意。她因此对于那些对她稍稍表现出专情一些的男人，有一种特别的警惕。生怕一不小心就被他专了去，从此跌入婚姻的泥淖。这样多好啊，她享受着单身女人的自由，享受着这种自由带来的不断新鲜的性爱。这样的快乐美酒，不是亲自畅饮，谁又能体会到陶醉！她的母亲曾经对她说："你现在一个人过，当然也没什么不好。但人都是要老的呀，老了怎么办？"

周芳方觉得这个问题太好回答了。老了，老了就死了呗！当然这样的话她不敢当着母亲的面说出来。她只是在心里想。人生一世，谁都难免老，谁都难免一死。单身要老要死，难道有配偶有子孙的人就青春不老万寿无疆了吗？作为一名麻醉师，对付老与死，实在是太容易了。对普通人而言，死可能真是一件非常麻烦的事。往往费了很大的劲，都不能痛快地死掉。而她，虽然她是那么怕死，但是当她要死，或者说必须死的时候，她只要给自己注射一针过量麻醉剂，就万事大吉了。没有任何痛苦，没有任何麻烦。从来处来，往去处去。往事如烟，谁的往事不如烟呢？所不同者，别人的往事可能只是炉子里冒出来的青黑色的烟，会呛人。而她的往事，在注射了麻醉剂后，则如轻云出岫。是日照香炉生紫烟，是乱云飞渡，是云蒸霞蔚，是多少楼台烟雨中，是子规声里雨如烟。

她几乎没有任何的兴趣爱好。吃饭逛街，游山玩水，这些事，她好像总是很快就厌倦了。唯有性事，能令她乐此不疲，流连忘返。在不同男人的怀里，在他们强烈的撞击下，她被送上了天堂。天堂是什么景象她不知道，因为她从来都没有睁大眼睛看上一眼。天堂对她来说，就是被充满的感觉，就是炸裂，就是身轻若羽，就是欲仙欲死。有时候，面对躺在手术台上即将接受手术的男性病人，她都会产生他是躺在她床上的幻觉。她一边给他注射麻药，一边想象这个人软塌塌的阴茎慢慢勃起。它突然青筋暴胀，直立起来。若是果真如此，她会不会弯下腰来，将它贪婪地一口吞下？

她确实曾经有过这样的想法，辞掉工作，去当一名妓女。大多数人当妓女，都是为了钱吧。周芳方不是。她若真的当了妓女，她是为性而来的。她与其他人不同，她会挑选自己喜欢（至少是不讨厌）的客人，然后与他共浴爱河。喊叫声一定是真的，绝对不是为了取悦于客人而假装出来的。她是因为爱这个才做这个的。她与客人一起快活。她觉得这个工作实在是最适合她的。她曾经把这个想法说给一个与她上床的男人听。男人笑着说："好啊，很好啊！那我就去嫖你！"周芳方说："那你给不给钱？"男人说："给啊，当然给啊！嫖娼怎么可以不给钱呢？"周芳方说："那你给我，现在就给钱！"男人很是惊愕："你真是鸡啊？"周芳方说："我就是鸡！我是婊子！"她觉得这样大声说出来，非常过瘾。

汪明在同学会上看见周芳方，心里产生了一种非常特别的感觉。如果要用一个词汇来形容她，那就是"性感"。那天周芳方穿着一身黑灰的套装，该露的地方都没有露。在常人看来，是有点过于端庄了。相比之下，其他的女同学，都穿得清凉多了。但是在汪明的眼里，周芳方是最性感的。她的脸，她的表情，她的举手投足，她身体的每一部分，每一个细节，都对他有致命的诱惑。他们做了好多年的邻居，又是同窗。那时候，他怎么没有像今天一样发现她的美呢？也许是因为，他那时候只是个贪玩的小男生，醉心于调皮捣蛋，对于女性美，对于异性的诱惑，完全是麻木不仁。

而此刻，周芳方牢牢地吸引了他的眼球。他的注意力，一刻都没有离开过她的身上。如果她使个眼色，把他约到门外，然后牵着他的手，两个人一起上到大楼的天台，相拥着亲吻，然后对他说："亲爱的，抱紧我，我们一起跳下去吧！"如果是这样，如果她这么说，他是一定会抱着她一起跳下去的。

所以他毫不犹豫地把自己腕上的战国水晶珠串抹下来，送给了她。后来，他听说了一些她的事，相信了那些关于她的传闻。他知道了她虽然未婚，但却是一个阅人无数的女子。然而他并不后悔，对她的迷恋反而越来越深了。

与他的亡妻贾福真比起来，周芳方应该是个坏女人。然而吸引汪明的，就是这份坏呀。她仿佛随时都能把汪明送入意乱情迷的港湾，可以令他忘却俗世的一切烦恼，可以瞬间将他托向云端。而这些，是福真完全不可能给到他的。福真是能干的，也不乏生活情趣。长相也属于中等偏上的，尤其是皮肤出奇的白皙。但是，平庸乏味这四个字，可以用来形容汪明对夫妻生活的全部感受。他所喜欢的，她并不喜欢。贾福真一定不知道，汪明的内心，一直向往着一种冒险，一种疾风骤雨式的、可以为之舍生忘死的性爱。

而这一些，正是周芳方所能给他的。

汪明的苦恼在于，他非常清楚，周芳方这样的女人，他是搞不定的。她是如此性感，令无数男人见了她直淌口水。她会委身于他吗？至少不会甘心只属于他一个人吧。想到此，汪明感到了前所未有的痛苦。他甚至在一个梦里，用一把刀子将她戳死了。等他醒来，似乎还看见她躺身于血泊中。他看着她的尸体，既有不舍，又感到了一种宽慰和解脱。

随着与她交往的不断深入，他的沉醉和忧虑，也越来越深了。

汪明绝对没有想到的是，周芳方竟然跟莫中医也上床了。她以调侃与不屑的口吻，把这事告诉了汪明。她一边与汪明做爱，一边向他描述莫中医的不堪。种种细节，加上生动形象的修辞，让汪明产生了这样的错觉：似乎在这张床上，是有着三个人。除了他和她，还有一个瘦骨嶙峋的莫中医。这分幻觉，给了汪明十分奇妙的感受。他一边骂周芳方"贱货"，一边狠狠地撞击她，将手指抠进她的肉里。他甚至还用力地咬了她，咬得她惨叫起来。他竟然迷上了这种感觉。他主动要求她在与他做爱的时候，讲她是如何与其他男人搞的。种种的细节，都不要遗漏。他在她的叙述中得到了复杂的快感。一种邪恶而淫乱的气氛，令他深深着迷。事后她会对他说，其实许多的内容，都是她想象出来的，事实并非如此。至于她为什么要这么做，完全是他所要求的。她只是为了取悦于他，才把自己伪装成荡妇。但是汪明却相信她所说的一切，都是在她身上真实发生过的。唯有其真，才能给他带来邪恶的快感，才能激发起他的嫉恨与痛苦。这些情绪，交杂在淫乱的情境之中，他感到不可自拔。

珠友会这种活动，当然不是第一次了。在山西太原举行的，已经是第八届了。很多人通过珠友会，已经是老相识了。大家身上都挂了很多珠子，有的是刚买来的，有的是打算要卖出去的。无一例外的都花枝招展，笑口大开。汪明与他们不同，他是第一次参加珠友会，谁也不认识。但是在酒店大堂，有人猛拍了一记他的肩膀。等他回过头去，那人老友似的握住他的手，兴奋而热情地说："汪兄你好！汪兄你好！咱们终于见面了！"汪明还是不知道他是谁，只是觉得声音有些熟。"我是老牛啊！"老牛大笑起来。没想到他也来了！汪明其实应该想到的，因为来参加珠友会的无非三种人：一种是玩家，一种是商家，还有一种是既玩又买卖，所谓以藏养藏的人。就像他汪明一样。三类人中，做买卖的还占了大多数。既然如此，老牛为什么不能来？这可是他结识更多客户的好机会呀！

但汪明就是没想到。没想到就是没想到，这是不需要理由的。

因为没想到，所以汪明有些发愣。看着老牛热情洋溢的脸，以及他壮硕得像举重运动员的身躯，一时不知道说什么好。脑子里不断闪现的，是那大佬牙缝里挤出的两个字："新的！"新的，老牛卖给他的水晶珠子，都是新的，是战国水晶的高仿品而已。现在老牛就在眼前，当然要跟他说。可是，怎么说呢？汪明颇费踌躇。

是顾忌老牛健壮如牛的体格吗？好像也不完全是这样。汪明玩了这么多年珠子，他深知古玩行的行规。买卖东西，不管真也好假也好，谁说了都不算。一切都凭自己的眼睛看。你看真了，就掏钱买下，谁也不能为你担保确其为真。如果你以很低的价格买到真货好货，那么恭喜你，捡到漏了。如果是捡到大漏，那就是吃到仙丹了。那是你眼力好，运气好，是很牛逼很风光的事。如果花了很高的钱，买来的是假货，是赝品，那就是打了眼，吃到药了。吃了药，说明你眼力差，水平低，没人会为你负责。没人会帮你。因此通常吃了药的人，都自认倒霉，并不会声张。打落牙齿悄悄吞进肚子里。如果嚷嚷出去，只会丢人现眼，大伙儿知道某人吃了药了，某人是个呆逼，是个眼力差缺心眼的棒槌。

古玩行并且还有这样一番道理，那就是：买卖一旦成交，那是不可以退货的。一来，你说假的，要退货，可我不认为它是假的呀！你凭什么说它是假的？你一定要说我假，我不成了坑蒙拐骗的坏分子了？你这一退，我这就成假货了，我还卖给谁去呀？你一个人说假不算，要大伙儿全都说假才算。然而，要让所有的人都站出来说这件东西就是假的，这是完全不可能做到的。中国人没那么傻，爱真理胜过爱钱爱女人。我就是看出来假我也不说。我凭什么要说？这跟我有什么关系？第二种情况是，你要说它假，东西不好，好，就算不对吧。但不对你也不能退！为什么？道理很简单，你若是买对了，你会感谢我吗？你要是捡了漏，会来我这儿补钱给我，发奖金赠锦旗吗？你捡到漏，高兴得屁颠屁颠的，夸自己眼力佳运气好，牛逼哄哄的。但你吃了药，却要来退货，你水平低眼力差，想捡漏却被漏捡了去，后果却要我来替你承担。你说，这理说得通吗？你见过买了股票跌了赔了被套了，去找证券公司理论退钱的吗？古玩这一行，不懂就别买。赢得起输不起的，也尽早离开，回家吃奶或喂孩子去！

　　这些道理汪明并不是不明白，但他心里还是很生老牛的气。他卖了这么多东西给他，竟然都是假的。每次打电话，或者发短信，他都信誓旦旦说他的东西百分百大开门，都是源泉头货，如假包换。所以价格上，一直都是他开什么价，汪明就给什么价。每次汪明要砍掉一点价，老牛都不肯。说什么大开门的货卖一件少一件了，战国的墓现在已经挖不到了。还说有些人因为盗墓而被抓进去坐了牢，甚至还有枪毙了的。所以可以说，珠子是用生命换来的。每当汪明表示对真伪的担心，老牛都要说："如假包退，假一罚十！"他还说："汪兄啊，我要怎样说才能让你相信呢？我就差自己亲自去挖了给你了！"

　　"骗子！他是个骗子！"汪明一直在心里这么骂老牛。

　　虽说古玩行有其潜规则，但如此被骗，汪明咽不下这口气。冤家路窄，老牛竟然也在太原珠友会上出现了。这很好！我说假，你偏说真，这下倒好，我倒要让大家来鉴定一下，你的战国珠子到底是开门还是高仿。汪明豁出去了，不怕丢人。就算吃药丢人，你个大骗子不是更丢人吗？闹将起来，在这个地方，这样的场合，至少可以让很多人，全国的珠友，认清你的骗子面目。一传十，十传百，让全国玩珠子的人，都知道有个叫老牛的邢台骗子。以后看谁还会受你的骗。傻逼才会买你的珠子！

汪明很讲究策略，一直教导自己不要冲动。后来的事实也证明，他是对的。凭他这副小身板，一旦发生冲突，肯定不是老牛的对手。而且他虽然玩珠多年，但是毕竟仍是无名之辈。而且南方人玩珠子，总是玩不过北方人。尤其是中土的高古珠子，南方不出这个。他人微言轻，跳出来指责老牛，众人未必会帮他说公道话。

他终于逮到了机会。珠友会的最后一夜，大家各有收获。明天就要离开太原，高兴而略有不舍。太原的朋友从家里搬来两箱陈年白酒。酒瓶子上写着"武警特供"的字样。想来应是好酒。一共有三十来桌，每桌都放上了两瓶这样的白酒。酒店的大宴会厅，就像办婚宴一样欢乐而排场。汪明和老牛，正巧坐在同一桌。这个巧，也许是汪明故意而为。而这一桌上，偏又坐了珠友会那位傲慢的大佬。那就真是巧上加巧了。

机不可失，时不再来。汪明决定出卖大佬，利用他的权威，来把老牛镇倒。汪明掏出珠串，故意动作夸张地递到大佬面前，说："×老师，请教一下，这串东西对不对？"

我说过了，在珠友会上，大佬是绝对的明星。整桌上的人，齐刷刷把目光集中到了大佬身上。邻桌的人，也停止了喧哗，将头扭向这边。与此同时，太原电视台也正好来采访珠友大会，摄像机红灯亮起，镜头对准了大佬。

大佬毕竟是大佬，业务专精，权威逼人。尤其是对着电视镜头，不敢说半句与大佬身份不符的话。他接过珠子，认真看了一眼，又把目光扫向汪明，然后冷酷而肯定地说："新的！高仿！"

汪明不失时机，大声说道："老牛老牛，你瞧，你卖给我的呀！新的呀！高仿呀！"

老牛一时木讷，啥也没说。等于是默认了。

气氛有点尴尬。有人就站起来打圆场，嚷嚷道："来喝酒喝酒，干杯干杯！"

老牛的脸一直阴沉着，这让汪明感到有非常的快意。知道珠子是不可能退他的，况且，有一大部分，汪明已经转让出了，不仅没亏，还赚了一点。现在给他这么一刀子，也算是出了心头的一口恶气。

大佬离席半天，是接受电视台采访去了。回到桌上，他似乎意犹未尽，还要继续答记者问，接着大谈战国水晶的真赝问题。他说，高仿目前已经解决了所有的问题：打孔、孔道口，甚至牛毛纹也解决了。他对老牛说："你们邢台人，用麂皮打磨做牛毛纹，已经完全可以乱真了。战国水晶的辨伪，问题很大。高仿极大地阻碍了水晶收藏的健康进行，令收藏者望而却步！"大佬再一次把汪明的珠串拿过来，作讲课状："仿到这样，真是不容易啊！仿到这样，许多专家也要吃药的！"他一边说，一边嘴里还发出了啧啧的声音。

"×老师，那怎么办啊？我们还玩不玩啊？"有人问。

大佬说："玩，当然玩！最终还是要看神韵。古物最重要的就是神韵。高仿做得再像，它也还是高仿。因为它没有真正战国珠子的那种神韵。"

老牛突然发飙，抢过汪明的珠串，质问大佬："我们的珠子，怎么没有神韵了？"

大佬听惯了近乎谄媚的声音，突然遭遇挑衅，稍稍吃了一惊。不过他很快镇定下来，居高临下地对老牛说："神韵这东西，你多看了真东西，就会明白的。"

老牛不服气，说："是你看过的真东西多，还是我看过的多？"

大佬看了老牛足有半分钟，冷笑道："算你多吧！"

老牛站了起来，形势有些剑拔弩张。大伙儿开始和稀泥了，纷纷说："不要争了不要争了，喝酒喝酒！"也有人说："玩就是玩个开心，喜欢就好！"

大佬还是要树立他的权威，朗声说："喜欢就好是没错的，但东西必须真。把假东西当真东西，那就是傻逼！"

老牛铁青了脸，问："谁是傻逼？骂谁呢？"

大佬当然不甘示弱，冷笑道："谁觉得是骂他，他就是傻逼！"

老牛抓起"武警特供"的酒瓶子，猛地向大佬的头上砸去。只听得砰的一响，酒香四溢。

论玩珠子的年龄，莫中医比汪明可要长多了。那时候，20世纪80年代末、90年代初，珠子因为不受重视，便宜得今日无法想象。莫中医记得，在文物商店，一挂清宫琥珀朝珠，标价只有一百六十元。而现如今，这样的朝珠，花一百多万都不一定买到真的。莫中医还在文庙的周末地摊上遇见过一颗九眼天珠。绝对的千年至纯老天珠啊！风化到位，朱砂点漂亮。那人开价三百元，莫中医都没买。那颗天珠放到今天，没有一千万是肯定买不下来的。但是许多事，干得久并不代表水平就高。汪明虽然接触珠子不过五六年时间，却已经玩得不错。无论是圈子、见识，还是眼力，都早已在莫中医之上。这一点虽然莫中医嘴上不肯承认，但心里基本还是服气的。逛周末地摊找到好东西的时代，已然一去不返了。现在是网络时代，是信息化时代。信息和资源，更多地来自于网络。而这一点，恰恰是莫中医的短板。他上网的水平，仅限于收发电子邮件，浏览新浪新闻，以及登录一个网站看上面的色情图片。而汪明则不一样了，他有空就泡各种论坛，广交朋友。什么样的信息，都扑面而来。QQ、微信里加了许多朋友，有东西看不明白了，几张清晰图片发出去，马上就能有满意的答案。像全国珠友会这样的活动，去参加一次，真是胜读十年书的。

古玩这个行当，什么样的眼睛，看到什么样的东西。若是吹牛自负，闭门造车，自以为是，吃亏的肯定是自己了。还有一句话，叫作"卖的永远都比买的精"。这个"精"的意思，就是懂行。不仅是对这件东西的认识了解要高于买家，就是在价格上、品相上，买家总不如卖家清楚。这一点，莫中医是明白的。所以他在汪明面前，总是比较低调。买他东西的时候，总以近乎哀求的口吻让他包真。那种时候，莫中医谦卑有加，甚至都有些可怜兮兮。似乎是想以此唤起汪明的同情善良之心，不要骗他坑他。至少要包真，价格上不要太离谱。

可是汪明卖给莫中医的珠子，基本上都是假的。比如那串后来送给了周芳方的"汉代"蓝琉璃。

当汪明在床上听周芳方讲她与其他男人做爱的种种细节，其中当然也包括姓莫的。这种时候，汪明也会把一些本不该说出来的事说给他的性伴听。他不无得意地告诉周芳方，姓莫的送给她的这串蓝琉璃珠，他买来只花了一百元，却三千元卖给了莫中医。"这个傻逼！"他这样骂他，觉得很过瘾。似乎这是对他最好的报复。

　　傻逼的可怜可悲在于，他始终都不会觉得自己傻。莫中医就是，他死活不肯承认珠子是假的。他说："神韵对！"他缺乏这方面的天赋，但自以为是看得懂神韵的。他说："汪明也会骗我，我知道。但他骗不了我。我有自己的眼睛。这串琉璃珠子，肯定到汉代。它有汉代的神韵。而且，我用放大镜看，还看到了七彩蛤蜊光。"他向周芳方解释，什么是蛤蜊光。他说："千年的琉璃，入土的琉璃，会有返铅现象。这就会出现蛤蜊上那样的七彩宝光。"

　　"哈哈，傻逼就是傻逼，还知道蛤蜊光。但他不知道蛤蜊光也是可以做出来的呀！"汪明觉得实在是太好笑了。

　　确实，出土的高古、中古琉璃器，有时候会有七彩蛤蜊光出现。尤其是在高倍放大镜下，可以看到珠子和器物表面浮现出彩虹一般的七彩光芒。这是古琉璃特有的一种返铅现象，可以作为鉴别古琉璃的标准之一。但是，道高一尺魔高一丈，任何古物的特征被发现、被总结之后，仿制技术便马上跟上，如影随形。通过化学的方法，在器物表面迅速造成蛤蜊光，已经不是什么难事了。

　　本来周芳方与莫中医之间的那种关系，已经是结束了。但是，因为汪明要不断地将珠子卖给姓莫的，并且将周芳方当作了中间人。所以周与莫的接触非但没有中断，反倒呈现日益密切的趋势。汪明将一些高仿的琉璃珠、西玛、绿松石、蜜蜡，以很低的价格进来，再由周芳方带去，当真的卖给莫中医。

　　周芳方感觉到了，汪明是在利用她。而她呢，利用自己啊！利用自己的色相，为汪明牟利。而这样做，是大大地违背了她一贯的做法。这一刻，她才仿佛第一次感到是在出卖自己。这才深切地感到自己像一只鸡。

看来，她是真的爱上汪明了。一个女人，愿意为一个男人去不断地做她自己不愿意做的事，那她一定是被自己的爱绑架了。

许多时候人是需要一点压力的。有了压力，才会逼着自己去做一些事。才会把原本不可能做成的事做成功。莫中医就是这样的。由于每次与周芳方见面，她都会带一两串珠子给他，所以他必须努力，想方设法把这些珠子卖出去。他的病人越来越多了，而他的治疗项目，也越来越繁杂，越来越广泛。从高血压到心脏病，到中风痛风，到少儿近视和妇女不孕，几乎涵盖了临床医疗的所有方面。而他的绝活，开出的万灵妙方，则都是千篇一律的，那就是，让患者在身上挂一串古珠。事实上也确实有很多人，自从戴上莫中医推荐的古珠，病居然真的好了。人们在称赞莫中医妙手回春的同时，对古老珠子的神奇能量，也崇敬有加，五体投地。一传十，十传百，越来越多的人来找莫中医看病，身体上的病，心理上的病，都希望通过莫中医开出来的特殊药方——一串神奇的古代珠子，让病消失。许许多多的人，对莫中医言听计从，对他的医疗水平，不敢有丝毫的怀疑。有一个妇女，因为不孕，去了莫中医那儿两次，很快就有了身孕。她崇拜于莫中医给她的古珠，一串看上去异常沧桑斑驳的琉璃珠。她虔诚地戴着它，须臾不离其身。睡觉、洗澡的时候，也不取下来。就是在她接受莫中医身体对身体的治疗时，也不拿下来。以致珠子硌痛了莫中医那精瘦的身子骨。莫中医让她拿掉珠子，说："我在你身上的时候，就不需要它了。我的气场，是比它还要大的。只有不跟我在一起的时候，你才要戴上它。它有与我完全一致的气场。"

从太原回来后没几天，汪明就在珠版论坛上看到了大佬不幸去世的消息。论坛首页为此改为黑色基调。置顶的帖子是专门纪念大佬的。点开一看，遍地鲜花与蜡烛，纪念的诗文更是铺天盖地。有才华横溢的，也有狗屁不通的。但意思都是一样，沉痛悼念×老师，他的逝世是珠界的重大损失，珠友们一定要化悲痛为力量，继承某老师的遗志，为弘扬古老的中华传统，让璀璨的珠子文化血脉不断、万世流芳而努力奋斗。

砸死大佬的凶手，便是老牛。论坛上的人们，义愤填膺，纷纷呼吁，一定要对凶手严加法办，以告慰×老师英灵。汪明觉得此事与他多少有点儿关系，若非他当众让大佬鉴定珠子，纠纷也不至于骤起。一股深深的内疚，像石头一样压得他有些胸闷。他觉得为了一串水晶珠子，有可能失去两条性命，人生真是无常，生命太过脆弱。当时的印象，老牛那一瓶子砸下去，虽然声音很响，动静不小，但也不至于就砸死呀！大佬的脑袋，也太经受不住考验了吧。其硬度比水晶、玛瑙，甚至白玉砗磲都要差很多呀！

汪明怀着一颗内疚感伤之心，在论坛上那个纪念帖里发了几句评论。意思是，逝者已逝，请珍惜生者的生命。×老师虽然是被老牛砸死的，但这无论如何都不是蓄意的谋杀，绝对只是失手，完全是一场意外。汪明奉劝大家要理性看问题，不要意气用事，以激愤的民情影响法院公正办案。一边写评论，汪明一边被自己所感动。老牛卖了那么多高仿假货给他，现在老牛闯下了人命官司，他汪明却不计前嫌，在风口浪尖为他说话，为他开脱。这是多么宽大的胸怀啊！他因自己的行为，有了神圣的感觉。谁说搞收藏的都是一些唯利是图、占有欲强烈、习惯于坑蒙拐骗之徒？在这样的关头，他汪明没有落井下石墙倒众人推，而是理性地为严重坑蒙自己的人说话，此正所谓以德报怨啊！

　　然而他的评论一发出去，便引来骂声如潮。论坛里的人，在汪明看来，个个都像疯狗。他们把各种谴责和咒骂向他泼来："汉奸""叛徒""二逼""该吃药了"，等等，没头没脑地瓢泼而下。有人居然发现，汪明就是当时引发纠纷的那个人。"罪魁祸首""真正的凶手""肇事者"，这些词汇向他飞来。还有人提出报警，要把汪明扭送公安机关。"天网恢恢，疏而不漏，一定要法办帮凶！"有人发出这样的声音。

　　汪明感到恐惧。他根本无法解释，更无力为自己辩护。虽然他知道自己不是帮凶，更无刑事责任，但他还是感到恐惧。论坛上声势浩大的声讨、谩骂与谴责，像汹涌的洪流，仿佛瞬间就要将他吞噬。"以前的'文化大革命'，可能就是个样子吧？"他想。他赶紧删了自己的评论，退出论坛。有整整半个月，他都不敢上网。虽然他很想知道，老牛的结局会是怎样。

　　对于戴安全套，莫中医显然非常排斥。他对周芳方说："我晓得的，你早已经不能怀孕了，还戴那个东西做啥！"他说得没错，周芳方一共打过几次胎，她自己真的都记不太清楚了。五次，还是六次？有一个阶段，她非常希望自己怀孕，生一个儿子，她要把他抚养成人，与他相依为命。这样，她的生命就不再孤寂迷惘，不会常常找不到方向了。她故意而为，和神经科的一位主任大夫，毕业于上海医科大学的医学硕士有过几次交欢。每次她都不让他戴套，提都不提，好像世界上根本就没有戴套这回事。作为医学硕士，并且对周芳方的"作风"有所了解的人，他竟然也绝口不提戴套的事，周芳方因此得出结论：几乎所有的男人，都是极不愿意戴套行事的。除非他明确知道，他的性交对象是有性病的。男人的不怕死，他们的大无畏精神，唯一能够彻底体现的，似乎就在这个上头了。医学硕士没能让她怀上，周芳方的借优良品种进行培育的计划落空，不得已而求其次，又找药房的小李试了几次。小李年轻力壮，虽然学历智商不及医学硕士，倒也眉清目秀温柔可人。但还是未能获得成功。周芳方终于明白，由于多次堕胎，她的子宫壁已经被刮坏，丧失生育能力了。她曾以此考验莫中医，说："若是你能治好我的不孕，那你就是一名真的神医！"莫中医当然不是神医，他的造人能力虽未退化丢失，但是对于无米之炊，也是无能为力的。不过他正好以此为借口，逃避戴套。周芳方却不从，一定要他戴上。莫中医说："这完全是脱裤子放屁多此一举嘛！你又不会怀孕，还那么麻烦干啥！"

周芳方说："卫生呀！安全呀！"

莫中医说："我不嫌弃你的呀！"

周芳方说："他妈的，我嫌弃你的！你还说不嫌弃我？操！"

周芳方第一次在床上生气。莫中医这样说，伤到她的自尊了。"我不嫌弃你！"瞧他说的。言下之意，她是完全应该被嫌弃的。她就是骚货烂货，是肮脏不堪的公共厕所，满身是病，甚至有艾滋。谁都厌恶她，避之唯恐不及。只有姓莫的要她，不嫌弃她，他这是多么伟大啊！她应该感激涕零，视他为恩人、再生父母，是不是？呸！呸呸！也不马桶里去照照自己是什么东西！嫌弃？你有什么资格嫌弃我？我不嫌弃你，你已经是三生有幸了！你又老又丑，还举而不坚不久。我凭什么给你？我告诉你吧，要操我的人多着呢！排队能排上几公里呢！不光这样，还有人死心塌地要娶我呢！

莫中医则再三解释，他完全没有半点嫌弃她的意思。他喜欢她，崇拜她，做梦都想要她。在他心目中，她是最好看最性感的女人。他一定是和很多男人一样，视她为女神。得不到她的时候，愿意以死来换取一次操。实在不行的话，便只能脑子里想着她自己撸管。莫中医还说，如果她愿意，他也要娶她。关于不戴套的卫生安全问题，莫中医的认识是这样的：艾滋病这个东西吧，其实是个富贵病。得这种病就像中福彩大奖，一般人想得还得不上呢。

周芳方说："你想得艾滋，你去别的地方，我这儿没有，抱歉！"

莫中医说："我知道你没有啊，所以就——"

周芳方把他推开，说："去！滚一边去！可我怕你有啊！"

她万万没有想到的是，莫中医居然对她来强的。这个老男人，突然力大无比，他使劲卡住了她的脖子，几乎令她窒息。她呜噜噜地喊，让他松手，他也不放开她。她双脚乱蹬，他竟然用膝盖将她的肚子死死地顶住。周芳方觉得，自己快要被他弄死了。她的肚子，痛得她一点力气都没有，浑身冷汗直冒。她的脖子，始终被他卡着。她很快就失去了知觉。

后来她才知道，她晕过去之后，莫中医吃了两粒伟哥，把她搞了。当然，没有戴套。

在杭州吴山古玩城的一家店里，买到一串六十四粒西周玛瑙，汪明高兴得心都要跳出来了。一直以来，他就希望收藏一些真正的西玛珠子。他知道，玩珠子的最高境界，就是西玛。西周时期，红玛瑙管、珠是诸侯和大夫级别的佩饰，是中原文化最古老珍贵的文物。这些年藏传佛教的珠子，市场表现太火了。真品天珠，那些断珠残珠也要卖到几万元一颗。北京翰海的那场天珠专场上，一颗十二眼天珠是一千八百多万落槌的。行内人普遍认为，藏珠已经到了相当高的价位，而中原文化的珠子，价格则被市场严重低估了。大家都相信，中原珠子，像具有代表性的西周玛瑙和战国蜻蜓眼，目前尚处于价格洼地，存世量稀少，工艺价值极高。更为重要的是，其承载的历史文化信息，使它们成为稀世珍宝。

当店主从一个锦盒里拿出这串珠子，并且开价每粒两千元时，汪明激动得心儿怦怦乱跳。他把珠子拿到手上，未及细看，就知道东西是大开门的。他在太原珠友会上亲自上手，看了不下十串西玛珠子，都是别人的。这些拥有西玛的人，一个个牛哄哄的，仿佛真理在握，又像大官和巨商一样高高在上，踌躇满志。西玛不比水晶，它的材质、工艺特征比较明显。首先是有水亮的孔道，其次表面的风化纹高仿也很难达到。汪明将那六十四粒西玛拿到手上，沉甸甸的感觉和那漂亮的光气令他为之心醉。西玛的红艳，是含蓄内敛的。它的光泽，是莹润的。它的形状，规整中蕴含了自由，每一粒都传达出古老、神秘的气息。每一粒都是孜孜不倦、精打细磨的。耐心、灵感和激情凝聚其中，令它们穿越两千多年时光来到我们面前。奢华而低调，朴实而丰润，令人惊艳。

汪明因为在战国水晶上头吃过大亏，况且，玩了这么多年珠子，捡过漏，也吃过药。积累起相当的经验。所以，虽然凭第一眼的感觉西玛珠子东西对，但真要买下来，一番认真的观察还是必不可少的。

他取出二十倍的放大镜，将珠子一粒粒细看。珠形、风化，都十分自然。向光而察，水亮的孔道，真是赏心悦目。在放大镜下，孔道内手工钻孔的一圈圈台阶痕也清晰可辨。每一粒都开门！每一粒都漂亮！

当然，店主说得没错，毕竟是两千多年前的古物，有些损伤完全是正常的。但是，汪明还是紧紧抓住这一点，狠狠地砍价。最后以每粒一千五百元的低价收入囊中。

春风得意马蹄疾。汪明驾驶着他的现代吉普，一路往东。他把车开到一百五十迈，仿佛不如此不足以跟上他那快乐的节奏。"我要飞得更高，我要飞得更高！"他一个人大声地唱，大声地吼。超速拍照，无情地记录下这辆因买到珠子而欣喜若狂的人的车。若是平时，汪明可绝对不舍得为超速而交付罚款。

开出杭州城，车至临平，他接到了周芳方的电话，说她被强暴了。

周芳方犯了倔劲，她说，一定要把莫中医告倒。哪怕是死了，也不会放过他！这个人渣，一开始迷奸她。她容忍了那种下作恶心的举动，他竟然再次违背她的意愿，趁她昏迷强暴了她。这一次，她再也不能放过他，一定要让他付出代价，去好好吃几年官司。但是，法院不予受理。法院的人说，没有证据。法院的人还说，以前强奸案，一般都是受理的，一般都是以女方的诉词为定案依据。但是现在，是一个讲法治的时代，你说他强奸了你，证据呢？周芳方说："证据多着呢！你看我的脖子里，瘀青的，他差一点将我掐死！"法院的人说："这个不能说明问题。谁知道是谁掐的呢？"他还下流地说："有的夫妻，那个之后，女的膝盖上都是青紫的，还有磨破的呢！不见得也是强奸吧？"

法院的人嘱咐周芳方，下次要注意收集有效的证据。比方说，录音、录像，还有对方精液什么的。周芳方气坏了，说："还有下次啊？我操！我准备好录音录像设备等他来强奸啊？"

法院的人说："你不要骂人！"

周芳方说："骂你怎么了？"

那人说："我可以告你！"

周芳方说："我骂你了吗？我骂你什么了？证据呢？"

那人说："证据当然有啊！你不用担心没有证据，我们这儿有探头的。你要看可以把录像调出来给你的。"

周芳方气得差点儿吐血。

更让她气的是，她被莫中医强奸，去法院告状的事，被人贴到了"苏州湾论坛"上，成为一个热帖。点击率高得空前。看看那些评论，真要把人气死。有说她"老少通吃"的，有说她"吸精大法"的，还有一个比较长的帖子说，像她这样的女人，为什么还要在乎强奸呢？她好的不正是这一口吗？如果别人告她强奸，那还差不多呢。

还有人更过分，居然列出一份名单，报料曾经与她发生过肉体关系的男人，有一长串。其中当然包括汪明和莫中医。名单的末尾，还特别说明：此名单或有遗漏，敬请补充。

在这方面，周芳方一向是神经大条的，抗压能力特别强。流言蜚语对她来说，如风过耳。但是这次，她真的崩溃了！她觉得活不下去了。她也要像汪明的前妻一样，去跳楼了。

她给汪明发了一条微信，对他说：永别了！她做了鬼之后，天天去盯着莫中医，让他吃不下饭，睡不着觉。而对于汪明，她感到非常歉疚。在这个世界上，只有他是最真心地喜欢她的。他不在乎她的"作风"，无条件地喜欢她。她要是不去死，一定会嫁给他。但现在不行了，她已经决定要去死了。她不能成为他的妻子了。"来生吧！"她说：来生，她要天天陪他睡觉，只和他一个人睡。

汪明看到微信，觉得有些惊悚。他仿佛看到，周芳方也像他的前妻福真一样，上到开发大楼的五十六层楼的平台上。她在那里默默地站了几分钟，然后，就纵身跳了下来。她和福真，两个女人，合体而为一人了。她在跳下的一瞬间，发出了一声尖叫。这叫声，当然是汪明非常熟悉的。不过，是福真，还是周芳方，他有些恍惚了。他看着这条微信，有点发愣。似乎它只是微信朋友圈里的一条普通的转发信息。似乎与自己也并无太大关系。似乎只需轻轻一点，将之收藏，等有空的时候再来看它。

周芳方发出微信后，半天未见汪明回复。她突然感到失望，于是反倒打消了轻生的念头。为什么要死呢？她问自己。是啊，什么样的风雨没有经历过呢？什么样的难听的话她没有听到过呢？她不是从来就泰然处之吗？她获得了那么多的快乐，为之付出一点，实在也是应该的，怎么忽然就想不开了呢？很多很多人骂她淫荡，但追慕她的人依然不少。他们迷恋她，要她，在她身上得到无以伦比的快乐。虽然很多人嫌她滥，但是，他们还是要她。贪婪地要她的肉体。许多人在她身子上的时候，都说，为了她，是愿意去死的。这话固然不能当真，但他们这么说，至少表明，她的魅力，是相当深地诱惑了他们。她给他们的快乐，他们是无法在其他女人身上得到的。更何况，还有汪明这样的男人，完全不嫌弃她，还要娶她。她应该感到三生有幸呀！为什么要去死呢？难道说，自己竟是为了那个猥琐的老男人才要去死的吗？这不是轻于鸿毛吗？

她脱下外套，朝遥远的马路扔下去。仿佛看到一个自己，从这高高的五十六层的天台上跳了下去。她似乎听到，那一个自己，砰地砸在了马路上。汽车的刹车声，人们因为惊讶而发出的声音，她都听到了。她感到特别轻松，仿佛获得了新生一般。

她在电梯的镜子里，看到了只穿一件吊带衫的自己，是那么的性感漂亮。那嫩滑的肩，那鼓胀高耸而半露的胸，那细窄而结实的腰。"我要是个男人，也会对这样的女人垂涎欲滴，以抚摸她、占有她、与她上床为人生极乐。"

她充满自信地走进一楼的星巴克。她看到许多目光，都投向了她。那些目光，像要钻进她的体内。又像要将她剥得精光，将她吞噬。

她喝掉了半杯咖啡星冰乐，汪明的电话来了。她看着手机像个怪物一样闪烁着，振荡着。在他第六遍打过来的时候，她按下了拒接。

神话三则

玉 鸟

七千年前，有一个手臂奇长的年轻人，他希望自己能够飞起来，他想飞到高远宽广的天空上去。于是他弯弓搭箭，射死了无数的鸟儿，世上的鸟几乎都要被他射完了。

他获取它们的羽毛，为自己编织了一件结实的羽衣。身披五彩的羽毛，他看上去就像天上的虹霓。他当然不会忘记编一对硕大的翅膀，从而能让他真的飞上辽阔的天空。

他不是一个健壮的男人，却是一位神奇的射手。他自制的弓箭，可以射中任何目标，包括一只树缝里钻出来的蟑螂。但他是不会为一只蟑螂而浪费他宝贵的箭镞的，他宁可射中一只乌鸦，它至少让他在寒冷的大雪天里勉强有东西可吃。

他是一个英俊的年轻人。他在森林里行走的时候，喜欢唱一些歌谣："葛藤多柔长，蔓延山谷中，叶儿真茂盛。黄雀轻轻飞，栖息灌木上，唧啾唪欢声……"

他的歌声吸引了很多目光，打动了很多颗心。一些花儿，在他路过身旁的时候，猛然开放，像嘴唇一样突然翕开，向他吹吐出迷人的香气；一些葛藤，则手舞足蹈，像是和着他歌声的节拍舞之蹈之，其实是想缠住他的手足，或者搂住他的细腰；蛇也屏住了呼吸，盘绕在树枝上，似乎已被他悠扬的歌声迷惑。

这个世界上最后的一只鸟是只白鸟，是的，它一直躲着他，它知道他的弓箭几乎已将所有的鸟儿灭绝。当他在森林里出现的时候，它就风一样逃逸，从树和树之间的空隙里穿出去，比风还要灵巧，从来不会撞到树干和树枝，甚至树叶都不会碰到一片。那些树叶的沙沙声，跟白鸟没有关系，那是风摇荡出来的声音，那一大片的沙沙声，就像海浪一样，衬托着鸟儿，它就像大海上的一片飞沫。

他则一直在寻找它。他好像经常会在不经意间发现它，最初，他以为那只是他的一道影子。他几次搭起弓箭对准它，它就不见了。它总是能在他的视线里突然消失，以至于他不止一次怀疑，是不是自己看错了，也就是说，除了他自己的影子之外，根本就没有任何东西跟着他。

然而，远处偶尔传来的清脆叫声，却明明白白地告诉他，他看到的并非幻像。他于是撮起嘴，吹出嘹亮的口哨，似乎是与它呼应。

呖呖——呖呖——嚁嚁——嚁嚁——

白鸟的鸣叫和年轻人的口哨声，似乎是彼此呼应着，它们使得森林和天空都越发的空灵了。

他几次都差一点向它放出一支箭去，因为大雪降临，实在没有什么东西可以捕捉了。他必须将这只最后的鸟儿射死，拔下它云一样轻柔雪一样洁白的羽毛，插到他的翅膀上，他才能够真的飞起来。但是，就是天上的星星，也都躲了起来。黑色的、黄色的、蓝色的、绿色的、红色的、灰色的鸟儿，已经在白茫茫的大地和天空绝迹，只有那一只白鸟，它的呖呖鸣叫，还在白色的世界里和他的口哨声纠缠。

鸟儿的白色，常常和大雪混合在一起，让眼睛无法分辨。仿佛它就是一片雪花，它就是这个雪世界里的一分子。要寻找它的存在，他必须依赖耳朵。是的，他的耳朵，在他的脑袋上转来转去，搜索着白鸟似有若无的呖呖声。

他循声放箭，对准这世界上最后的一只鸟儿，他拉了个满弓，嗖——箭如闪电，发出比冰还要冷酷的寒光。

然而，他放了空箭。没有射中目标，这对他来说是前所未有的。青石磨制的箭镞，在空中飞了一段，然后一头栽进了雪堆里。它往雪的深处钻下去钻下去，钻了很久，才被一层柔软的泥土咬住。

呖呖——呖呖——

年轻人听到白鸟的叫声仿佛就在他的耳边，难道它是在和他玩捉迷藏的游戏吗？

他伸手要去捉住这个声音，它却抛下一片羽毛，这片羽毛悠悠荡荡，就像一朵雪花，飘啊飘地飘到了他的头顶上。

这片羽毛，轻盈得就像这个世界本身。它飘浮起来，就像是在空中妙曼地舞蹈。它被风舞动，也舞动着风。它纯洁的白色，白得比云白，比雪更白。它令百花更艳，使得天空更蓝。

他没有让风把这片羽毛带走，他伸出他长长的手臂，在空中捉住了它，他把它插上了自己的翅膀，仿佛是将这最后的鸟儿的灵魂，植入了自己的身体里。

他飞起来了，他真的飞起来了！他硕大的双翅扇动着风，也可以说是风托起了他，他飞上高空，看到天的深处更蓝了，蓝得发黑。没有一只鸟能像他那么飞得如此之高。他的耳畔，不再像刚才那样响着呼呼的风声，反倒安静了，空气里什么声音都没有。

云都在他的身子底下，仿佛连风也追赶不上他的高度。那些云沉下去了，是被乌蓝的天空按下去的，越按越低。

他的半地下居所，由最初的一丛灌木那么大，变得像蟑螂那么一点儿小了，很快就不见了。

蓝天越来越蓝，越来越黑，星星明亮起来了。

他抽出一支箭，架到弓上，随便对着一颗星星射出去，这颗星星就陨落了。它拖着长长的发光的尾巴，在天穹画出了很长很长的银线。

嚯嚯——嚯嚯——他吹响了嘹亮的口哨，他听到群山发出了回响：嚯嚯——嚯嚯——嚯嚯——嚯嚯——

白鸟的鸣叫也仿佛夹杂在这种回声里：嚯嚯——嚯嚯——呖呖——嚯嚯——呖呖——嚯嚯——呖呖——

他扔掉了他的弓箭，在天空翱翔。他巨大的羽翼，在阳光的照射下，闪着七彩的光。他的影子投射在何处，那里就是黑夜。他的翅膀猛烈扇动的时候，地上就起了飓风，树林倒伏，飞沙走石，大海也因此动荡起伏，潮音喧哗。

深邃的天空啊，这没有任何遮拦的巨大蓝宝石！他因为天空的广大和透明而流下了眼泪。他的眼泪像雨一样落下来，落到地上，落进河里，在石头上噼噼啪啪炸开花。是的，他哭了起来，他感到自己坚强的心，突然脆弱了；他同时也因为这份柔软的感情而觉得自己越发强大了。

后来他的一滴泪，落在了白鸟的身上。这滴泪就像是一支箭吗？刺透了鸟儿洁白的羽毛，刺破了它的身体。它的殷红的血渗出来了，就像一颗红玛瑙。

是谁捡起了他扔在旷野里的弓箭？那支箭显然是射向他的，他巨大的羽翼，遮住了太阳，引发了海的呼啸。人们要射中他的心脏，要让这只几乎霸占了整个天空的大鸟摔到地上，把阳光还给大地，把风平浪静交还给世界。

然而射中的却是白鸟。

宛彼鸣鸠，翰飞戾天。
我心忧伤，念昔先人。

他向着空旷的世界，唱起了忧伤的歌。冰雪消融，春回大地，白鸟躺在他的手掌中，闭着眼睛，似乎陶醉在他的歌声里。

呖呖——呖呖——白鸟的叫声经常会在他的耳边响起。嚁嚁——嚁嚁——他总是以口哨回应它，他们的声音彼此缠绕，就像两根森林里的藤蔓。

他终于决定要把随手捡到的一块白色石头雕刻成一只鸟。

他展翅飞到遥远的海边，取来了鲨鱼的利牙；他飞到更遥远的山崖，取来神奇的金刚砂；他找出从前被他射落的鹰隼的腿骨……他就用这些工具，一点点雕刻，一下下研磨，一圈圈旋压。日落月升，冬去春来，他研磨着时光，雕刻着日夜。

当他终于把石头雕成了一只白鸟，他自己的头发也全白了。他的身躯不再挺拔，他也无力再飞上天空。那对用全世界所有的鸟儿的羽毛织成的翅膀，早已经腐朽，几乎要化为粉末，再不能扇动长风，连让他离开地面的可能也没有了。

他快要死了。他干枯的手托着玉鸟，托着这几乎用他一辈子时间和精力雕刻出来的鸟儿，告诉年轻人，告诉那些他的儿孙们：这是一只鸟，它会振翅高飞，它会在天空自由地飞来飞去，它能飞到你们所有人都无法抵达的远方，它能在大海的狂涛怒浪上翱翔，它能飞越世界上最高最险的山峰，它能穿过最浓重的雾霾和瘴气。它有比普通石头更坚硬的内心，它有洁白的羽毛，它还会发出好听的唰唰的鸣叫。

嚯嚯——嚯嚯——他无力地吹起口哨，他问在场的子孙：你们听到了吗？唰唰——唰唰——是它在叫！听到了吗？

谁也没有听到。只有北风呼呼的声音，只有冰层在大河里啪啪开裂的声音。

甚至人们根本不相信这世界上有鸟这种动物，"没那回事！"他们说。他们把玉石雕刻的鸟儿拿在手里，反复端详：这是什么东西？它为什么是这样的古怪模样？

一千年过去了，人们无法想象这个玉石雕刻的小东西，曾经是在天上飞翔的鸟儿，更不会相信它居然还能发出唰唰的鸣叫。

又是一千年过去了，人们还是不知道这个玉石雕刻成的东西，到底是一种什么生物。只有一个人说，他不仅看到了它在天空飞翔的情景，他还听到了它清脆的叫声，不过那只是在一个梦里。

玉鸟因为经过了两千年的岁月，一代一代的人与它朝夕相伴、肌肤相亲。他们的体温和油脂，以及他们对它的喜爱和因它而产生的种种想象，和时光一起滋养了它，使它看上去早已经不是一块石头，它油润细腻，剔透通灵，闪着迷人的宝光。

再过了一千年，天空终于又出现了飞鸟的影子，各种各样的鸟儿，重新回到了天空。那些红色羽毛的、白色黄色蓝色绿色灰色黑色羽毛的鸟儿，它们自由展翅的样子，跟这只玉鸟完全是一样的啊！人们这才相信，它果然就是一只鸟儿，它曾经在天上飞来飞去，它发出的鸣声，就应该是呖呖的。

它是那么的生动，甚至比一只真正的鸟儿还要充满灵性。它后来被当作一件稀世珍宝，放进了博物馆。

它飞翔的姿态凝固在博物馆里。凡是有人在窗外吹着口哨路过，玻璃橱窗里的这只玉鸟儿，就会动一动翅膀，或者发出一声呖呖鸣叫。真的，许多人都说他参观博物馆的时候，曾有过这样的奇遇。

玉 龙

有一位苍白的少年，要是今天还活着，他就五千多岁了。

他叫桑扈，那本是一种鸟的名字。

他出生的时候，有一只青色的小鸟从远处的林子里飞出来，栖息到一棵柏树的树枝上，而树下有位妇人正在分娩。交交——交交——鸟儿发出这样的鸣声。

有个男人则在远处歌唱，他的歌声随春风飘过来，虽然断断续续，却是悠扬嘹亮：

> 交交桑扈，
> 有莺其羽。
> 君子乐胥，

受天之祜。

产下一个男婴的妇人听到这歌声，闭上眼睛笑了。她翕动失血的嘴唇，也轻声唱了起来：

交交桑扈，
有莺其领。
君子乐胥，
万邦之屏。

桑扈，就是站在柏树上交交鸣叫的小鸟。美丽而丰满的产妇对着怀里的婴儿说：你就叫桑扈吧！小桑扈，快长大！小桑扈，长得高高，长得壮壮！就像那林中的黑熊，就像那山里的花豹。

婴儿的啼哭声细声细气的，就像鸟儿交交的鸣声。

桑扈，快跑！

他就在奔跑的风中长大，但他跑得一点儿都不快，还不如白云在地上的影子走得快。

桑扈，跳过来！

他就和林中太阳洒下的金点一起跳跃，但是他跳得一点儿都不高，还不如水面上蹿起来的鱼儿跳得高，还不如树上掉下来的一颗柏籽在地上弹起得高。

桑扈，扔出去！

他就学着流星把光扔向夜空，学着飓风把石子儿四处乱扔，学着鸟儿把自己扔到天上，但是他什么东西也扔不远，甚至不如草叶把雨滴扔得更高。

桑扈，背起来！

他像蚂蚁抬一片昆虫翅膀那样扛一捆干草，他像母猴驮猴宝宝一样背起一只大人猎到的赤狐，但是他背不动重一点的东西，他的力气还不如喷泉把水推开，甚至不如一支树苗把泥土顶破。

伙伴们不跟他玩，大人也都把他当作一个废物。

"桑扈，让开！"这是大人在干活的时候说得最多的一句话。

"桑扈，滚开！"这是小伙伴们在玩耍的时候常常说的话。

他就只能跟鸟说话："芦莺，芦莺，他们说你唱歌最好听，你能唱几句给我听吗？"

芦莺说："我已经两天没有找到一只虫子了，我饿得白天都看到满天星星了，我哪有心情唱给你听！"

"鹩鹩，鹩鹩，你到底能飞多高？"他问。

鹩鹩说："昨天我差一点被猎人一箭射中，我现在还在瑟瑟发抖，你说我又能飞得多高？"

孤独的桑扈，只能在林子里和树一起玩。他捡起地上的松果，问高大的柏树："这是你的孩子吗？"

柏树笑了起来："你真是个傻孩子，哈哈哈！"

他对缠绕在云杉上的藤萝说："你为什么不能像蛇一样游到别的地方去呢？"

藤萝都懒得理他，它伸了个长长的、柔软无比的懒腰，抱着云杉粗壮的树干自顾晒太阳了。

他在河边对一条鱼说："你们那么长时间在水里，不会闷死吗？"

鱼说："哈哈，你为什么不在空气里闷死？"

桑扈问："为什么冬天河水结成冰，你却没有被冻住呢？"

鱼儿说："再冷的天，水底下也是暖和的呀！就像你们，外面再冷，家里也是暖和的呀！"

苍白瘦弱的少年桑扈，没有朋友，他所能做的，也是最喜欢的事就是躺在灌木边看天空，想多得比星星还要多的心事。天真大呀，云可真是白呀，要是能躺在白云上睡觉，那一定是很舒服吧！星星真多呀，也真亮呀，要是能摘下几颗来，就能用它们照见山洞里到底有些什么。

鸟儿从这头飞到那头，就像一块石子扔出去，一眨眼又不见了！要是能骑在鸟背上，又会去到什么样的地方呢？那里也有山吗？也有河吗？也有很多芳香美丽的花儿吗？

他在灌木边睡着了，他在和风的吹拂下，在阳光金色的手掌抚摸下，枕着一块石头睡着了，睡得很踏实。

他梦见了一只奇怪的动物，它的身子像蛇，却有脚，还有鹰隼一样的爪子。它的头就像山猫，它的脑袋灵活地转动，它的眼睛能喷出火来。它是软软的，却又充满了力量。它的尾巴轻轻一甩，就把半拉子山给劈掉了。它轻松地跳起来，一下就跃到了天空，它的爪子在天上一划拉，几道闪电就刺破了长空。它在云中翻滚，把云搅得像是在河里一样水花四溅。它吸一口气，天上的星星就像蜜蜂一样乱舞。它打了一个喷嚏，天地间雷声隆隆、飞沙走石。

桑扈是多么喜欢这只动物呀！他一点都不害怕，他在梦中觉得，它其实就是他桑扈呀！是他桑扈突然变成了这样一个动物，腾跃于天地，翻滚于四海，无所阻挡，无所不能！

梦醒了，但是梦中见到的动物，却活在桑扈的脑子里，他一刻都不能将它忘怀！

他说给大人听，大人说："一边去，没看见我在干活呢！"

他向小伙伴们描述，小伙伴说："滚开，谁愿意跟你玩呀！"

他捡了一根小树枝，在河滩上把它画出来，他记得它可爱的脑袋上，是还有几缕头发的。它的嘴很大，但是一点也不可怕。

但是河水漫上来，把他的画冲没了！

他抓了一点泥土，在岩石上画它的形象，他清楚地记得，它的腰肢是像藤蔓一样婀娜的，它的背脊，是像山梁一样隆起的，它的尾巴，是河流般蜿蜒流畅的。

但是一阵狂风暴雨，把他画在岩石上的，很快抹得干干净净！

他大哭了起来，这个名为桑扈的孤独少年，他单薄瘦小的身体，跪在风狂雨猛的大地上，他的哭声压倒了雷声，他的眼泪，比大雨更加滂沱！但是闪电撕不破他的记忆，霹雳震不碎他清晰的梦，任何力量都无法将他脑子里的神兽抹去！

他找到了一块石头，这是一块特别的石头，它比世界上任何石头都要坚硬，都要油润，都要洁白和纯净。它看起来就像一块冰，却比冰浑厚密实一万倍！

他把它命名为玉石，它是石头之王，它是山的灵魂。

他要把它切开，他要让记忆复活，他要把他脑子里的形象雕刻出来，他要他的神兽真真切切地在世界上出现。

桑扈找来坚硬的鱼牙和锋利的兽骨，这些工具，却根本无法划破玉石的一丝一毫，更不用提将它切割了！

只有玛瑙的碎片，才能勉强在玉石上画出一些痕迹。

他就用玛瑙在玉石上刻呀，画呀，一下下，两下下，三下下，几万下，几亿下！手指流出了血，渗进了神兽的头发；汗水滴在玉石上，滋滋作响。

桑扈足足干了十年。风从他身边吹过，白云和鸟在他头顶飞过，日子和河水，在他耳边流过，但是神兽还只是在玉石上露出半张脸。

他的目光比玛瑙更坚定，他的心比玛瑙更锋利。他最强大的工具，就是他的信念和信心。

他划破日夜，他雕刻岁月。

后来，他发现了一种细砂，它们比世界上任何东西都要坚硬。他用浸湿的鱼牙，蘸上坚硬的细砂。这样雕刻玉石好像就比以前容易多了！后人把这种砂叫作"金刚砂"。

他将圆形的兽骨在水里浸湿，蘸上金刚砂，在玉石上旋转，转啊转啊，神兽的眼睛就出现了。它的眼睛越睁越大，炯炯有神，仿佛能射出光来，驱赶黑暗，给世界带来更多光明。

桑扈埋头工作，他的背弯得再也直不起来了，他的眼睛，也蒙上了一层白雾。他的手，已是伤痕累累，皮肤比林中的苍柏还要粗糙。他的头发花白了、全白了，而且越来越少了，就像秋风过处的树林，败枝脱落，枯叶凋零。

亲人们相继去世了，那些熟识的小伙伴也都渐渐离去，周围的人他几乎都不认识了，也很少有人认识他。只有太阳还认识他，他也认识太阳。只有月亮，只有始终站在那里的老柏树，只有那山那河，都还认识他，他也认识它们。

桑扈专心致志，任日月在头顶转移，任四季在周遭更替。他终于穷其一生，把他梦中的神兽雕刻打磨完毕。当他抬起头来，夜幕四合，繁星闪烁，天凉似水，万籁俱寂！

只有他手中的玉龙，神态非凡，四肢踏浪，首尾穿云，回眸之间，目光如电。

它在桑扈苍老粗糙的掌上扭动身躯，忽然腾起，如风似电，向远方呼啸而去。

这个远方，就是今天。是的，今天我们可以在某个城市的博物馆见到它。它被陈列在最重要的展馆，所有的参观者前往这家博物馆，第一要看的，就是这件稀世珍宝。

博物馆讲解员是这样向参观者介绍它的：这是一件远古的玉雕，它是我们中华民族传说中的神龙，它飞翔在天，遨游于海，护佑苍生大地，它呼风唤雨，降甘霖滋润万物，它祛灾赐福，送平安恩惠人间。几千年前咱们的先人，用极其原始的工具，把硬度超过钢铁的玉石加工得如此精美，这是多么的不易，也是多么的伟大啊！

听了讲解员的话，一个小男孩说："这是神话传说，世界上没有龙，地球上曾经有过恐龙。"

带领孩子们来参观博物馆的老师说："是啊，没错，这条伟大的龙，它不一定真的能够飞在天游于海，它是从咱们祖先的梦里产生的。但是，谁又能说，我们人类的大脑和心灵，不是更广阔的天空和更浩瀚的大海呢？"

骨 笛

维也纳金色大厅，中国交响乐团的演出精彩绝伦，他们演奏的莫扎特、施特劳斯和柴可夫斯基，让老外惊喜，老外觉得，中国艺术家不仅深刻理解了欧洲古典音乐的精髓，而且给西方音乐抹上了一层奇异的光彩，使它们散发出别样的魅力。

"正如天空突然显现了彩虹！"德国音乐家欧治·德赞美说。

而他对中国演奏家在莫扎特的《魔笛》中使用的一件乐器更是兴趣浓厚，他不知道这是什么乐器，"它悠扬动听的音色，既表现了魔幻，又有远古的苍凉！"欧治·德评价说。

他是个行家，同时也是对东方文化有着特别关注和探究的音乐家，他曾经打算将中国古琴加入西洋室内乐，并且在多年前来到中国南京，走访了当时还健在的古琴名家成公亮先生，他对古琴的认识和理解，让成公亮对这个老外刮目相看，他们相谈甚欢。欧治·德先生虽然从没碰过古琴，但是他用成公亮先生的那张唐代古琴"秋籁"弹了一曲莫扎特《小夜曲》，成先生说当时听了有非常特殊的感受。

中国交响乐团里演奏骨笛的，是一位作曲家，名叫朱宁，他随团来到维也纳，在乐团演奏《魔笛》的时候客串了一把，用他收藏的一支古老骨笛，吹了一段旋律。这骨笛的音色，散发出悠远神秘的气息，令欧治·德心醉神迷。

欧治·德在中国交响乐团下榻的饭店找到朱宁，希望能近距离看一看这件神奇的乐器。朱宁很爽快地把骨笛拿出来，递给欧治·德。那是一根大鸟的翅骨，它半尺来长，略有弯势，质地细密光亮得就像瓷器，也像一件古老的玉雕。上面除了几个并不太圆的笛孔，似乎还有一行隐约的文字。欧治·德当然看不懂上面刻的是什么，但他看出来了，这一定是一根鸟的翅膀骨，因为在骨头上，整齐地排列着棕色的小点，那是羽毛依附的痕迹。

欧治·德轻轻抚摸着这支已经玉化的骨笛，感到它既光滑又油亮，精灵一般，它在他肥厚而多毛的手里，好像一条调皮的小鱼，甩一甩尾巴就可能游走了。

"多么神奇的乐器！"他说。他问朱宁先生，能不能让他试着吹一下这支骨笛。

"可以，当然可以！"朱宁慷慨地说。

欧治·德拿起来就吹，也没有用纸巾擦一下。"这个老外不讲卫生！"朱宁心想。

非常遗憾的是，欧治·德非但没有吹出美妙的音乐，甚至都没有吹出像样的声音。他撮着嘴唇的样子，看上去有点可笑，因为不会吹，他就吹得很用力，吹出了一种破碎的声音，类似拙劣的口哨。

欧治·德有点沮丧，他提出让朱宁来吹一下。

朱宁接过骨笛，去了卫生间。出于礼貌，他不好意思当着欧治·德的面用消毒湿纸巾擦骨笛。

骨笛到了朱宁那里，就像变成了一只充满灵性的小鸟，声音清脆婉转，它仿佛是一只神鸟在歌唱，在清晨的树林里，鸟喙上沾着露水，羽毛散发出花香，鸣叫声仿佛是透明的，是被泉水洗得干干净净的。

欧治·德听呆了，他像个孩子一样傻傻地侧着头，耳朵像猫一样转向笛声，听得入神，忘记了这时候已经是深夜了。

朱宁吹完，欧治·德说，要是朱宁的骨笛和成公亮的古琴能够有个合作，那是一件多么美妙的事啊！"可惜成先生已经不在人世了！"他感叹道。

他问朱宁，这样的骨笛，在中国古代很流行吗？

朱宁说，这种乐器他也不太清楚民间是不是普遍存在，他只是偶然在一个古物收藏家那里看到它，立刻就买下了。

"阁下以前见过这种乐器吗？"欧治·德问。

朱宁说："之前我也没有见过，也不了解这种古老的乐器。那是很久以前，我在我女儿的一本童话书里看到一篇童话，写了远古时期有人会吹骨笛，那个故事很有意思，给我留下了很深的印象。所以后来在收藏家那儿看到这支真正的骨笛，就毫不犹豫地把它买下了！"

"你吹得非常好！"欧治·德说。

朱宁说："谢谢欧治·德先生！"

欧治·德说："朱宁先生，你看到过的那本童话书，还能找到吗？我想请人把它翻译成德文，我有兴趣阅读它！"

朱宁说："读到它已经是很久以前了，那时候我女儿不过十来岁，现在她已经在你们德国柏林上大学了。"

欧治·德说："太好了！太好了！阁下女儿在柏林学习，那就请她帮助翻译这篇童话！劳驾阁下一定把它找出来！"

一个月后，欧治·德在柏林收到一位名叫朱芳菲的中国留学生发给他的邮件，附件有童话《骨笛》发表在杂志上的照片，还有一份是这个童话的德文翻译。

朱芳菲就是中国作曲家朱宁的女儿。为了满足欧治·德的要求，朱宁终于在一大堆旧杂志里找到了这本刊有童话《骨笛》的儿童期刊。他把《骨笛》的每一页都拍了照片，发给他远在柏林读书的女儿，让她翻译成德文，再发到欧治·德先生的邮箱里。

《骨笛》的原文是这样的：

骨 笛

荆歌/文

榛间不知道自己为什么是个哑巴，他好像是生下来就不会说话了。他看到天上飞过一只鸟，就跟它打招呼，他想说："小鸟小鸟，你知道大山那边是什么吗？"但是他听到自己只是发出了呜里哇啦的声音，鸟儿当然听不懂，非但不理他，还把一滴鸟屎扔在他头上。

有时候他对着天上的一片白云喊："白云你去了山那边还会回来吗？"但是他的话连他自己也听不明白，

哇呀呀的声音，他自己听了都觉得讨厌。所以下一句"大山那边有什么"他也不再去问白云了。

他经常一个人在山脚下的草甸子游荡，风吹在他身上，让他感到暖融融很舒服的时候，他想唱一首歌了。他很小的时候，最喜欢听他爷爷唱山歌了，但是榛间只有六岁的时候，爷爷就去世了，后来榛间再也听不到他唱歌了。

不过，爷爷的好几首歌他都会唱，听得多了，听熟了，歌声就会在心里响起来。

榛间有时候忍不住就要把心里的歌唱出来，但是他一开口，马上就闭了嘴。实在太难听了，这哪里是唱歌啊，连喊叫都不能算，只是怪叫，要多难听有多难听，比灰狼的叫声还要难听。榛间很难过，他在一丛灌木旁坐下来，很想哭上一阵。"但是你的哭声一定更加难听！"他对自己说。

没有人跟他玩，他很孤独，他很想跟自己说说话，但是他不会说话，他发出来的声音连自己也觉得讨厌。

有一天，天上飞过来一只秃鹫，它的翅膀真大呀，就像一片乌云飘了过来。是的，就像一片乌云，榛间看到了秃鹫投在地上的巨大阴影了。

榛间不怕秃鹫，他抬起头，对着秃鹫大声喊："秃鹫秃鹫，你是要去山那边玩吗？"

秃鹫根本听不懂他在嚷嚷什么，倒是地上的一些孩子，听到榛间的声音，围过来向他投掷土块。他们把大大小小的土块扔向他，嘴里还骂着："臭哑巴！臭哑巴！"

榛间也想回敬他们以土块，但是他们人太多了，土块像冰雹一样砸向他。土块砸在他的额头上，砸出了包，砸在他的脸上，把他嘴里砸出了血。

他不知道他们为什么要砸他，是因为他和他们不一样吗？不能开口说话，也不能唱歌，那是他的过错吗？为什么他要因此被追逐，要领受雨点一样的土块？

他感觉要被他们砸死了，他大喊"救命"，但是发出来的声音却像是在说"好啊"。

那个名叫久生的孩子说："臭哑巴，还说好啊，砸死他！砸死他！"

更多的土块飞过来，砸在他的身上，他似乎已经不觉得痛了。

这时候秃鹫俯冲下来，他铁钩一样的鸟喙叼住了榛间腰里的麻绳，把他带到天空中。榛间摆脱了雨点一样掷向他的土块，大地旋转着，天空清凉清凉的，风把他的头发乱甩，抽得他脸和耳朵都有点疼。

榛间并不害怕，反倒有一种无比新奇的感觉让他觉得十分愉快。

地上的孩子欢呼起来："臭哑巴要被秃鹫吃掉了！"

他们一边欢呼，一边还向天空扔土块。

但是他们扔不到他了，秃鹫越飞越高，他被带到白云上面了，他俯瞰着地上，那些孩子小得就像蟑螂。秃鹫振动着翅膀，它扇出的风，令白云滚滚，好像阳光也如水波一般在起伏摇荡呢！

秃鹫飞啊飞啊，扇起了更大的风，穿过了更多的云，终于飞到了山的另一边。

　　大山的另一边，是一个完全不同的世界啊！榛间一直想知道呢，这到底是个什么样的地方？他很小的时候爷爷也没有告诉过他，因为爷爷也不知道。

　　这里阳光像金色的虫子一样在林间跳荡，这里响着歌声般的流泉，这里到处开满了鲜花，所有的树上都结着沉甸甸的果实。果子又多又漂亮，反射着太阳的金光，就像白天也是繁星点点，"星星"又大又亮！

　　秃鹫把榛间放下来，它自己就蹲在一块大石头上，它本身就像一块石头。

　　"谢谢你救了我！"榛间想对秃鹫说，但他怎么说得出来呢？他只是一连说了三个啊，"啊啊啊！"他说。

　　秃鹫用它的铁喙，把掉在大石头上的一个果子拨到榛间面前，好像是对他说："你饿了吧？饿了就吃果子吧！尽情地吃吧，放开肚子吃吧！"

　　榛间突然发现，蹲在石头上的秃鹫就像一个穿着黑色蓑衣的老渔翁，就像他的爷爷。没错，榛间的爷爷从前就是一个爱唱歌的打渔人，他经常身穿一件这样的大蓑衣，这是榛间记忆中的爷爷的形象。有人说榛间的爷爷是被一阵大风刮没的；有人则说，他是掉进水里再也没有浮起来；还有人说，他变成一只秃鹫飞走了。

　　难道它就是爷爷变的吗？"你就是爷爷吗？"榛间想问。

　　但是榛间不会说话，秃鹫也不会说话，他们只能互相看着，打量着、凝视着。

　　秃鹫突然飞起来，大翅膀把树上的很多果子刮落下来，果子掉到地上，发出好听的噗噗声。有一枚金黄的果子，落进溪水里，溅起了雪一样白的浪花。一条鱼也跳了起来，是被果子砸痛了吗？

榛间的面前，落满了各种颜色的果子，大大小小的果子，圆圆扁扁的果子。仿佛是爷爷在对他说："孩子，吃吧，吃吧！"

榛间拿起一枚滚到面前的果子，吹掉了爬在上面的一只蚂蚁，他闻到了这枚果子的香，也闻到了它的甜。是的，甜也是闻得出来的！

他张大嘴，啃了一口。它脆脆的，甜得就像蜂蜜！它的甜汁，从他的嘴里溅了出来。

他大吃起来，瞬间就把这个果子吃掉了。他再吃第二个，又吃第三个。他吃了很多很多，直到再也吃不下半个！

他在软软的地上躺了下来，他的身体也是软软的，他的饱嗝是水果香的。

榛间睡着了。

他在花的香气里，在水果的香气里，在溪流的歌声中，在白云的被子底下，睡得像太阳光一样香。

他梦见了爷爷。爷爷披了一身黑色的羽毛，就像穿了一件蓑衣，他过来拉榛间的手，他对榛间说："你一共吃了九十九只果子！"

然后爷爷拿起一只小小的金黄的果子说："这是一枚哑巴果，谁吃了它，就不会说话了！"

"我就是吃了这样的果子才变成哑巴的吗？"他在梦里忘记了自己是哑巴，他竟然开口这么问爷爷。

爷爷说："你今天吃了十二枚哑巴果了！"

榛间说："那我怎么还会说话呢？"他几乎是大叫起来。

爷爷说："你不会说话，你生下来就是个哑巴。你现在是在做梦啊孩子！"

"不！不！不是做梦，我会说话，我自己都听到自己说话了！"榛间大声说。

他把自己吵醒了！

在软软的草甸子上醒过来的榛间，发现自己手里居然拿着一枚小小的金黄的果子！而他面前的地上，还有很多很多这样的果子，它们小小的，比鸟蛋大不了多少，它们金黄的颜色，比秋天的银杏叶还要黄。它们散落在地上，就像太阳透过树叶洒下来的金斑。有风吹过来，把它们吹得像金色的甲虫那样在地上爬动。

榛间多想有一枚吃了就会说话的果子啊！吃下一颗，他就会说话了，他就能唱歌了！

为什么？为什么是吃了会变成哑巴的果子呢？榛间已经是哑巴了，要这样的果子又有什么用呢！

他赌气地把手上的小黄果一口吞了下去，他想，我反正是个哑巴了，吃再多又有什么关系呢！

果子很甜，但是甜得有些怪怪的。榛间把果核吐出来，用力吐出来，它就像一个弹弓里飞出的泥丸，射得那么快、那么远，它射在远处的一个树干上，发出很响的嘭的声音，并且反弹到溪水中，溅起了白花花的浪。

榛间想，这个果核，要是射在久生他们那些坏孩子的额头上，一定是会起一个大包的！

　　他从地上捡起一枚小黄果，这回他没有吃，他决定把它带回去，等他们再追着他扔土块，骂他"臭哑巴"的时候，他就把果子向他们扔过去！他们看见这么香这么漂亮的果子，一定会抢了吃。而吃下去的那个人，也就会变成"臭哑巴"。

　　他把小黄果紧紧地握在手心里。秃鹫叼着他腰间的麻绳，又把他带上了高高的天空。他现在已经暗暗地确定，叼着他的，不是秃鹫，就是他的爷爷。秃鹫就是他爷爷变的！你看，它的眼睛，和爷爷是一样的，虽然是小眼睛，却是亮亮的、慈蔼的；看它嘴巴下面的绒毛，分明就是爷爷的胡子；它的黑色羽毛，还有湿漉漉的鱼腥味呢，那不正是爷爷的蓑衣吗？还有，秃鹫看上去是那么的苍老，它的脸和爪子一样都是皱巴巴的，它就是一个老爷爷啊！

　　是爷爷带着他飞啊！

　　榛间也学着秃鹫的样子，张开双臂，仿佛自己也是有翅膀的，仿佛是他自己和爷爷一起在高空飞翔，而不是秃鹫叼着他。

　　可是，在飞回家的途中，那枚小黄果，竟然一脱手掉了！它像一颗流星，在天空中画出一道金线，飞速地坠落。榛间不明白，难道是自己没有握紧？他一直都是抓得紧紧的呀！那么，是秃鹫用爪子把小黄果扒拉掉的吗？它为什么要这么做？"他是你的爷爷啊！"榛间在心里对自己说。

　　那么，是爷爷不愿意他这么做吗？他不让他把"哑巴果"带回去是吗？虽然那些坏孩子那么欺负榛间，他也不能让他们真的变成哑巴吗？

他们飞啊飞啊，天空渐渐暗了下来，刚才满世界的蓝色，怎么就变黑了呢？榛间感觉到，秃鹫的翅膀不像刚才那么有力了，它飞得越来越无力了。它老了吗？它老得飞不动了吗？它会不会再也扇动不了翅膀，那么他们就会从高空掉下去，他们就会一起摔死了！

榛间害怕起来，他不再被动地让秃鹫叼着他腰间的绳子，他的手抓住了秃鹫的羽毛，结果，他把它的一根羽毛拔了下来！

他赶紧又去抓它。这次，他是两只手去抓的，抓掉了秃鹫的两根大羽毛。秃鹫大叫了起来，它大声地喘气，翅膀扇得更慢更无力了。

他们急速地下坠！

完了，完了！榛间想，他一定是要摔死了！他抱住了秃鹫的颈项，不让自己滑脱。要是秃鹫松开嘴，他能不能抱紧它呢？

恐惧和夜一起降临。在越来越浓的黑暗中，榛间觉得自己是在一个无底的黑洞里下坠，越来越黑，越来越深。

等他们跌落到地上的时候，世界安静得只有蛐蛐儿的叫声，以及萤火虫一亮一亮的声音，是的，萤火虫的光，也是听得到的。

公鸡把榛间叫醒，仿佛在对他说："榛间，榛间，天亮了，你还活着！"

蚂蚁爬到他的耳朵边，好像轻声地对他说："你还像以前那样怕痒痒吗?"

露水滴在他的鼻尖上,似乎在问他:"你感到凉凉的甜甜的是吗?"

他活着,是的,但是他还是不会说话,所以他回答不了它们。

天亮了,世界的黑幕又被太阳一把扯去。榛间看到一群老鼠正在啃食秃鹫的尸体,它们贪婪的样子,真是可怕,它们已经把秃鹫啃咬得面目全非了。

榛间吃力地从地上爬起来,驱赶了老鼠。他扑在秃鹫的身上,哇哇大哭。是的,他确定自己不是喊叫,而是悲伤地哭嚎,因为他的脸上,泪水哗哗地流淌下来。眼泪流下来,落在他的手上,落在秃鹫的身上。它穿着黑色的蓑衣,泪水也能将它打湿吗?

爷爷!爷爷!榛间在心里喊着。

他抱起秃鹫,那已经残剩的尸体,迎着越升越高的太阳,往一个高坡上走去。他要在那个地方挖个坑,将它埋葬。他要在埋它的地方,放一块石头,黑乎乎的石头,就像它蹲着的样子。

他取下了一根秃鹫的骨头,它翅膀上的那根骨头,这根曾经扇动出一阵阵劲风的坚硬的骨头,它有着玉石般的质地,像贝壳一样闪着七彩的光亮。它是秃鹫的灵魂,是爷爷的护佑。

榛间得了这个骨头,天天把它拿在手里,睡觉的时候也把它枕在脑袋后面,它就像他的护身符,就像他身体的一部分,就是他的灵魂。

他拿着它,摩挲着它,爱抚着它。每天都把它在溪水里洗一遍，每天都用兽皮将它擦拭几十遍。

这根非凡的骨头，因此越来越光滑，越来越漂亮，表面有了玻璃一样的光泽。

他对着骨头的一端吹气，它就发出了好听的声音。但这声音是单调的，就像天上只有一颗星，只有一颗，孤零零的，让人觉得寂寞，世界也是寂寞的。

于是他决定在骨头上钻一个洞。他找到了几个碎石片，坚硬的石片，其实是半透明的玛瑙，它的尖端非常锋利。他旋转它，用它给骨头打孔，认真地、细心地、慢慢地。

打出了第一个孔。

他再对着骨头吹，按住这个孔、放开这个孔，声音是不一样的。更加好听了呀，不像以前那样单调了呀，好像是在说话了呀！

如果不同的声音再多一点，那么，它就可以说更多的话，它就可以唱歌了呀！

榛间兴奋了，简直是激动了，他的手因此微微地颤抖！

他于是在骨头上打了第二个孔。

接着打了第三个孔。

最后一共打了五个孔。

榛间觉得五个孔够了，他不想再打第六个了。

好了，现在他对着骨头吹气，因为有了五个小小的孔，骨头发出的声音，既不一样，又是那么的好听。是好听啊，好听得比鸟的叫声还要好听，比最好听的鸟鸣更加婉转；像唱歌那么好听，和记忆中爷爷的歌声一样美妙！

　　榛间吹它发出来的声音，世界上有的，它都有；世界上没有的，它也有！它可以模仿溪流的歌唱，可以和秋虫一起呢喃，和鸟儿对话，向星星诉说心事，告诉白云他有什么愿望。甚至，可以穿越生死，让秃鹫听到，让爷爷听到。

　　榛间吹得太好听了，越来越好听。悠扬的骨笛声，树听到了，就拍击万千绿叶的手掌，为他喝彩；青蛙为他击鼓，蛇和炊烟扭着身子为他伴舞，蜘蛛和皮虫在秋千上聆听；泉眼和瀑布，则因为这乐声而感动得流泪。

　　那些以久生为首的孩子们，也被笛声吸引，他们不再向榛间投掷土块，不再骂他"臭哑巴"，他们过来听他吹笛，他们安静得就像一个个竹笋，他们的眼睛看着他，就像一群星星那样亮着。

　　没有人还会觉得榛间是不会说话的，谁都觉得世界上再好听的歌声，也没有榛间的笛声悦耳、感人。

　　他的笛声，是钻进你的心里的，是缠绕着你的梦的。

　　人们已经习惯了榛间的笛声，每天都要听到它，它是大家生活的一部分，它是天地世界的一部分，它是春夏秋冬所有的季节里都要有的。人们因为有了榛间的笛声，一天天喜悦地活着，一天天踏实地过着日子，老人在这笛声里陆续离去，婴儿在这笛声中一个个降生，孩子们在这笛声里一天天长大。

　　而榛间自己，也渐渐地在这散发着魔力的笛声中变成了青年，变成了中年，变成了老年。

　　后来，他老得走不动了，老得吹不出声音了，最终，他倒下了。他的儿子蓂岑把他葬在了秃鹫的旁边，然后，拿起了父亲榛间的骨笛，吹了起来。

蓂岑吹出来的曲调，是那么的忧伤和悲哀，所有听到它的人都忍不住流下了眼泪。雨下起来，越下越大，雨滂沱，泪雨滂沱，骨笛的声音，就像一只神鸟，在天地间鸣叫，抚慰着每一颗心。

童话的全文就是这样，完了。

另外，朱芳菲还在电子邮件中转发了她父亲给欧治·德先生的一封简短的信——

尊敬的欧治·德先生：

我当年偶然读到这个童话，只是觉得作者的文字不错，想象力也比较丰富，我根本没想到世界上还真有这样一件乐器。所以当我在收藏家朋友那里看到骨笛时，我的惊喜，您是可以想得到的。骨笛的美妙音色，您也已经领略，它的音准也是惊人的。很高兴您对这件古老的乐器有如此浓厚的兴趣！所幸的是，我找到了这篇童话，现请我女儿朱芳菲小姐译成德文呈上，可供闲来一读。

致礼！

朱宁　谨上

图书在版编目（CIP）数据

他日物归谁 / 荆歌著. -- 北京：作家出版社，2019.6
ISBN 978-7-5212-0595-4

Ⅰ. ①他… Ⅱ. ①荆… Ⅲ. ①中篇小说 - 小说集 - 中国 -
当代 ②短篇小说 - 小说集 - 中国 -当代 Ⅳ. ①I247.7

中国版本图书馆CIP数据核字（2019）第109065号

他日物归谁

作　　者：荆　歌
责任编辑：兴　安
封面绘画：荆　歌
装帧设计：意匠文化·丁奔亮
出版发行：作家出版社有限公司
社　　址：北京农展馆南里10号　　邮　　编：100125
电话传真：86-10-65067186（发行中心及邮购部）
　　　　　86-10-65004079（总编室）
E-mail:zuojia@zuojia.net.cn
http://www.zuojiachubanshe.com
印　　刷：北京明月印务有限责任公司
成品尺寸：142×210
字　　数：180千
印　　张：8.25
版　　次：2019年9月第1版
印　　次：2019年9月第1次印刷
ISBN 978-7-5212-0595-4
定　　价：39.00元